流浪的月

凪良汐

Yuu Nagira

目次

流浪的月

第一章　少女的故事

假日的家庭餐廳座無虛席，小孩撒歡、父母斥喝、成群結夥的學生縱聲大笑，充斥著這些喧囂聲的店內，外場人員忙碌穿梭。

「這是您的蜜桃鮮奶油刨冰。」

妝點得琳琅滿目的刨冰端到少女面前。

「我一直很想吃吃看這個。這不是罐頭桃子，而是新鮮的桃子喔！」

眼睛閃閃發亮的少女前方坐著一對男女，年紀約三十出頭，以父母而言過於年輕了。

男子的目光傾注在裹上果膠的亮澤果實上。

「刨冰配鮮奶油好奇怪。」

「很普通啊！」

少女愣了一下說道。

「我年輕的時候沒這種東西。」

「說得你好像大叔似的。」

「不是好像，我就是個大叔。」

男子斬截的口氣，讓少女眨了眨眼。

「也是，明年就四十了嗎？感覺跟剛認識的時候沒怎麼變吔！你們兩個坐在一起，看起來年紀差不多。」

「感覺過不了多久，我就會看起來比他還老了。」

女子頹喪地捧住臉頰說。

少女見狀一笑，這時放在桌上的手機震動了一下，少女看了看螢幕，很快便失去興趣擱回原位。

「不用回嗎？」

「嗯，是我媽傳的，說今晚在外面過夜。」少女略為俯首，又補了一句：「又跑去跟男朋友約會。」

「我是無所謂啦！反正我從以前就習慣一個人看家了。而且她這次的新男友長得不怎樣，但感覺個性很好，要是就這樣結婚，我也可以放心了。」

她繼續說道。

「真不曉得誰才是媽媽呢！」

男子失笑地說。

「母親沒用，小孩子只好自立自強啦！」

手機再次震動——

「很煩欸！」少女說著，望向螢幕。「啊！是我朋友。抱歉，我去接一下。」

少女拿著手機一站起來，鄰桌的對話聲便打住了，男生們的目光全盯著少女裙下修長的美腿。

「好細！」

「超美的！」

男孩們興奮地嘁嘁喳喳，少女不理會，穿過桌子間走掉。

「啊——啊，要是我們高中也有這麼漂亮的女生就好了。」

一個男生痴迷地看著少女的長腿說。

「那女生才國中生吧？」

「高中生吧？」

「化妝看起來比較成熟而已啦！」

「真假？那我們是蘿莉控囉？」

「只要長得可愛，就算是國中生又有什麼關係呢！」

「你就是一副會誘拐女童的樣子。」

明明自己也才高中生而已，男生們卻誇張地起鬨「危險人物」、「快報警」。

「這麼說來，去年不是也有個小女生被拐走嗎？後來找到了嗎？」

「有嗎？」

男生們掏出手機開始搜尋，結果列出了一長串類似的過去案件，花了一點時間才找到該起事件。

「天哪！看到好慘的案子。〈**誘拐九歲女童的男大生落網的瞬間！**〉看，有影片吔！小女生哭得好慘喔！」

眾人都探頭望向男生遞出去的手機螢幕。

『**文——！文——！**』

手機傳出女童的哭聲。

左邊桌位的老夫妻厭惡地皺起眉頭。右桌的男女也許是不想扯上關係，佯裝沒聽見，自顧自喝咖啡。

「欸，如果下次搬家，你想住哪邊？」

女子問男子，像要打斷鄰桌惹人不快的吵鬧聲，她興奮的語氣，引得四處斟咖啡的年輕外場服務生微微挑起一邊眉毛。

「現在住的地方都是坡道，下次住平地比較輕鬆吧！不過我想住在景觀優美的地方，像是每天早上打開窗戶，眼前就是一片無敵美景。山上或海邊，叢林也可以。欸，你喜歡哪邊？」

「妳喜歡哪裡都行。妳去哪裡，我就去哪裡。」

男子苦笑著回應。

外場服務生斟著咖啡，輕嘆了一口氣，好像是在說：**真幸福，好羨慕！**接著繼續俐落地巡視外場。

在討論著那裡好、這裡如何的男女鄰桌，男高中生們仍專注地盯著令人不安的影片。

『**文**——！**文**——！！』

「蘿莉控根本有病，怎麼不全部判死刑算了？」

其中一人低聲喃喃。

第二章　她的故事 I

「所以啦，冰淇淋跟飯又不一樣。」

揹著書包在回家的路上，洋子說道。

飯和冰淇淋當然不一樣，米飯會強而有力地膨脹，冰淇淋則會虛渺地消融，但兩者我都喜歡。

「冰淇淋沒營養，會蛀牙，還會變胖。」

我「嗯嗯」地附和聆聽著洋子的話。到這裡都跟老師和阿姨的說法一樣，我期待接下來就要進入正題。

「嗯——，就是這樣。」

洋子尋思了一下如此說道，結束了這個話題。

聊到這裡，已經走到了兒童公園，洋子把書包放到樹下，快跑向已先到的朋友那裡。

「更紗，快點！」

洋子活力十足地揮手，我厭倦地放下書包。書包提把非常堅硬，因為是才剛買的，還完全拿不順手。

一直到九歲以前，我用的都不是這種日式硬書包，而是形狀像扁背包的軟書包，明亮的天藍色非常漂亮。

「更紗喜歡哪一個？」

上小學的時候，爸媽這麼問我。

不只是書包，不管挑選任何物品，他們都一定會先問我的意見。

爸爸從朋友那裡借來的紅色日式硬書包，以及媽媽從朋友那裡借來的法式扁書包，其他還有手提袋、運動背包等等。我一眼就愛上了扁書包，喜歡藍白顏色的組合，無比期待揹上天藍色的書包，搭配白色洋裝。其他包包我也試拿了一下，但手提包勒得手肘內側發痛，日式硬書包對於身形嬌小的我來說太大了，顯得很笨重。

「我倒覺得已經比以前的書包輕了。」

爸爸一手輕鬆地拎起硬書包說道。

「裡面還要裝課本呢！光是重成這樣就有罪了。」

媽媽像法官似的一口咬定。

「燈里連晚宴包都討厭嘛！」

爸爸笑著說。

「因為這樣雙手就不自由了啦！」

媽媽絕對不會委屈自己，所以沒有半個「媽媽友[1]」，但她完全不在乎。她認為與其跟媽媽友打交道，還有更多有趣的事情值得去做，像是看電影、聽音樂，

＊注1：媽媽友（ママ友），因待產、育兒、家務佔滿生活的日本全職主婦，為了信息交換、情感上的相互取暖、消解壓力等目的而群聚組成的團體。

不管是早上還是中午，反正想喝酒的時候就開喝。她說：「**我忙著享受妳爸爸跟我的生活，才沒時間浪費在無聊的事情上呢！**」

爸爸和媽媽相反，在市公所上班，就算是不對盤的人，也得天天打交道。媽媽總是說：「**阿湊真了不起！太厲害了！我愛你。**」

爸爸和媽媽是在野外音樂會上認識的，兩人欣賞的樂團主唱在那幾年前過世，由吉他手兼任主唱。媽媽說她從頭到腳每一顆細胞都被音樂所填滿，確實感應到死去的主唱靈魂來到了現場。

「是鬼嗎？妳不怕嗎？」

我問道。

「不是鬼，是靈魂。」

媽媽訂正說道。我覺得都一樣，但媽媽說靈魂是更純粹、更強大的能量。我聽得一頭霧水，但這是老樣子了。

媽媽經常說些莫名其妙的話。爸爸說：「**燈里是感性的人。**」同一棟公寓的阿姨嬸嬸們則竊竊私語說：「她不食人間煙火。」

我不懂什麼叫不食人間煙火，請教了感覺博學多聞的圖書館大姊姊，拜託她用我也能聽懂的說法解釋。

「就是超級我行我素的怪咖。」

大姊姊將眼鏡的鼻梁架推了兩、三下說道。

原來如此，我恍然大悟。當時比現在更我行我素、怪咖度爆表的年輕媽媽，感應著已經不在人世的主唱的靈魂，她不經意地望向旁邊，結果和一樣涕泗縱橫的爸爸對上了眼，在最後一首歌之後，兩人彼此確認：「來了呢！嗯，來過了。」即使沒有主詞，也情通意達，兩人哭泣相擁。

「那時候我就決定要跟阿湊結婚了。」

不是「想要」，而是「決定要」，真的很像媽媽。

三個月後，兩人真的結婚了，令人驚奇。

媽媽和小心謹慎這個詞犯沖啊！

這天，我又聽著已經講過好幾遍的兩人邂逅情史，心想：**爸爸雖然現在一副正經老實樣，但以前也是怪咖媽媽的同類，所以有可能只是隱藏著真面目。爸爸其實也是個怪咖嗎？那，身為兩個怪咖獨生女的我又是如何？有朝一日，我也會變成那種怪咖嗎？**

我在客廳矮桌上捏著黏土左思右想，卻專心不起來，因為油黏土實在太臭了。我鎖緊眉頭，這也不是、那也不是地試著捏出貓頭。

「臭死了。」

媽媽埋怨說道，她在廚房吧台另一邊捏著鼻子。

「這是人家的家庭作業，妳忍耐一下嘛！」

「我最討厭忍耐，而且臭死了，害我沒心情煮飯。」

「妳要煮飯？」

媽媽廚藝很好，卻只有心血來潮的時候願意下廚，平常都以預先做好的常備菜和超市的熟食配飯。附帶一提，在家看電影的時候，媽媽根本就放棄煮飯，喜孜孜地準備桶裝尺寸的爆米花和冰淇淋，然後打電話叫披薩外送當主餐。

聽到今天晚上要吃肉醬咖哩，我將怎麼捏都不像貓的黏土一把壓扁，塞回盒子裡蓋起來。*黏土臭死了，又麻煩，不弄了。*

我仔細把手清洗乾淨，跑去幫忙。只是將切成細末的蔬菜和混合絞肉炒一炒而已，媽媽做的肉醬咖哩卻超級美味。

「大蒜、蘋果和香草是關鍵。」

媽媽這麼說，一邊攪拌平底鍋裡的料，一邊哼歌。

「幫我顧一下。」

媽媽說完，便把鍋鏟遞給我，從櫃子裡取出美麗的水藍色龐貝藍鑽[*2]琴酒瓶。加入宛如盛夏草原般翠綠的薄荷葉、檸檬汁、糖漿和蘇打水攪拌之後，再將酒斟入放滿冰塊的大杯子裡。

媽媽瞇眼看著完成的淡綠色酒液，喉嚨咕嘟咕嘟豪邁地喝起來，她的拿手好戲

---

*注2：龐貝藍鑽特級琴酒（BOMBAY SAPPHIRE DRY GIN），使用來自世界各地特別嚴選的精緻素材，以十種草本植物混合調味。自從一九八七年問世以來，憑藉琴酒的時尚性而聞名，已成為標誌性品牌。

就是把酒喝得津津有味。她的指甲搽著與淡綠色酒液交相輝映的亮片指甲油，是31冰淇淋的跳跳糖口味顏色。

「辛苦啦！」

媽媽從我手中接回鍋鏟，一手端著酒杯，一手忙著炒肉醬咖哩。

媽媽喜歡不受強制、做為嗜好的烹飪。因為是嗜好，所以可以開心地品酒，哼著小曲，愉快地下廚，因此才格外美味也說不定。

「好香。」

爸爸睡午覺起來了，他T恤袖口伸出的手臂猶如細枝般。最近爸爸好像很容易累，每當假日都一定會午睡。

「爸，今天吃肉醬咖哩喔！爸爸也喜歡，對吧？」

「是我的最愛呢！」

我和爸爸舉手擊掌，雖然高個兒的爸爸根本不勞舉手。

「燈里，妳在喝什麼好東西？」

爸爸摟住媽媽的腰，搭訕似的問道。

「Emerald cooler[*3]。阿湊也要喝嗎？」

「嗯！」

爸爸點點頭回應，俯身親吻媽媽的臉頰。

早安、晚安、我走了、你回來了——。兩人經常親吻，這在我家是很平常的事，但同學似乎都難以置信。「更紗家好色！」曾經有男生這麼大喊著捉弄我，讓我十分錯愕。

「我來做給爸爸。」

我從櫃子裡取出龐貝藍鑽。

「更紗會做？」

「會啊！我剛才也看到媽媽做了。爸爸去那邊曬太陽吧！」

我命令爸爸去陽台。爸爸身材細瘦，皮膚又白，看起來弱不禁風；但就算弱不

＊注3：Emerald Cooler（翡翠酷樂），雞尾酒的一種，是由綠薄荷酒、檸檬汁以及蘇打水共同調製而成，特點是清潤爽口。

禁風也沒關係，我希望爸爸能健健康康的。

我照著和媽媽一樣的步驟調了一杯 Emerald cooler，最後請媽媽試味道。媽媽用調酒匙舀了一點調酒，在手背滴上一滴，舔了舔味道。媽媽以前打工當過酒保，爸爸說她的動作極為道地。見媽媽用指頭圍了個圈比OK，我開心極了。

「客人，讓您久等了。」

我把酒端給在陽台落地窗前抱膝而坐的父親。

「謝謝！這是酒錢。」

爸爸採下一顆種在陽台的鮮紅小番茄，塞進我的嘴裡。

「歡迎下次惠顧。」

我行禮說，接著折回廚房。

「完成！」

媽媽用小孩子的口吻說道，熄掉爐火，接替折返廚房的我，走去爸爸那裡。

沙拉都還沒做，哪裡能算「**完成**」呢？不過沒辦法，媽媽最愛爸爸了，無時無刻都想跟爸爸膩在一起。

兩人並坐在一起，杯子清脆互碰的聲響依稀傳到我這裡來。我從冰箱取出汽水，倒進裝滿冰塊的杯子裡，滴上一滴綠色的液體食用色素，攪拌幾下，汽水就變成了Emerald cooler的色澤。

我端著那杯汽水，擠進兩人中間。

「更紗也喝酒？」

「嗯，我也喝酒。」

媽媽和我互使眼色，吃吃竊笑，一旁的爸爸也噗哧一聲笑出來。

我們三個說著：「乾杯！」互碰杯子。

去年生日，我因為很羨慕媽媽和爸爸喝著顏色漂亮的酒，請他們買了做糕點用的液體食用色素給我。我們三個就像做化學實驗那樣，調了五顏六色的汽水。

我喜歡混合紅色與藍色的汽水顏色，那色彩就宛如在春天綻放的紫蘿蘭。我陶醉地看著那色澤，爸爸用拍立得幫我拍了一張照片。

我太開心了，愚蠢地把照片拿去學校炫耀。
「真可愛，下次一起來做吧！」
我拿給為數不多的朋友看，大夥難得笑鬧著說。
「這個顏色跟紫羅蘭費士*4一樣。」
「那是什麼？」
「酒的名字。」
「家內同學居然喝酒嗎？」
班上主要小圈圈的同學剛好在附近，好奇地探頭看照片，發現一起入鏡的媽媽和爸爸喝的酒瓶。
「家內同學未成年飲酒！」
小圈圈的同學在放學的班會上提出來告狀。
「那是汽水。」
儘管不知所措，我還是站起來辯解。

「才沒有那種顏色的汽水。」
「那是用做糕點的顏料調出來的。」
「如果是真的，就拿出證據來。」
荒唐的爭辯之後，導師要求我把食用色素帶到學校去。
「無聊！」
知道事情始末後，媽媽只說了這句話，完全不當一回事。
「就算把食用色素帶去學校，也沒辦法證明更紗沒有喝酒吧！」
爸爸也冷靜地指出。
但是如同爸爸的擔憂，我蒙上的未成年飲酒嫌疑就這樣懸而未決，開始有人在背地裡說我壞話：「**家內同學明明才小學生，居然喝酒。真的蠢死了！**」
此後，每次我喝著用色素染色的汽水時，媽媽就會調侃：「**妳喝酒？**」接著爸爸就會噗哧笑出來。

＊注4：紫羅蘭費士（Violet Fizz），雞尾酒的一種，是由利口酒、琴酒和檸檬汁共同調製而成，喝起來很清爽，適合夏天飲用。

這件事在我家成了一樁笑料，所以即使在學校被人說壞話，我也毫髮無傷。反正在這件事以前，我就被當成怪胎了。

我在班上只有少數幾個朋友，當上課必須分組時，總覺得滿不方便。

我受到排擠的理由是——我們家很奇怪。

媽媽在白天也喝酒這件事，從以前就在班上受到議論。心血來潮才會煮飯、還有偶爾吃冰淇淋當晚餐、全家一起看一般認為對兒童過度刺激的電影、爸爸和媽媽親吻，這些種種的一切，對同學來說似乎都是不可置信的事。就連媽媽的指甲總是搽著漂亮的顏色這件事，都被同一棟公寓的阿姨嬸嬸們說成彷彿什麼滔天大罪。

我最喜歡漂亮的事物了，爸爸和媽媽也是。難道大家都討厭漂亮的東西嗎？真是太奇怪了。

「今年小番茄大豐收呢！」

爸爸瞇眼看著陽台的小番茄說道。

油蟬大鳴大放的夏季假日，三個人一起坐在窗邊，看著油亮的小番茄、小黃瓜和茄子。我坐在淌著汗品酒的爸爸和媽媽之間，沉浸在無比的幸福之中。

我們家是市政府的老公宅，卻比我拜訪過的任何一個朋友家都要美好。染上雨漬的灰色陽台夏季充斥著花朵和蔬果，宛如叢林。焦褐色的竹製曬衣竿上，掛著外國風格的帶鏽金鳥籠，裡面的陶器小鳥嘴巴叼著蚊香。仿古董的青磁壺裡，有夏季廟會釣到的金魚在悠游。

長大以後，我要和爸爸一樣的人結婚，像媽媽一樣開開心心過日子。

「啊，我也好想快點變成大人喔！」

「不用那樣急著長大啦！」

爸爸一把用力摟住我，害我差點將手中的汽水潑出來。

「阿湊，人家也要抱抱！」

媽媽湊熱鬧地喊著，爸爸伸手把我連同媽媽一起緊緊地擁入懷裡。

爸爸、媽媽，還有我，在杯身結滿水珠的淡綠色Emerald cooler和汽水的光彩映照下，美得如夢似幻。

就算爸爸和媽媽是怪咖，我還是最愛他們兩人。

就算是怪咖，也一點都沒有哪裡不好。

這就是所謂的人生幸福巔峰吧！

我一直相信，這樣的幸福會永遠持續下去。

●●◐◐●◑◑●●

怎麼會淪落到這種地步呢？

我把又重又硬的書包擱在樹下，加入追逐嬉戲的同學圈子。儘管內心厭煩著：**啊，有夠累的！**還是裝出假笑。其實我好想快點回家，調杯可爾必思，躺著看喜歡的書。

那已經是不可能實現的夢想了。

先是爸爸不見了，接著是媽媽不見了，我被阿姨家收養了。

「更紗，妳一定很難過！」

只見過幾次面的人緊緊抱住我，噙著淚說，卻讓我驚嚇不已。

「今天晚飯來煮更紗愛吃的東西。」

第一天，阿姨以充滿體恤的眼神問我：「想吃什麼？」我回答：「冰淇淋。」短期間太多事情接踵而來，我累壞了，有點發燒，也沒有食欲。這種日子，我們家一般都是吃冰淇淋。

「哪有人晚飯吃冰淇淋的？阿姨炸雞給妳吃好了。」

阿姨露出豈有此理的表情，接著急忙擠出笑容說。

我喜歡炸雞，可是那天的身體狀況，跟炸雞簡直是相剋。

「我叫家內更紗，請多多指教。」

陌生的城市，陌生的小學。轉學第一天，我揹的天藍色扁書包就成了嘲笑的對象。小學並未硬性規定穿制服，但這所學校不少人穿指定的制服，而我卻是一襲白洋裝，這也弄巧成拙。

我在新的小學整個格格不入，不過我在以前的學校本來也格格不入，所以早就習慣了。唯一不同的是，沒有人對我笑著說：「有什麼關係。」

我帶著不像小孩子的慵懶神態。這個詞是爸爸教我的，他總是稱讚我說：「更紗有種不像小孩子的慵懶神態呢！」

「有沒有交到朋友？」、「有沒有好好自我介紹？」、「老師有沒有說什麼？」

回到家，遭到阿姨連珠炮似的發問攻擊。

「沒有交到朋友。」、「有好好自我介紹。」、「老師問我有沒有硬書包。」

我一一據實以告。

「抱歉太慢幫妳準備了，今天阿姨去買來了。」

阿姨露出了世界末日般的表情。之後她塞給我一個硬邦邦的紅色書包，我想我當時的表情，應該是我這輩子最慵懶的極致，這應該就是我第一次惹到阿姨吧！

後來我也陸續犯了許多錯。

看到姨丈晚飯喝酒，自告奮勇替他斟酒。

「小孩子不用做這種事。」

阿姨不悅地沒收我手上的啤酒瓶，而我完全不懂阿姨為什麼臉色那麼難看。貼著不會唸的外國字標籤的萊姆酒、琴酒、伏特加、龍舌蘭酒的瓶子；南島大海的顏色、仲夏的蚱蜢色、白雪公主的毒蘋果色，在光照下五彩繽紛的利口酒。比起同學們彼此炫耀的卡通角色飾品，我覺得這些更加美麗，甚至還把空瓶裝飾在自己的房間窗邊。

「怎麼幫人斟酒呢？又不是公關小姐，在家裡別這樣做。」

什麼是公關小姐？調酒的人，爸爸和媽媽都說是酒保，公關小姐和酒保不一樣嗎？我也替爸爸和媽媽調過酒啊！但我覺得如果說出來，一定會惹得阿姨更生氣，所以沒有吭聲。

我正想起在那場愚蠢可笑的班會遭到審判的事情時——

「真是的，從小地方就可以看出來，燈里到底是怎麼教小孩的？跟阿湊結婚的時候，還以為她總算能正常一點，沒想到還在做這麼丟人的事。」

阿姨按住額頭說。

「不要在小孩子面前講那些。」

姨丈眼睛盯著足球賽說。

「你不知道燈里給我惹了多少麻煩。她從以前就恣意妄為，突然跟男生同居，明明還在唸書，卻跑去做深夜打工。」

阿姨和媽媽這對姊妹感情似乎不睦。

在我挨罵的時候，阿姨家的獨子，讀國二的孝弘，一直不停地賊笑。我超討厭這個表哥的，他從第一天就直盯著我看，眼神猥瑣。我問他看什麼，孝弘便哼一聲走掉了。**總覺得好討厭！**

小小的不愉快逐漸累積。

阿姨家愈待愈不舒服，我也不得不改變態度。

我的常識，在阿姨家成了沒常識。我沒有那麼堅強，能在孤立無援的環境裡，一個人不斷地揮舞大旗。

我開始假裝成有常識的小孩。

我丟掉天藍色的扁書包，揹上又硬又重的硬書包，附和同學說可愛的東西，放學後一起去兒童公園玩耍。我一邊笑著和同學追逐嬉戲，一邊思考籠統地統治著這個世界的法則。

——家內同學有點頑固。

老師曾在成績單上這樣寫。

但只要能對我的種種疑問提出答案，我一定也能信服的。

比方說，為什麼不能吃冰淇淋當晚飯？食物的營養只有在晚飯才能攝取，或是如果晚飯吃冰淇淋，就百分之百會蛀牙等，像這類明確的答案。啊，還有為什麼小孩子不能替人斟酒？給我一個超越爸媽和我一起打造出來的世界的、讓我茅塞頓開的閃亮亮理由。

我得不到這樣的理由，只能不解其意地開始服從規則。

為了從無限延續的生活中，盡可能排除掉疼痛。

「啊，那傢伙又來了。」

追逐奔跑的時候，洋子說道。

高大的四照花形成樹蔭的長椅上，坐著一個年輕人，那個人昨天和前天都在。他在我們之間變得小有名氣，我們都叫他蘿莉控。那個人一如往常，從皮包裡拿出口袋書，但那只是一種掩飾，他的眼睛直盯著我們看。

「千萬不可以落單喔！會被拐走。」

「被拐走會怎樣？」

聽到這個問題，女生們的嘴巴歪成了古怪的形狀。

玩到五點左右，總算解散了，我再次揹起又硬又重的書包，和大夥一起踏上歸途，在轉角處相互揮手道別。

「更紗，明天見！」

「嗯，Bye Bye！」

我笑著揮揮手，走了一段路後停下腳步，確定大家都走光了，才又折回原來的路。在小學生都回家以後空蕩蕩的兒童公園裡，只有蘿莉控男子一個人坐在長椅上看書。

我在離男子最遠的對面長椅放下書包，深深地嘆了一口氣，心想：**啊，總算等到屬於自己的時間了**。我從書包拿出《清秀佳人》，這本書已經讀過好幾次，封面都翻爛了，但我喜歡書有許多自己閱讀的痕跡，這讓我覺得它屬於自己。

我想起媽媽笑著說：「**更紗意外地執著心很強**。」還有爸爸微笑地說：「**更紗是專情**。」淚水湧上眼眶，我急忙打開書本。**不能去想以前很幸福，因為這樣豈不是在說現在很不幸？**

我沉浸在喜好幻想的紅髮女孩的故事裡。由於一讀再讀，我一下子就翻到喜歡的場面——安妮誤以為是草莓汁，讓黛安娜喝了酒的場面。草莓汁，這三個字充滿了迷人的氛圍。

天色愈來愈暗，已無法看清紙頁上的文字了，再看看公園的時鐘，已經超過六點半。**真不想回去，阿姨家令人窒息！**

我想阿姨他們也有相同的感覺。以前晚歸的時候，阿姨還會罵我，但現在什麼都不說了，只會說：「**妳回來了。**」然後我洗手坐下來吃飯，孝弘會在桌底下踢我。**煩死了，不要碰我！**在那個家，飯食之無味。

天色已整個變暗，時間到了。我闔上書本，重新揹起又硬又重的書包，將嬉戲中跑累的腳往前推。

鞭策自己朝不想回去的地方前進，是需要莫大的勞力。我深切地體會到不忍耐的母親是對的，忍耐對健康有害，我壓抑著噁心欲吐的感覺。

穿過公園時，我瞄到對面長椅上的男子還在，我們每天共享時間與空間。

第一天我還覺得很害怕，在無人的陰暗公園裡，和我們稱為蘿莉控的男人獨處，簡直就像飛蛾撲火。但除了這裡以外，我沒有別的地方可以去。

我假裝看書，全副神經都集中在對面長椅上，男子只是看他的書。我和大家一起玩的時候，他假裝看書，其實直盯著我們，但我折回來的時候，他就是真的在看書，完全不管我這裡。

看來我不是他喜歡的型。相安無事地過了幾天後，我下了這樣的結論。就像我喜歡扁書包更勝於硬書包，蘿莉控也是會挑的吧！得到可以接受的答案後，我便能夠沉浸在閱讀裡了。

但如果只是要看書，他怎麼不去咖啡廳呢？大人和小孩子不一樣，想去哪裡都可以。我因為是小孩，所以只能待在別人決定的位置，無法移動。**啊，會不會其實這個人也無處可去**？

走出公園的時候，我回頭看向長椅那頭。路燈映照下，男子的白襯衫朦朧浮現，頭部小巧，細瘦的手腳十分修長，看起來不太牢靠。

我想起女生們私下各種嘲笑，忽然覺得男子好可憐。他只是待在這裡而已，現在還沒有做壞事。

再見，明天見。我在心中喃喃。

感覺比和洋子她們互道的虛假「Bye Bye」更要親密。

我的忍耐徒勞無功，狀況每天都在一點一滴惡化，無法安心的生活，讓人變得如履薄冰。

我開始在洗澡時鎖上浴室門；悶熱的梅雨夜晚，洗完澡也一定確實穿好睡衣。我好想渾身大汗，身上只套一件媽媽買的毛巾料洋裝，在榻榻米上伸長兩腿乘涼；但那件洋裝被孝弘狠狠地扯鬆了肩帶，不能穿了。**那傢伙真的噁心死了！**

連夜晚也無法安息。我被分到二樓有一道小窗的房間，原本是儲藏室，阿姨把它清空當我的臥房。雖然就像小公主的故事一樣美好，我卻無法熟睡，三更半夜特有的可怕聲響，讓我豎起全副神經。

「更紗好像兔子喔！」

洋子調侃我睡眠不足的眼睛。

我「嘿嘿」地笑著，但不知道自己幹嘛要笑。

無法說出口的事愈積愈多，肚子每分每秒都在作痛。

玩著根本不想玩的追逐遊戲，襯衫因汗水貼在皮膚上，好不舒服。

天空烏雲密布起來，這天大家決定提早回家。

和洋子她們道別後，就像平常一樣折回兒童公園，我虛軟地癱坐在長椅上，悶熱潮濕的空氣堵住了喉嚨。**現在就這樣子，夏天到了還得了？**

對面的長椅上，今天也坐著那個人，不適的濕氣也阻撓不了他，他每天都來看小學女生。

我覺得蘿莉控也實在辛苦，但最近只要看到他，卻有種安心感，覺得辛苦的不只有我而已。**居然被蘿莉控鼓舞，我真是爛透了！**

昨天晚飯吃燉魚，我因為沒食欲，幾乎都沒動，晚飯後從冷凍庫拿出冰塊含在嘴裡。這時孝弘走過來，抓了新的冰塊，把手伸進我的胸脯，將冰塊貼上去。我尖叫一聲，整個人蹲下去，孝弘賊笑著俯視著我。阿姨一邊洗碗，一邊說：「**別玩了，去寫功課。**」

如果回家一看，孝弘已經死掉就好了。還是殞石掉下來，把地球砸爛就好了。我心裡痛恨地咒罵。

孝弘一個人的死，已經具備與全人類毀滅同等的分量。我就是如此憎惡那傢伙，希望他去死。要不然就是我去死，我去死的話，或許現在立刻就可以做到。

我思索著各種死亡的可能性。幻想在冷氣大開的房間裡滾來滾去；想要在乾爽的風吹拂下，裹著反覆洗到軟綿綿的毛巾毯午睡；想吃香草冰淇淋，媽媽的指甲油顏色的跳跳糖冰淇淋也不錯。

頭頂感到一滴輕微的撞擊，佈滿鉛灰色的天空落下透明的雨點，全身逐漸被打濕了。**沒帶傘，得快點回家才行。**

可是雨水微溫，感覺就像溫柔的手，我悲從中來。**我怎麼會被雨水給撫慰？好想立刻就吃到甜食，想要溫柔的呵護，要不然我可能就要崩潰了。**

我正和想要放聲哭喊的衝動拉鋸著，這時深藍色的鞋尖突然闖進我低垂的視野中。莫卡辛鞋[*5]，爸爸喜歡的鞋款，雨天穿這種鞋，會弄壞鞋子的。

我慢吞吞地抬頭，前面站著撐透明塑膠傘的男人。他總是坐著，所以我從來不知道原來他這麼高，但因為細細長長，沒有壓迫感，就像一朵白色的海芋。

「妳不回家嗎？」

冰涼而甜蜜，他的聲音宛如半透明的冰糖。

我的額頭貼著濕答答的瀏海，但男子整體卻是乾爽的，而且近看之後我才發現，這個人長得好漂亮。眼睛是修長的內雙眼皮，嘴唇很薄，最重要的是，鼻型完美無缺。

媽媽常說，美男美女的條件是鼻子，鼻子美，側面就美。**「更紗的鼻子跟爸爸一樣美，所以可以放心，長大以後一定會是個大美人。」**

原來如此，這個人有點像爸爸。我呆呆地仰望著，對方露出「這孩子腦袋不好嗎？」的表情。

「我不想回去。」

我急忙說，不想被像爸爸的人當成傻瓜。

男子把塑膠傘移到我頭頂上來。

＊注5：莫卡辛（Moccasin），側面和鞋底使用同一張皮革製作而成的低跟鞋，鞋側到腳背以U形針縫法縫製鞋身。其柔軟舒適的特性，長時間穿著走路也不易感到疲勞，相當受到歡迎。

「要來我家嗎？」

這個問題如甘霖般灑在我身上，從頭頂到腳尖，全身逐漸浸淫在又冰又甜的感覺中，先前覆蓋全身的不適被沖刷殆盡。

「我要！」

我站起來，表達自己的意志。

「**千萬不可以落單喔！會被拐走。**」耳邊響起洋子那些同學的聲音。但是我不怕，比恐懼更強大的決心在我的心中已紮下根，再也不想回去那個家了。

「書包呢？」

男子回頭看長椅。

「不要了。」

我簡單地回答。

「這樣啊——」

男子回應了一聲，轉身往前走去。

他真的好高，仰望的前方，雨珠不停地從透明塑膠傘的表面滾落。**真美，好久沒有這種感受了。**慢慢地深呼吸，我嗅到泥土、灰塵和懷念的雨水氣味。

***

被領進去的公寓房間十分寬敞，沒什麼東西。米黃色沙發、淺色桌子、香草冰淇淋色的窗簾，隔壁好像是臥室。

「沙發請隨便坐。」

「我裙子是濕的。」

「妳在意的話，我鋪條毛巾好了。」

「不用了，如果沙發沒關係，就不用麻煩了。」

我坐了下來，沙發十分舒適，廚房、飯廳和客廳是一體的。男子在吧台另一邊準備飲料，我目不轉睛地盯著端過來的茶。**是花草茶嗎？還附了砂糖和奶精。**

「妳還不能喝紅茶嗎？」

「我最喜歡紅茶了，可是這不是紅茶的顏色。」

男子的杯中是熟悉的金紅色茶湯。

「妳的加水沖淡了。」

「為什麼？」

「小孩子的咖啡因分解速度——喔，不是，太濃對身體不好。」

雖然不明白原理，但似乎有確實的根據，所以我接受了。但是在我們家，我都喝和爸爸媽媽一樣顏色的紅茶。

「大哥……」

說到一半我遲疑了。**我可以稱呼他「大哥哥」嗎？**

「叫我文就好了。我叫佐伯文。」

男子察覺到我的疑惑說道。

「文先生……」

「文就好。」

「咦？」

「叫文先生很憋扭。」

「啊，那……文？」

「什麼事？」

文直接坐在地板上，仰望沙發上的我。

這是我第一次直呼年長的人的名字，如坐針氈。唯一的例外是孝弘，那傢伙才不值得用敬稱，我都在心中直接叫他的名字，現實中連叫都沒有叫過他。

「文，你小的時候，也都把紅茶沖淡了喝嗎？」

「是啊，我十歲以後才被准許喝一般的紅茶。」

「為什麼是十歲？」

「我媽讀的育兒書籍這樣寫。」

「每個人十歲以後就可以喝普通的紅茶了嗎？」

「不曉得，反正我媽相信書上寫的。」

好奇怪。儘管這麼想，但我沒有說出口，因為我經驗過太多次自家的常識與別人家的常識南轅北轍，聽到別人說：「**更紗妳家好奇怪！**」不是件舒服的事，但卻讓我更加喜歡自己的家。

「我開動了。」

我說著，啜飲了兌熱水的紅茶。杯子附了托盤，杯緣又薄又寬，總覺得好像變成了大人。

我在家都用馬克杯，爸爸媽媽則用有花紋的紅茶杯，我抗議這是歧視，爸媽便直接說那是他們心愛的茶杯，不想被我打破。我不得不接受，因為以前我經常打破各種杯盤，現在已經小心多了。

「怎麼樣？」

「沒有紅茶味……這種味道的話，不必勉強非喝紅茶不可。」

「是啊——」

文聞言，嘴角兩端微微揚起說道。

難道他笑了？那是讓人想要如此確認的幽微笑容，原本像是一朵冷花的氛圍，一下子暖和起來了。

「除了紅茶，還有果汁可以喝嘛，像芬達還有可樂也很好喝。」

我開心地尋求同意，但文只是含糊地側了側頭。

「你不喜歡果汁？」

我不敢相信有人不喜歡果汁。

「我從小就沒有喝過碳酸飲料。」

「那也是育兒書籍上寫的嗎？」

「是啊！」

「那你小時候平常都喝什麼？除了稀釋的紅茶以外。」

「用果汁機打的蔬果汁、麥茶、牛奶、豆漿這些。」

媽媽減重的時候，我也經常被迫跟著喝蔬菜汁和果汁，可是媽媽總是一下子就膩了，想念起肉類和酒。

「妳會餓嗎？」

「有一點。」

「妳會挑食嗎？」

「不會，可是……」

我猶豫著能不能說出口。

「可是？」

文輕易地識破我的遊疑。

「……我想吃冰淇淋。」

我做好遭到否決的心理準備，說出口來。

八成不行，而且還會招來白眼，因為這個人成長在奉行紅茶必須稀釋才能喝的育兒書籍的家庭裡。我思忖著。

「妳要香草口味還是巧克力口味？」

「咦？」

我忍不住驚呼。文被我嚇了一跳，身體後仰。

「可以吃冰淇淋當晚餐嗎？」

我驚訝地反問。

「是妳說想吃的吧？」

「我以為不行。」

文的嘴角又微妙地勾了起來。**這是笑了吧？**

「要哪種口味？」

「香草。」

文站起來，從冰箱取出杯裝冰淇淋，附上湯匙給我。是我不會唸的外國文字包裝，感覺是稀有的珍貴冰淇淋，我一下子嗨了起來。

「好好吃喔——」

放上舌頭的瞬間便融化、沁入全身的冰涼甜蜜滋味，讓我彷彿置身天堂。忍耐得要死之後嚐到的香草冰淇淋，雖然是冰淇淋，卻已經超越了冰淇淋。

「是人生的滋味！」我聽見媽媽這麼說的聲音。受夠了減重，大口啃起炸雞塊時，媽媽會陶醉地閉上眼睛，如此呢喃。**媽媽現在在哪裡？在做什麼呢？**

今早沒有被任何事物驚擾，自然地醒來了。

這裡是哪裡？很安靜！不是天花板垂下魚風鈴的自家，也不是所有物品密密麻麻地各安其位的阿姨家；白色床單、白色枕頭、白色牆壁、白色窗簾，我在宛如保健室的房間床上。我嘴裡咕噥著翻了個身。

啊，對了，這裡是文的家。床單乾爽舒適，空調恰到好處，我挪動小腿，像要享受冰涼乾爽的布料觸感，也沒有睡得一身膩汗。這個早晨完全沒有不同於暑熱的另一種冷汗，或不舒服的油汗。

我臉上漾起滿足的笑，像貓一樣扭轉身體朝各個方向伸展，接著吆喝一聲像彈簧玩具般坐了起來，呻吟著將雙手伸向天花板。由於中間一次都沒有醒來，腦袋非常清爽。充裕、富足，自從媽媽不見以來，這是我第一次經歷到如此美好的早晨。

那一天，我的人生就像被扔進了狂暴的大海，稍一疏忽就會溺斃，根本不可能安心熟睡。

我打赤腳下床，從昨天穿到今天的襯衫和裙子變得皺巴巴的。沒辦法，又沒有睡衣。我打開房門，來到昨天和文一起喝稀釋紅茶的客廳，收拾得井井有條。

「文……？」

我小聲呼喚，一片寂靜，好像不在。

昨天吃完冰淇淋後，我突然感到睏倦，借了文的床鋪。我問文：「你要睡哪裡？」他說：「會去睡沙發。」便從櫃子裡抱了薄毯走出去。

現在毯子折得方方正正地放在沙發上，桌上有鑰匙和字條。

——我去大學上課，四點回來。早餐在吧台上，冰箱裡的東西都可以吃。回去的時候，請把門鎖上，鑰匙丟進信箱。　佐伯文留。

這樣啊，文是大學生啊！幾年級呢？我重讀了一次字條，覺得文如其人，毫不矯飾。

房間也是如此，沙發、桌子、電視櫃、小音響、筆電，只有最基本的家具。其他就只有一盆觀葉植物，應該是梣木。纖瘦的樹幹伸出細長的枝椏，上面掛著稀稀落落的葉子，應該還是小樹苗吧，但葉子黯淡無光。

我抬起盆栽，移動到陽台窗邊。多多曬太陽，而不是待在房間這樣的角落，或許就會恢復元氣了。

肚子咕嚕咕嚕叫了起來，我去了洗手間，昨天覺得很可愛的北極熊墊子，今天看了還是很可愛。我上完廁所梳洗完畢，神清氣爽地前往廚房。

火腿蛋土司、萵苣小黃瓜和番茄沙拉，好像會出現在教科書上的早餐菜色。我從冰箱拿出柳橙汁，倒進杯子裡，坐在沙發上，邊看電視邊吃早餐。味道很普通，我又從冰箱拿出番茄醬淋在火腿蛋上。**嗯，好吃！**

吃飽又睏了，我直接躺到沙發上。電視傳出笑聲，我醒了過來，聽到別人的笑聲讓人感到安心，眼皮再次蓋下來。半夢半醒，世上還有比這更舒服的狀態嗎？

不知道第幾次醒來的時候，我發現房間很安靜。電視被關掉了，視野染上一片透明的橘，好像已經傍晚了。

我大大地伸了個懶腰爬起來，身體猛地一縮。不遠處，文正抱膝而坐，目不轉睛地盯著我看。稍長的瀏海間露出來的眼睛黯淡無光，就像兩顆漆黑的窟窿，讓我覺得有一點點恐怖。

「你回來了？原來你已經回來了。」

「我不是留了字條，說四點回來嗎？」

「嗯，可是出聲叫一下嘛！被那樣盯著看，有點可怕吔！」

「抱歉！因為妳睡得很熟。」

文似乎總算發現不妥，垂下目光解釋。

「嗯，吃完早餐以後，我就一直在睡。」

「我知道，番茄醬都乾掉了。」

桌上沒有盤子，應該是文洗掉了。我發現自己被烙下吃完飯不收拾、只知道呼呼大睡的厚臉皮孩子的烙印。

「對不起，因為一吃飽就好想睡。有時候會這樣，對吧？」

為了掩飾疏失，我嘿嘿地笑著說，想討個共鳴。

「我不會。」

「騙人！」

「真的，我媽說吃太飽對身體不好。」

「又是育兒書籍寫的？」

「對，還說那樣很不像話。」

「吃太飽很不像話？」

「沒辦法控制自己的欲望很不像話。」

這太扯了！炸雞、冰淇淋，沒有經歷過喜歡的食物吃到飽的幸福，這實在太殘酷了。但幸福之後，確實會有好幾個小時痛苦得無法動彈。

「或許你媽媽是對的。」

我頹喪地說。文的唇角勾了起來，我想應該是在笑。

「早餐很好吃。謝謝招待！」

我在沙發上跪坐好，深深行禮。

「番茄醬妳拿來做什麼？」

「淋在火腿蛋上。」

文看我的眼神，就像在看某種奇妙的昆蟲，這一定也是受育兒書籍支配的家庭不被允許的行為。

在我們家，我是番茄醬派，媽媽是醬油派，爸爸是鹽巴派，每個人喜好不同，有時會彼此交換，享受不同的口味。

「妳平常都睡這麼多嗎？」

「最近都睡不好，以前跟爸媽住的時候就很正常。」

「妳現在不是跟爸媽住嗎？」

「嗯……我在阿姨家『打擾』。」

這說法是孝弘灌輸我的。

「在阿姨家睡不好嗎？」

這個問題很簡單，我卻無法回答。

我閃躲似的別開目光，忽然「咦」了一聲，我發現搬到窗邊的梣木被擺回了房間角落。

「你放回去了？我特地搬去曬太陽的吔……這棵樹怎麼這麼小、這麼沒活力呢？」

我離開沙發走到細長柔弱的梣木前。

「買來的時候就這樣了。」

「因為特價嗎？」

「沒有，和其他一樣價錢。」

「是喔——」

我輕觸彷彿一折就斷的枝條。

「不過如果是我，或許也會買這盆。」

「為什麼？」

因為它就像我。現在的我，會對全世界一切可憐的事物感到共鳴。一想到自己以前不是這樣的，就悲從中來，更覺得這棵又瘦又小的梣木與我同病相憐。

「文為什麼會挑這盆？」

因為文也像我一樣不幸嗎？

「因為這盆最小。」

「你喜歡小東西？」

我問，想起文是蘿莉控。蘿莉控只要是小東西，什麼都喜歡嗎？會把小女孩也當成小樹一樣對待嗎？可是——

「可是，總有一天都會長大啊！」

我撫摸著黯淡無光的葉子。

「這棵樹也一樣，枝幹很快就會變粗，長出許多葉子，變成大梣樹。」

「會嗎？」

「會啊！每個孩子總有一天都要變成大人的。」

我說著回過頭去，發現文把臉埋在抱起的膝頭裡。

「文？你怎麼了？你還好嗎？」

我走過去蹲下身看他。

文慢慢地抬頭，表情不太有變化，所以看不出在想什麼，他那雙有如黑洞般的眼睛依然如故，全身縮成一團，就彷彿是不信任人類的狗。**我說了殘忍的話。**

「文，你去公園吧！」

「為什麼？」

「你每天都去公園看小女孩，不是嗎？」

我刻意開朗地說，想要鼓舞文。

「去嘛！反正我應該不是你喜歡的類型。」

「喜歡的類型？」

「就算一樣是小女孩，也有不同的喜歡類型吧？沒關係，人各有所好。你不用在意我，去公園逛逛吧！」

我出於受關照的立場這麼說，接著才想到這話或許是在支持蘿莉控。文是蘿莉控，與文是危險人物這兩件事，在我的心中完全分離了。文在雨中為我撐傘；讓我吃冰淇淋當晚餐；把床讓給我睡，自己睡在隔壁；為我準備早餐；還留下字條，說如果我要回家，請自便。他紳士過了頭，讓我無從感到害怕。

而且文只是看著小女孩而已。內心私下覺得好可愛、好喜歡，也是不能容許的事嗎？要是這樣的話，已經在腦袋裡殺死孝弘千萬遍的我又算什麼？如果起心動念就犯了罪，那算是什麼罪呢？我會被關進牢裡嗎？

「我不去公園。」

文對陷入沉思的我說。

「不用客氣啦！」

「不是，既然有妳在這裡，不去也無所謂。」

「就算我不是你喜歡的類型也沒關係嗎？」

「對，沒關係。」

文的手伸向我，或許我應該逃跑，然而我只是呆呆地看著從白襯衫的袖口伸出來的白皙手臂。像爸爸的那隻手放在我的頭上，輕拍了兩下，手掌的重量、溫度，我意識到已經好久沒有人摸我的頭了，胸口一陣酸楚。

「更紗。」

「嗯？」

「我的名字，家內更紗。」

從昨天開始，文就一直沒有問我，我終於忍不住自我介紹了。

文露出「喔」的表情，看得出他對我真的沒興趣，我覺得好笑了起來。

「那，更紗同學。」

「更紗。」

「咦？」

「我比較喜歡不要加同學。」

就像文不想要我叫他文先生，我也希望他直接叫我的名字。

更紗，更紗，這名字真的好美。

爸爸告訴我，有一種印花的外國布料，就叫做更紗。被人家叫更紗，我就覺得自己成了來自遙遠國度的美麗布料，柔軟，可以變成任何形狀。但爸爸再也不會呼喚我的名字了。

「更紗。」

文叫了我的名字，聲音又甜又涼，就好像霧面玻璃。爸爸的聲音像莫卡辛鞋柔軟的皮革那樣，低沉、微濕。明明完全不同，但慢慢地滲透心中的感覺卻很相似。

我好想、好想爸爸。

「文，我可以永遠待在這裡嗎？」

我的聲音快哭出來了。**求求你，不要說不行！**我在心中祈禱。

「可以啊！」

文定定地看著我。

「真的嗎？」

文點點頭，泉湧而出的安心感幾乎撐破我的胸口。

我可以不用再回去那個家了，我要在這裡，永遠跟像爸爸的文住在一起。

太好了，真的太好了！文是我的救命恩人。

文不會主動說任何事，但只要我問，他無所不答。

他的老家在東北，一個人來到東京讀大學，今年十九歲。每天早上七點起床；床鋪現在讓給了我，他則在客廳鋪被子睡。起床後用洗衣機洗衣服，準備早餐和我一起吃，然後收拾碗盤，簡單打掃之後去大學。傍晚回來，準備晚餐兩人一起享用，接著念書、洗澡、讀小說或看電視，電視只看NHK台。

如果只有一天，這也沒什麼，但一整個星期，每天都是同樣的反覆。文就像個外形與人類維妙維肖的機器人，連飲食生活也是同一套作風。火腿蛋吐司，搭配萵苣、小黃瓜和番茄的沙拉；我喝柳橙汁，文喝咖啡；就像家庭餐廳的菜單一樣，分量也分毫不差。千篇一律的早餐，往後也將繼續下去吧！

「你都不會偶爾想吃點別的嗎？」

「如果妳吃膩了，明天吃和食好了。」

「晚餐就吃和食了，沒關係。」

早餐吃西式，晚餐一樣是教科書般的內容——三菜一湯的和式料理。

「你吃吃看這個嘛，一次就好。」

我穿著睡衣，遊說已經穿戴整齊的文品嚐看看，淋滿了鮮紅番茄醬的火腿蛋。文和爸爸一樣，喜歡鹽巴調味。

「我吃我自己的火腿蛋，妳吃妳自己的火腿蛋就好了。」

「一次就好了，有什麼關係嘛！吃吃看我的啦！你自己的不用淋。」

我磨纏了老半天，文才不甚情願地伸出叉子。嚐了紅色的火腿蛋後，他的眼睛微微睜大，像是要確定似的又吃了第二口。正中下懷，我內心竊笑。

「偶爾吃點不一樣的口味也不錯吧？」

「或許吧！」

「去拉麵店吃麵的時候，有時候也會吃到一半加醋或是紅薑啊！試著換個味道嘛！」

「是嗎？我沒去過拉麵店，所以不知道。」

「咦？」

文居然沒吃過拉麵？這個事實太教人震驚了。

「怎麼會？」

「不知道用了什麼材料，不衛生。」

文說這是他母親的說法。文的母親深愛育兒書籍與生活規範，以前好像擔任媽媽友圈子龍頭的親師會會長。因為被這樣的母親帶大，文每天勵行打掃洗衣，過著如同教科書般規律的生活。

「文真的好規矩喔！」

「對我來說這很普通，我們家向來都是這樣的。」

「嗯，在那樣的家庭長大，那樣就是普通呢！我們家也是，我說我爸和我媽會親吻，同學都用異樣的眼光看我，雖然對我來說那很普通。」

「父母會親吻？」

「整天都在親親啊！早安、晚安、你回來了、我出門了，隨時都可以親。」

「妳爸媽是外國人嗎？」

「每個人都這麼問。他們是日本人啦！」

因為不會顯現在表情上，所以看不太出來，但文似乎震驚無比。

「如果我去你們家，我一定會被阿姨重懲打屁股一百下。」

我洩氣地看著睡衣上沾到番茄醬的紅色污漬。我沒有換洗衣物，文上網幫我買了衣服和內衣褲。不管是吃的還是穿的，都是文替我張羅的，可是我卻讓它沾到了番茄醬。

媽媽總是說賺錢很辛苦，所以阿湊非常了不起。但文並沒有打工，我猜文的家一定很有錢，這個住處又大又漂亮，文身上的衣物感覺也很有品味。

「把你買給我的衣服弄髒了，對不起。」

「髒了洗乾淨就行了。」

我就是喜歡文的這種地方。他不會叫我守規矩，也不會像學校老師那樣，用困擾的眼神看著沒辦法和別人一樣的我。就算我懶躺在正襟危坐的文旁邊看卡通，他也不會說什麼，只是繼續正襟危坐。

文自己守規矩，和別人不守規矩，在他的心中是兩碼子事。

爸爸曾說過：「**人各有志，每個人都不一樣，是天經地義的事啊！**」他在市公所遵循繁瑣的規則處理公務，但有些人無論如何就是不符合常規，對於這樣的人，爸爸無力救助，感到心痛不已。我知道他有時候好像非常難受，偷偷吃藥。

「更紗，妳的嘴角沾到番茄醬了。」

「哪裡？」

我邊擦著嘴邊問道。

「愈抹愈大塊了。」

文抽了張濕紙巾替我擦嘴巴。我閉上眼睛任憑處置，發現整個下巴被捧住，一睜開眼睛，我和桌子對面一本正經的文對望，他單薄碩大的手裹住我的下巴，指尖觸碰著我的嘴唇。

他用指頭慢慢地撫摸我的唇，我心頭怦怦亂跳。

「……爸？」

我怔忡呢喃。

「咦？」

「文，你的動作跟我爸一樣。」

文張大眼睛，倏地縮回了手。

「我爸也常這樣幫我擦番茄醬、沾醬或醬油。你和我爸很像，長相和聲音都不一樣，可是手和鞋子很像。」

我激動地繼續說。

「……抱歉。」

文尷尬地看著我。

「為什麼要道歉？」
文別開目光，拿起番茄醬，擠在自己的火腿蛋旁邊。
「你喜歡上番茄醬了？」
「嗯。」
我幾乎要手舞足蹈起來，文不僅承認自己的錯誤，還願意向我這裡靠攏。
這天晚餐應我的要求，文做了咖哩飯。洋蔥、馬鈴薯、紅蘿蔔、牛肉，是富有文的風格的模範咖哩。
「你做的也很好吃，不過好想讓你吃看看我們家的咖哩。蔬菜全部切成細末，加上香草、大蒜和磨碎的蘋果，不加一滴水煮成的喔！」
「我沒吃過那種咖哩。」
「下次我做給你吃。」
「很危險，不可以。我不在的時候，也不可以碰瓦斯爐。」
「是──」

我們吃著咖哩飯，閒話家常。這時，電視突然傳出我的名字，螢幕上正在播放傍晚的當地新聞節目。

——失蹤的是小學四年級，今年九歲的家內更紗小朋友。更紗小朋友在放學途中的兒童公園和朋友一起玩，解散之後便下落不明。

湯匙停在半空中，我呆呆地盯著電視機。我早就猜到或許會演變成這樣，但親眼看到，還是覺得很吃驚，旁邊的文也僵掉了。

「阿姨果然報警了嗎？」

我猜想，如果我好幾天沒回家，姨丈和阿姨應該會擔心地報警，也想像可能會像這樣上新聞，整天提心吊膽。但一個星期過去，都沒消沒息，本來我還感到一陣落空，心想：原來我消失了，阿姨和姨丈反而鬆了一口氣。我做錯太多事情了，結果我的所做所為，把阿姨姨丈搞得精疲力盡。就算我還小，也看得出這一點。

我祈禱阿姨就這樣忘了我，希望她不要報警，也不要通知學校。拜託不要有人把事情鬧大，這樣我就可以永遠待在文的家了。我如此祈禱著。

同時心中卻也颳過淒涼的風。**就算我消失了，世上也沒有人會擔心我。**因為這讓我發現，自己就像被風吹走的面紙一樣單薄、沒有任何人需要、毫無價值。

主播說，我在放學途中的兒童公園玩耍，和朋友道別後失蹤了。其實我是再次返回公園，但沒有人知道這件事。太好了，這樣文就不會蒙上嫌疑了。然而————**更紗小朋友玩耍的兒童公園長椅上，放著應該是更紗小朋友的書包，同時這座公園從以前就有人目擊到可疑男子。**

我感到一陣心驚。

「文，變成我被你誘拐了嗎？」

「新聞說妳失蹤，但也許警察私下是朝誘拐案偵辦。因為是小四的小女生失蹤，媒體也格外謹慎吧！」

聽到「警察」兩個字，明明一點都不冷，雞皮疙瘩卻爬滿全身。

「我是不是回家比較好？」

我問道。

「如果妳想回家，隨時都可以回去。」

文看我冷靜地說。

沒錯，不是文千懇萬求要我留在這裡，而是我請他讓我待在這裡的。我卻把選擇交到文的手上，真是太狡猾了。

「我想待在這裡。」

「那就待在這裡吧！」

「可是如果我在這裡，你可能會被警察抓走，沒關係嗎？」

「有關係。這樣一來，事情就會曝光了。」

「曝光？」

「被所有的人知道。」

「知道什麼？」

「祕密。」

「什麼祕密？」

文沒有回答，低頭繼續用餐。我反省自己問了個蠢問題。

文是大人，可是他喜歡我們這種小女生。明明沒有受害，每個人卻都覺得文很噁心，他只是看著而已，什麼都沒做。但僅僅只是待在那裡，便人人喊打，這就是蘿莉控。蘿莉控罪大惡極，是必須拚上老命隱藏到底的祕密。

「如果曝光，會招來什麼樣的目光？」

我擔心地問。

「一定會讓人想死，光是想像就教人害怕。」

會遭到讓人想死的對待？朋友、鄰居，或許連家人都一樣嗎？要是被那樣對待，文會怎麼樣？不會真的死掉吧？一想到這裡，味覺頓時消失了，口中的咖哩和白飯變成一團黏稠的東西。

「既然這樣，不是不應該讓祕密『曝光』嗎？」

我問。文直盯著盤中涇渭分明的咖哩和白飯，是我來到這裡的隔天，看著睡著的我的那種眼神——空空洞洞，漆黑的兩個窟窿。

「因為不能曝光，所以才叫做祕密，但有時候因為積壓在心底太痛苦，會想要乾脆全部抖出來算了。有時候全部說出來，反而輕鬆。」

聽起來像是在對自己說，而不是告訴我。

「嗯，我懂。」

「妳不會懂的。」

「不，我懂的。」

我斬釘截鐵地說。

文看向我，我回視那雙黑洞般的眼睛，總覺得我的眼睛也和文一樣，成了兩顆漆黑的窟窿。

因為我也有不可告人的祕密，我很想告訴別人，向人求救，可是我沒有勇氣說出口。**好痛苦，救救我，拜託誰來發現我的困境**。可是沒有人發現，所以我明白那種必須扛著重擔繼續前行的痛苦。

我的新聞已經報完了，只有姓名，沒有照片；但如果我繼續待在這裡，或許總有一天會登出照片。我的失蹤案會鬧得多大呢？警察會找上這裡嗎？不安幾乎要把我吞噬了。

「我想吃冰淇淋。」

我喃喃地說。

「現在？」

盤子裡還有剩下來沒吃完的咖哩，可是現在我想吃甜的。我點點頭，文便從廚房拿來兩杯冰淇淋。

「你也要吃？」

「嗯。」

「我以為你不會做這種事。」

「以前是不會。」

文眼神肅穆地打開杯蓋，就像準備要觸犯嚴重的禁忌。

文不斷地向我靠攏，這是遠遠超乎感謝的欣喜。歷經漫長的漂泊之後，總算邂逅彼此的全世界碩果僅存的兩隻動物，是否就是這樣的感受？

「真好吃。」

我開心地說。

「嗯！」

文點頭回應。他的側臉看起來有些膽怯，也許是想起了母親……那個深愛育兒書與規範的母親。

「要是被你媽媽發現，你也要被打屁股一百下呢！」

「妳為什麼一副很開心的樣子？」

「打屁股一百下的夥伴增加了啊！」

我指兩個人一起就不怕了。

「夥伴……」

文望向半空中喃喃道。

我們把沒吃完的咖哩飯留在盤中，一起吃著令人舌頭融化的冰淇淋。

這是個苦樂難辨的夜晚。

原本是鹽巴派的文，開始每天輪流在火腿蛋上淋番茄醬和芥末醬，或是晚飯吃到一半，開始吃起冰淇淋，除了新聞以外，也會看卡通了。文一板一眼的生活開始逐漸走調。

就在星期六，出了一件大事。

我醒來之後前往客廳，發現文居然還在睡。**文居然賴床！**我思忖著。向來總是我先睡，文先起床；也就是說，這是我第一次看到文的睡臉。我蹲下來，細細地端詳。文的睡臉好美，他把沙發挪到牆邊，在空出來的地方鋪上墊被，像童話裡的睡美人一樣平躺著，雙手在身前交握。

爸爸只有早晨臉上會冒出鬍碴，但文的面頰卻很光滑。媽媽酒喝多的晚上，會打鼾打得很好笑，但文睡著的鼻息聲卻很安詳。我看著看著，直想著真美，不禁睏了起來，結果也躺在文的旁邊閉上了眼睛。

第二次醒來的時候，已經中午了。沒想到文還在睡，我肚子餓了起來。

「文——」

我搖晃著他喊道。

文醒了過來，神情惺忪，我第一次看見文睡眼惺忪的樣子。他慢慢地回到現實，露出難以置信的表情。

「原來你也會睡過頭。」

我打趣地說道。

文驚恐地縮起肩膀，那反應就像自己犯了什麼不可饒恕的大錯一樣。這讓我重新認識到，在被育兒書籍支配的文的家，一點小事都有可能構成大罪。

「這很正常啊！昨天很晚才睡嘛！」

我連忙安慰地說。

昨晚我們一起看DVD看到很晚。我挑了五部，文想看的有五部，總共租了十部片子回家。因為有很多部，如果我覺得無聊，就不勉強看下去，直接換下一部。

「偶爾也該好好地看到最後吧！」

文第一次要求我好好地做什麼，這讓我覺得開心，馬上說好，乖乖地把文租的〈剪刀手愛德華〉[*6]看到最後。

這是我出生前拍的電影。擁有一雙剪刀手、生性溫柔的愛德華，在歧視與偏見的壓迫下，被趕出城鎮。這部美麗而殘酷的童話故事讓我看得淚眼汪汪，一旁的文表情嚴肅得可怕，目不轉睛地沉迷於劇情。

「對不起，我馬上煮飯。」

文就要起身，我制止他，提議叫外送。

「熬夜和賴床，是假日專屬的樂趣。而且我媽媽說，假日是叫外送的日子，我想吃披薩。文討厭披薩嗎？」

「……好吧！」

文花了五秒鐘才回答。

「可是我沒有叫過外送，不知道要怎麼叫。」

「打電話訂就可以了。來查菜單吧！」

文懵懵懂懂地打開筆電，我搜尋餐廳，挑了可以吃到兩種口味的L尺寸披薩，還加點了薯條、沙拉和薑汁汽水。文說吃不了這麼多，但我堅持要這樣點。

披薩送來之前，文要折棉被，被我強硬制止。文去刷牙洗臉的時候，我依然穿著睡衣，在墊被上滾來滾去，並阻止文把送來的披薩放到桌上，直接擺在地上，這樣就可以躺在墊被上直接抓來吃。

「這樣實在不太好吧——」

文俯視坐在被窩基地裡把薑汁汽水倒進杯中的我，說道。

「如果真的不行就跟我說吧，我馬上拿到桌上去。」

我邊打開盒蓋邊說，底下出現鋪著熱騰騰起司的披薩，文張大了眼睛。看到他食指大動的樣子，我內心叫好，舉起杯子說要乾杯。

「為什麼乾杯？」

＊注6：《剪刀手愛德華》（Edward Scissorhands），一九九〇年由提姆・波頓（Tim Burton）執導、強尼・戴普（Johnny Depp）主演的奇幻愛情電影。

「為懶蟲的假日乾杯。」

我搬出媽媽的話。

文似乎很困惑，提心吊膽地和我碰杯，杯子裡金黃色的泡沫滋滋迸裂。

「對了，要看〈小天使〉*7。」

我摸索租片行的袋子，取出〈小天使〉，這部卡通和起司是天作之合。我和文一邊看〈小天使〉，一邊吃著融化牽絲的起司披薩，配〈小天使〉吃起司，美味加倍。這種現象叫做什麼呢？

「吃飽了。接下來看哪一部？」

「和食物無關的。」

文手肘倚在被子上說道，我們看到一半，就變成躺著看。

披薩還剩下一半，沙拉和薯條幾乎都沒動，已乾掉了，明明都已經飽了，卻拖拖拉拉地抓起那些東西往嘴裡塞。被飽食與怠惰支配的假日，就是為了打造這樣無比幸福的時光，才點了量吃不完的外送。因為用油膩膩的手抓，遙控器也被抹得油亮亮的。

「那，看這個。」

我將〈絕命大煞星〉*8塞進播放器裡。

「這個更紗可以看嗎？」

剛播放沒多久，文就這麼問，應該是認為內容過度刺激了。

「我爸媽很喜歡這部片。」

媽媽激動地說克利斯汀．史萊特*9和派翠西亞．艾奎特*10可愛得要命；而喜歡塔倫提諾*11的爸爸對電影的結局感到惋惜，說如果兩個人都死掉就好了。但他

＊注7：〈小天使〉（アルプスの少女ハイジ）是根據瑞士作家約翰娜．施皮里（Johanna Spyri）於一八八〇年所發表的德文小說《小蓮（Heidi）》系列改編的日本電視動畫。

＊注8：〈絕命大煞星〉（True Romance），一九九三年的美國愛情犯罪電影。

＊注9：克利斯汀．史萊特（Christian Slater），美國男演員，由於演技卓越，榮獲二〇一六年金球獎最佳男配角。

＊注10：派翠西亞．艾奎特（Patricia Arquette），美國女演員，榮獲第七十二屆金球獎戲劇最佳女配角、第八十七屆奧斯卡金像獎最佳女配角等。

＊注11：昆汀．塔倫提諾（Quentin Tarantino），美國男導演、編劇、監製和演員。其電影的特色為非線性敘事的劇情、諷刺題材、暴力美學、架空歷史，以及新黑色電影的風格。

們也一致同意說兩人沒有死，獲得幸福，所以這部電影才美妙。血花四濺、甜蜜的親吻和白色的羽毛，我鮮明地記得這些場景。

「這是爸爸媽媽和我三個人，一起度過的最後一個星期天看的電影。」

我在被子上托著腮幫子，直盯著電視螢幕說。

我從來沒有告訴過任何人，但肚子吃得飽飽的，腦袋呆滯，旁邊又有文陪著。這裡是安全地帶，原本緊緊地勒住我的緊箍整個鬆掉了。

「我爸爸一年前死掉了，媽媽目前在別的地方和男朋友一起生活。」

爸爸的肚子裡長了不好的東西，那個壞東西一眨眼就變大，害死了爸爸。媽媽哭得像個小嬰兒，她從早到晚整天哇哇大哭，喝奶似的狂灌酒。爸爸離開以後，家裡變得一團亂，掉在地板上的酒瓶，再也不像寶物一樣閃閃發亮了。

某天我從小學放學回家，看到家裡有陌生男人，媽媽交了男朋友，總算不哭了。男人很溫柔，但不是爸爸。我生氣地問媽媽：「**妳已經忘掉爸爸了嗎？**」結果媽媽緊緊地抱住了我哭著說：「**我怎麼可能忘了他？**」

那，為什麼……？

「**就是因為忘不了、因為太痛苦了，所以才需要甜蜜的糖果。**」

媽媽說男朋友是糖果。我心想原來如此，只要吃冰淇淋和巧克力，我也能稍稍減輕一點悲傷。我問：「**那爸爸也是糖果嗎？**」媽媽又哭了，說：「**阿湊是飯，人沒有飯就活不下去。**」因為媽媽實在哭得太慘了，於是我不再向媽媽提起爸爸的事。

媽媽不停地吃糖果，就像看到什麼吃什麼，然後有天她說要出門一下，公寓樓下停著一輛深綠色的車，駕駛座上坐著忘記是第幾顆糖果。蒙在鼓裡的我從公寓陽台對著上車的媽媽揮手說：「**路上小心！**」這是我最後一次看到媽媽。

「媽媽帶著糖果不知道去哪裡了。」

我直盯著螢幕說道。

克利斯汀．史萊特飾演的克倫，親吻派翠西亞．艾奎特飾演的渾身鮮血的阿拉巴瑪的額頭，說：『**妳比電影明星還要美。**』、『**不用擔心。**』、『**往後一定會**

順利的。』阿拉巴瑪看起來很幸福，就像爸爸還活著的時候的媽媽。

對媽媽來說，我沒辦法成為讓她活下去所必要的白飯，也不能是排遣悲傷的糖果，不僅如此，我還成了母親最討厭的「重擔」。媽媽沒辦法扛起任何重擔，她是個不會忍耐的人。

「阿姨家和以前我和爸媽一起住的家不一樣，不過這沒有關係。」

我的嘴巴任意動個不停，聲音變得愈來愈細。

「這沒有關係，可是……阿姨家有個讀國二的兒子……那傢伙……很噁心！」

心臟怦怦地亂跳起來，我擺出不在乎的表情，眼睛一直盯著螢幕。**這根本不算什麼，不算什麼，所以就算照常說出來也不會怎樣。**

「每次到了晚上……那傢伙……就會跑來我房間。」

說到這裡，話語化成了一團巨大的事物，把我的心給壓垮了。

我一直好想告訴誰！想要誰來救救我！可是我說不出口。好痛苦，沒辦法呼吸！我不停地瞪著螢幕，克倫用槍抵住朋友的頭，一觸即發。

「妳這個吃白飯的！不准動，也不准出聲！」

黑暗中傳來門把轉開的聲音，恐懼讓我變得像石頭般動彈不得，在墊被上做出立正姿勢，等待時間過去。孝弘的手恣意亂摸，每天晚上我都慘遭殺害，到了早上重新復活，入夜以後再次被殺。與其這樣下去，我情願殞石砸下來，和地球同歸於盡，要不然就是我去死。

克倫和阿拉巴瑪的身影一下子模糊起來，鼻頭好熱，滑落臉頰的淚水好癢。好不甘心，我明明想擺出這一點都沒什麼的表情，卻變成這副德行，豈不是好像我是個可憐巴巴的人嗎？

我鑽進被窩裡縮成一團，文的手隔著被子放到我的頭上，被溫柔撫摸的瞬間，我內心的線繃斷了。我聽見媽媽在葬禮上的號啕大哭，那聲音和我的哭聲重疊在一起。太多太多的事，讓我再也承受不住了。

神啊，請讓我回去爸爸媽媽的家。

如果不行的話，請讓我不用再回去那個家。

螢幕連續傳來槍響，電影已經邁入高潮，角色一個接著一個死去，阿拉巴瑪哭著抱住克倫，放聲尖叫。阿拉巴瑪，沒事的，克倫不會死的，最後你們會在一起得到幸福。

但我一直處在命懸一線之中，如果往後我要繼續活下去，那就只有待在文的身邊才有辦法。我覺得只有隔著被子撫摸我的頭的文的手，是最後的救命繩。

梅雨結束，夏季到來，我依然待在文的家。

當地新聞果然登出了我的照片，那張照片拍得很醜，我覺得很生氣，向文抱怨，這天晚餐改吃冰淇淋。但政治家時機正巧地幹了壞事，我的新聞很快地減少，而我則呈正比地茁壯成長，開枝散葉。

我一步都沒有跨出屋外，度過梅雨直到夏季，我一點都不覺得拘束。不僅如此，我因為得到了熱切渴望的安全感，再也不會睡眠不足，夜裡也不再感到害怕。

我在地板躺成大字形，沐浴著窗外射進來的夏季陽光，渴了就喝冰涼的可爾必思、睡午覺、看電視、看書。我一天天回想起骨頭、皮肉、肌腱等每一顆細胞獲得舒緩的感覺。

「這個教人一口接一口呢！」

文盯著盤子裡堆積如山的炸薯條說道。

蜂蜜芥末醬和大蒜蛋黃醬，我們家一定都有這兩種沾醬。嘴裡說著會胖，手卻怎麼樣都停不下來。甜與鹹的永恆運動，不只是我，也將文變成了俘虜。

「回頭醬也很好吃喔！是用番茄醬、塔巴斯科辣椒醬、美乃滋還有伍斯特醬混合而成的。我也喜歡酸奶油、大蒜和香草混合而成的醬。」

「下次來做做看吧！」

文說著，把調味料筆記下來。

文和我一起生活以後，整個人墮落了——在火腿蛋上淋番茄醬、吃冰淇淋當晚餐、享受各種外送、被漢堡加碳酸飲料這種罪惡的組合所俘虜。

「文，你什麼樂子都不知道呢！」

「對妳來說天經地義的事，我都不知道呢。」

被如此回敬，我嘿嘿地笑著打馬虎眼。

和文一起生活以後，我也改變了。我每天用除塵紙清地板，每兩天用濕抹布擦地板一次，也學會依纖維分類洗衣的方法，爸媽都沒有文這麼仔細。文和我的生活方式一天天融合在一起，但沒有停在正中間；認真起來就做到好，懶散的時候就邋遢到底這樣。就像甜與鹹，怠惰與勤奮交互輪替剛剛好。

我在打理得整潔美觀的房間裡遊手好閒，和大學放暑假的文天南地北地閒聊。文再也不去公園了，每天都和我一起過。

「文，你完全不喜歡大人的女生嗎？」

我也可以滿不在乎地提出敏感的話題了。一開始文也小心翼翼地回答，但漸漸地好像看開了，和我說話時會有些語帶戲謔。

「是啊！不喜歡。」

「那，你喜歡多小的女生？」
「不確定吔！最多就國中生？」
明明是自己的事，文的口吻卻好像事不關己。
「那，如果喜歡的小女生上了高中怎麼辦？」
一陣停頓——
「……拔起來丟掉。」
他說得好像把庭院裡的樹木挖掉重種一樣。
「那，等那棵樹長大了，你也要丟掉嗎？」
我問道，望向擺在房間角落細瘦的梣木。
「是啊！」
文乾脆地回應。
那，先前喜愛的心情要怎麼辦？我想這麼問，但頓住了口，因為文的眼睛又失去了光芒。文自己一定也不知道，也無法控制吧！

「蘿莉控很辛苦嗎？」

「就算不是蘿莉控，活著也一樣艱辛啊！」

「就算長大了也一樣艱辛嗎？」

「很遺憾，沒錯。」

原來是這樣啊？我一直以為只要長大，就可以自由地前往任何想去的地方，也不會有任何難過的事。既然如此，我才不想變成大人。

想到這裡，我發現了一個事實——**那，如果我長大了，也會被文拋棄嗎？**

我偷瞄了文一眼，他的眼睛依然像兩個陰暗的洞穴，我無法鼓起勇氣去問不言自明的問題。好想快點長大啊！可是與其要被文拋棄，我寧願永遠當個小孩。

到底該怎麼做才好呢？我們都陷入了沉默，不停地吃著又甜又鹹的蜂蜜芥末味的炸薯條。

最近有很多小熊貓的新聞，什麼小熊貓跟在熊貓媽媽後面走來走去、小熊貓第一次吃蘋果，今天的新聞全被慶祝小熊貓一歲生日的消息給占滿了。

「好想親眼看看熊貓喔！」

我吃著豐盛的早餐說道。發芽糙米飯、豆腐味噌湯、燙波菜、一人一半的煎魚，宛如教科書的文式餐點維持著我的健康。

「妳沒有看過嗎？」

「嗯！這附近的動物園有熊貓嗎？」

文上網查了一下，發現搭電車約一小時的動物園裡有熊貓，不過是成年的熊貓，而不是新聞裡報的小熊貓。

「大熊貓也沒關係，我想看。熊貓熊貓熊貓貓～～」

我甩動著雙腳說道。

來到這裡，已經過了約兩個月的時間。先前那樣感激涕零的安全生活也已經完全習慣了，不僅如此，還覺得有點無聊，都忘了自己現在是失蹤狀態。

「那我們去看吧！」

我穿上文上網買來的洋裝，還有來這裡的時候穿的粉紅色運動鞋；因為是夏天，穿涼鞋比較好，但我不會外出，買鞋子也沒有意義。文戴上無度數眼鏡，稍微變裝，但怎麼看都是文。

久違的花花世界一片璀璨，風吹拂而過，仲夏烈日灼燒著肩膀，汗水從髮間滴落，癢呵呵的。我坐在電車的窗邊，享受光輝的景色。

我過度熱中於自己的享樂，幾乎沒注意到一旁文的狀況。

動物園遊客如織，尤其熊貓區前萬頭攢動，我就算踮起腳尖，也看不到半點熊貓的影子。每個人都在用手機拍照，遲遲輪不到我們。

「文，看不到熊貓啦！」

我一再呼喚在後面等待的文。一會兒後，我才發現自己太招搖了，不停地和大人對上眼，許多大人都在瞄我。

怎麼了呢？我的臉上沾到東西了嗎？我摸摸臉頰，這才猛然想起自己的處境。瞬間，熊貓再也無足輕重，我急忙回到文的身邊，拉扯文的手往前跑，卻反而更惹人注意了。

「家內更紗！」

有人大喊著我的名字。周圍的目光同時聚集在我和文的身上，有人驚覺、有人怔住、有人一臉凶惡地撥打手機、有人用手機鏡頭對著這裡。

「這邊，快點！」

又有人大喊。朝那裡一看，警察正分開人群往這裡跑來，早就有人報警了。

我的心臟開始怦怦亂跳起來。

「文，你快跑！」

我想要放手，然而文卻用力握住我的手，我驚訝地仰望他。

文筆直地看著前方，我以為他在看警察，但不是。

文的目光似乎看著更遙遠的地方，他的眉毛欲泣地揪結在一起，看起來也彷彿鬆了一口氣。

「文？」

啊，已經完了。我和文的手緊緊地握在一起，淚水湧上眼眶，全身感受到與文在一起的時光即將結束的恐懼。
趕來的警察問我姓名，我也回答不出來。
「不要怕，沒事了。」
警察看到只是淚眼汪汪的我，安慰說。
另一個人問文的名字，文老實地報上名字。
「這女生是家內更紗嗎？」
那位警察接著問。
「是的。」
文回答。
「抓到嫌犯了。」
我和文的手被扯開了。
「文！文！」
我被警察抱住，朝著被帶往反方向的文伸出手去，然而視野卻被看熱鬧的民眾遮擋，幾乎看不到文。

『**文——！文——！**』許多手機鏡頭拍下只是如此哭喊的我。

這是我和文被烙上永遠不會消失的電子烙印的瞬間——

可是，到底是以什麼罪名？

我被帶到醫院，接受各種檢查，確定健康狀況，被許多人詢問了許多問題。醫生、刑警、女心理師等輪流來到病房，每個人都很溫柔，但我堅持不開口。我已經發誓，就算撕破我的嘴巴，我也絕對不會吐出半個害文變成壞人的字。

「這件洋裝好可愛，是大哥哥買給妳的嗎？」

心理師在病房裡問我。

文很溫柔，把我照顧得無微不至。我心想：**如果說出這件事，或許可以讓他們理解文並不是壞人。**

「他還買了其他很多東西給我，像是T恤、裙子和睡衣。」

「這樣啊！」

看到我終於開口，心理師看似由衷開心地微笑，感動地點點頭。

我覺得好像看到了一絲光明，繼續努力解釋文是個很認真的人。心理師深深點頭，邊聽邊應和。

「那，最後我可以問個問題嗎？」

等我說完後，心理師反問。

「如果妳不想說，不用勉強回答沒關係。」

我點點頭。**當然，我就是這個打算，我要保護文。**

「妳們在一起的時候，大哥哥有沒有摸過妳的身體？」

我反射性地一個哆嗦，心理師的眼睛微微地瞇了起來。

她誤會了，我想到的是孝弘。在黑暗中吱呀作響著轉開來的門把，他的手伸進睡衣裡面，黏膩的手的觸感激起我滿身雞皮疙瘩……是這些種種。

我微微地搖了搖頭，像要甩開嫌惡，我不想被人知道孝弘對我做的事，全身冒出顫慄的汗水。

「沒關係。嗯，我知道了。」

心理師握住我的手說道。

「文什麼都沒做。」

「嗯，我知道。」

「不，妳不知道。文對我很好，文沒有對我做任何壞事。做壞事的、對我做壞事的是——」

是孝弘。不對的是那傢伙，那傢伙對我做了噁心的事，我說不要，他也不肯停手，所以我才逃離了那裡，是文救了我。只要這麼說就行了！快點、快點，快點這麼說！然而，我的嘴巴卻吐不出半個字。

親口向每個人說明孝弘對我做的事，光是想像，我就羞恥得想要當場消失不見，就好像心臟被刀子捅進去一樣。淚水和噁心感同時湧上心頭。

「文沒有做壞事，文他——」

忽地一陣難受，我捂住胸口，沒辦法呼吸。

「更紗，我們來做個深呼吸。來，吸氣，吐氣。」

護士來到旁邊，溫柔地撫摸我的背，並向心理師使了眼色。心理師點點頭，走出病房。

不對，等一下，聽我說，文什麼都沒做啊！我犯了不可饒恕的錯。

刑警們知道幾月幾日，我和文看了哪些電影，好像是影片出租店留下了記錄。看〈絕命大煞星〉那天，公寓有住戶聽到小女生的哭聲。我說：「**那只是我自己覺得傷心，文什麼都沒有做**。」但警察問我為什麼傷心？我卻回答不出來。因為如果說出理由，一樣會被知道孝弘對我做了什麼事。

文不斷地變成壞人，這時心慌意亂的我聽到了更恐怖的一句話——

「更紗，妳終於可以回家囉！」

眼前一片漆黑。

我因為檢查結果很健康，又要被送回百般祈禱不願意回去的那個家。

被警察帶回去的第一天，我就見到了阿姨和姨丈。

「幸好妳平安無事，真是太好了。」

這是阿姨的第一句話。

我道歉說對不起。我一面道歉，內心絕望無比，我的希望破滅了。

阿姨不是壞人，這我明白，但不為人知地不被當成人對待的日子，又要開始了。一想到又要回到如同鼻子被穿上鼻環強制拖行的牛隻般的生活，我簡直想死。

這個世上根本沒有上帝，我的願望沒能實現。

我所珍惜的所有的一切，全部、一個不剩，全都被奪走了。

爸爸、媽媽、文，全都不見了。

宛如放學後的冷寂慢慢地覆蓋了我的心，空蕩蕩的教室裡，與文共度的記憶就像輕飄飄的夢幻般飄浮著。

「就算不是蘿莉控，活著也一樣艱辛啊！」

你說的沒錯，文。我不是蘿莉控，可是難受極了。

都是我，害得你變成了壞人。對不起、對不起，下次再見到你，讓我向你下跪吧！如果你叫我去死，我會去死，因為就算活著，也沒有任何好事。

回到家那天，阿姨和姨丈都對我特別好。

「妳回來了！」

孝弘看到我回去，冷笑著說。

半夜，孝弘再次轉動我的房間門把。嘰——，如同惡魔彈奏的小提琴聲。

「起來。」

孝弘在黑暗中細語。

「妳被拐走的期間，被玩得差不多了吧？」

因為漆黑，看不清楚孝弘的臉，被子被慢慢地掀起。

這天，我立下了一個決心——不是地球被隕石砸碎，就是我去死；可是還有第三條路，只要殺死孝弘就行了。仔細想想，我再也沒有可以失去的東西了，就算被丟進牢裡我也不在乎，跟這個家比起來，牢房還要舒適多了。

我爬起來，抓好早已握在手中的姨丈的酒瓶，朝著孝弘惡狠狠地砸下去。

一道悶響，驚天動地的慘叫，隔壁房間的門打開，阿姨姨丈的腳步聲朝這裡跑來。門開了，燈亮了，照出頭破血流的孝弘，和手持凶器坐在墊被上的我。

「怎麼了？怎麼搞的？這是怎麼回事？」

阿姨驚慌失措，交互看著我和孝弘。

「他從以前就天天晚上跑到我房間來。」

憤怒突破界限，我的聲音反而靜如止水。

阿姨發出尖銳的吸氣聲，姨丈茫然張口。

「她騙人！我什麼都沒做！」

孝弘哭訴著，但想抵賴也沒用。事實上，他人就在我的房間裡。

「你……」

姨丈揪住孝弘的睡衣衣領。

「住手！他受傷了！」

阿姨擋在兩人的中間，孝弘哭哭啼啼的。接著姨丈開車送孝弘去醫院急救，阿姨也一起跟去。

被留下來的我神清氣爽，立刻就睡著了。事後聽阿姨說，我癱成大字形，鼾聲大作，睡得不省人事。

「才剛發生那種事，真不敢相信妳居然睡得著！」

就在回去的那一天，我完全成了個麻煩精，之後我被送進了育幼院。

不知為何，事情變成我突然拿酒瓶砸孝弘的頭，許多大人問我為什麼，我一樣說不出理由，不是嘔吐，就是不停地發抖。護士撫摸我的背，我和護士身後鬆了一口氣的阿姨對上了眼，我沒有說出孝弘的名字，讓阿姨如釋重負。

我恨自己的懦弱，就像恨阿姨和孝弘那樣，我連只是照實說出發生過什麼事都做不到。看到默默流淚的我，醫生說我是因為經歷了誘拐，情緒不穩。

離家的時候，阿姨和姨丈都別開目光，不願意看我。孝弘躲在自己的房間不出來，他傷害別人，自己卻無法承受一絲一毫的痛。

我的雙手提著裝了換洗衣物的提包，背上揹著應該丟在公園長椅的又重又硬的書包。

往後我必須永遠帶著這些累贅活下去吧！

沒辦法像媽媽那樣，兩手空空，輕快前行。

醒悟到無從逃避的重擔時，我的童年也宣告結束了。

第三章　她的故事 II

「辛苦了。」

傍晚時分，打工的大學生過來上班，神采奕奕地打招呼，才剛上完一整天的課，但每個人都精力十足。

「我先走了。」

我離開外場，穿過廚房，一面走向更衣室，一面也向廚房人員道別。

「家內，這個星期天午餐時段就好，可以來幫忙一下嗎？」

店長走過來出聲問道。

「不好意思，星期天不太方便。」

我婉拒說道。店長露出困窘到可憐的表情，沒有再繼續懇求。

排班一事我總是不肯通融，店長卻每次都還是要問。每一間家庭餐廳都一樣，排班是最讓店長頭大的問題。

更衣室裡擠滿了同一個時段下班的女員工，一片嘈雜。在同一家購物中心上班，即使任職於不同商家，也會漸漸熟稔起來。她們在討論要不要去新開的紅茶店，我默默換著衣服。

「家內，要一起去嗎？」

平光出聲詢問。我們在同一家餐廳工作，我做外場，平光是廚房人員。

「不好意思，今天有點不方便。」

「這樣啊，那下次再約吧！」

我和排班一樣拒絕了。老樣子了，但平光每次都會問我，她是出了名的古道熱腸，卻也讓我覺得每次都要拒絕很麻煩。

六月尾聲，一早就下著小雨，我打開折疊傘前往車站。濕氣貼附在皮膚上，濕黏黏。

我在離家最近的車站下了電車，繞去超市。番茄正在特價一盒四百圓，很久沒用新鮮番茄而不是罐頭做義大利蔬菜湯了，可是想到亮不喜歡番茄，又打消了念頭。這麼說來，在亮之前交往的對象，不只是番茄，只要是酸的都不行。

仰望一片灰色的天空，盤算今晚的菜色。

高中畢業後，我離開育幼院，進入機器零件公司當職員。

在育幼院九年的生活，充滿了不同於阿姨家的危險。從小一到高三，住在同一個屋簷下的孩子們各有來歷，平時都很正常，但一旦出事，爆發力驚人。有許多孩子一抓狂就很可怕，就像我拿酒瓶毆打孝弘那樣。大人看管不到的地方也有霸凌行為，我戰戰兢兢，小心不讓自己成為目標。

即將高中畢業，可以離開育幼院時，儘管鬆了一口氣，但實領薪水只有十三萬圓，讓我擔心萬一生病，生活立刻就會陷入困頓，我考慮著晚上或假日也要打工。當時的男友邀我一起同居，對方是我上高中開始打工時在職場認識的，比我年長。

可以分擔生活費，老實說幫助很大。

但同時我也湧出單純的疑問：**我有這麼喜歡這個人，可以跟他一起生活嗎？**見我遲遲不肯說好，男友似乎誤會了，強而有力地說：「**不用擔心，我會保護妳。**」男友知道我是以前轟動全日本的〈女童家內更紗誘拐案〉的受害女童，他偶爾對我過剩的溫柔，就源自於此。

我和這個男友一起住了四年後分手，後來和亮交往，決定同居時，我辭掉了工作。亮是我當時上班的公司客戶，我不希望亮因為我的事而遭人議論，但不管再怎麼保持沉默，我的名字都不肯放過我。

我被浮游在網路世界的資訊揪住後頸，從小學、國中、高中，一直到打工、就職的公司，我是〈女童家內更紗誘拐案〉的受害女童一事，都一定會傳開來。「**妳被拐走的期間，被玩得差不多了吧？**」孝弘的話，頗為一針見血地反映了社會這種東西的真實面貌。

發現世人居然連對被害者都橫眉冷對，我陷入愕然。他們以體恤、關懷這種善意的形式，在我身上從頭到腳，每一處都蓋下了「被玷污的可憐女孩」的印章。

每個人都認為自己是好心人。

確實，我受傷了，但傷害我的不是文。

孝弘完全沒有受罰，逍遙自在地讀到大學畢業，找到了正職，現在也以善人的嘴臉自居。我和阿姨一家連賀年卡都不會互寄，我們只是有血緣關係，卻是徹底的陌生人。

更重要的是，我有想要向世人傾訴的事——

文並沒有對我做任何不該做的事。

文是個非常善良的好人。

然而我愈是傾訴，就愈惹來同情。

我覺得就像被迫參加注定要輸的比賽。我所剩下的手段，就是麻木不反應，不管是同情還是善意，都以平靜的微笑不當一回事。不知不覺間，別人開始說我是個文靜的人。

回到家把食材放進冰箱後，坐到沙發上休息，不開燈。在外頭下著雨的陰暗房間裡閉上眼睛，撫平下班後扎刺的情緒，擺脫鞋子束縛的腳慢慢地放鬆，感覺血液逐漸流遍全身。

和亮一起生活的公寓雖然老舊，但全面翻修過，頗為寬敞的客廳、廚房和臥室，令人感到十分舒適。我和亮都不喜歡裝飾房間，因此室內裝潢沒什麼特別之處。因為東西少，充滿了靜謐。

文的住處也是如此，沒有任何多餘。文本身也是，就像教科書一樣正確，每天精準地處理好生活所必要的各種事項。

我覺得自己把文的生活打亂了不少，從在火腿蛋淋上番茄醬開始，到怠惰地度過休假的方法。**我怎麼那麼恣意妄為呢？**眉頭皺起，我強制打住回想。

稍事休息後，著手料理晚飯。茄子得趕快用完才行，我選擇了鹹甜煮，天氣很熱，因此先冰起來，到時候再附上生薑一起吃。主菜是鋪上燙高麗菜的照燒雞，配菜是芝麻拌紅蘿蔔和青椒，小松菜味噌湯。

亮的老家是山梨的農家，每個月會用宅配寄兩次蔬果來，因此在氣候異常、蔬果價格昂貴的時期幫助很大。每次亮的祖母都會附上手寫的字條：**你過得好嗎？要保重身體，小心別著涼了。**

這時，門鈴響了——

「來了。」

我一邊回應著，一邊跑向玄關。從貓眼確認門外是亮，打開玄關門。

「我回來了！」、「你回來了！」

彼此同時打招呼。

「啊，全身黏答答的。下雨也就罷了，濕氣實在教人受不了。」

「今天很悶呢！」

「我先去沖個澡。」

我們分別在廚房和臥室對話著。亮穿著T恤和一件內褲，從視野邊角走過，我聽著沖澡聲，急忙張羅好餐桌。

「今天也是蔬菜滿點大餐呢！」

亮頂著一頭濕髮坐到餐桌旁說道。

「開動了。」

我們相對而坐，合掌說完，一大塊照燒雞和高麗菜被夾起，消失在他的口中。

「嗯，好吃。」

亮滿足地微笑。我覺得對味道不挑剔，是亮的優點。

老實說，我覺得自己煮的菜不怎麼好吃。我小時候就和父母分開，後來住在育幼院，所以都是參考食譜做菜。雖然看起來還像一回事，但味道應該沒什麼重點，不過產地直送的蔬菜填補了這些缺憾。

「第一次吃到你們家的菜時，味道跟超市的完全不一樣，我好驚訝。」

「那當然了，我們家不用農藥的。」亮得意地說完，表情忽然沉了下來。「不過也不知道能持續到幾時。」

「怎麼了嗎？」

「最近我阿嬤身體好像不太好。」

「是喔？」

「她年紀大了，身體有些毛病也是當然的，可是好像也不太能下田了。之前我爸打電話來，叫我最近回去給阿嬤看看。」

「那這個星期天回去怎麼樣？」

「嗯，不過唔……我再想想看好了。」

亮莫名地含糊其詞，讓我感到納悶。坐電車單程兩個多小時而已，可以當天來回，最重要的是，亮和他阿嬤很親。

我聽說亮的父母很早就離異了，他是阿嬤帶大的。老人家都特別疼男生，亮又是獨子，一定是捧在手心養大的。亮自己就有家門的鑰匙，卻老是要我幫他開門，因為他覺得這是天經地義的事。

「工作很忙嗎？」

「也不是，可是我爸叫我帶妳回家。」

「帶我回去？」

「我爸特別要求的。他說我們已經同居兩年了，不給人家一個交代，對方的父母也會擔心。還說阿嬤也不知道哪天會病倒，叫我差不多該結婚定下來，讓阿嬤抱曾孫，放下心來……唉，真頭大！」

亮嘆了一口氣，伸手夾燙青菜。

站在父親的立場，這是很有誠意且正當的意見吧！可是說到曾孫，這實在太突然了，我不知所措。

「所以我在猶豫該怎麼辦，我還沒有跟我爸還有阿嬤提到妳的過去。當然，我打算要說。我覺得隱瞞妳的過去跟妳結婚，等於是欺騙我的家人。剩下的就是什麼時候說的問題。」

我疑惑眨巴著眼睛聽著。我明白亮的意思。娶我進家門，意味著亮的父親和祖母會被強制捲入我的過去，與其結婚之後再從別人的閒言閒語中聽到，先報備清楚比較好。可是，什麼時候變成我們要結婚了？

「嗯，妳一定嚇到了吧？可是我爸和阿嬤沒那麼守舊，不會因為這樣就反對我們結婚，只要好好說明，他們一定會原諒的，所以妳不用擔心。」

「……擔心……」

我呆呆地重覆。如果我和亮決定要結婚，也會出現這類令人擔心的問題吧？但我們從來沒有討論過結婚的問題啊！

「那，我跟家裡說這個星期天會回去。」

「啊，這個星期天我要上班。」

我情急之下撒了謊。

亮「咦」了一聲，皺起眉頭。

「不是說好要配合彼此休假的嗎？」

「對不起，店長拜託我說打工人員實在不夠。」

我低聲下氣地賠罪。

「現在每個地方都人手不足嘛！不過妳不用那麼拚，我的薪水夠我們兩個過活，我比較希望妳悠閒地在家做家事。」

亮板著臉嘆著氣說。

「可是如果有什麼狀況，我有份工作也比較安心吧？」

「什麼工作，那只是打工吧？」

亮苦笑著說。我心裡湧出一絲反感。

「妳太乖了，所以容易被人瞧不起，不行的時候就要強硬拒絕。只是打工，卻扛起一堆責任，這不是太蠢了嗎？」

「或許吧——」

我嘴上這麼說，心裡覺得這說法未免太刺耳了。

從認識的時候開始，不論好壞，亮就是個粗枝大葉的人。

我和亮是在以前的職場認識的。

高中畢業後進入的公司就像個大家庭，經常一起聚餐，有時甚至會邀客戶一起參加。

「家內小時候真的很慘呢！我自己也有女兒，所以感同身受啊！被蘿莉控監禁了兩個月……天啊！這要是我，就去把那歹徒給宰了。」

那是年底的聚餐，喝得爛醉的客戶課長突然冒出這句話，讓場面陷入一片死寂。課長是個海派人，來拜訪的時候都會帶糕點伴手禮給我們。

我沉默避開目光接觸

「課長，陪我去上廁所吧！」

當時也在席上、身為課長部下的亮說著，強行把課長拖走了。

「喝吧、喝吧！」

兩人離開後，眾人吆喝著，刻意表現得明朗，沒有人提到剛才發生的事。

眾人接著要去KTV續攤，我不打算參加，走向車站時，亮叫住了我。

「家內小姐，妳要回去了？」

「我歌喉很爛，不想獻醜。」

「我也是。妳坐電車嗎？」

「對。」
「那我們一起去車站。」
我們很自然地肩並肩往前走，我猶豫著是不是該為剛才的事道謝。
「剛才很尷尬呢！」
沒想到亮輕描淡寫地提起了。
「我們家課長平常人很好，可是一喝酒就不行了。」
「沒事的，我習慣了。」
「這會習慣嗎？」
這個問題在冒犯的邊緣。
「凡事都得習慣，這樣比較輕鬆。」
我也跟著輕描淡寫地說。
「是喔，這樣喔！」
亮潦草地回應。我覺得好笑了起來，他是客戶的業務，所以我們打過招呼，但這天晚上是第一次親近地交談。

那個時候，同居男友剛好提出要分手，對方的說詞是想談普通的戀愛。是他總把我當成前受害女童，無時無刻庇護著我，沒想到現在卻說這讓他覺得累了。

我認為很沒道理。但要別人把我和過去的誘拐案徹底分開來思考，或許也強人所難，而且我和他住在一起，得到了穩定的生活，以及如果有事他會幫我的安心感。想要得到庇護，又想要對方平等相待，這未免太自私了。我對男友的感情總是摻雜著愛情以外的雜質，這讓我無從反駁。

我當成閒聊，提到我正在找房子要搬家，亮說他有朋友做房仲，要介紹給我。後來我找他商量保證人的問題等等，經歷司空見慣的過程，我和亮愈走愈近。

結婚啊……！我泡在浴缸裡，仰望著蒸氣濛濛的天花板，心想：**這發展太突然了。**雖說晚婚化、年輕人不婚成為社會問題，但快的人就很快，即使二十四歲就結婚，也絕對沒有什麼不行。

問題是，我想不想和亮結婚？

晚飯後我收拾碗盤，亮坐在客廳看電視。我們都有工作，但家事有七成是我在做，不過生活費有七成是亮支出。電燈泡是亮換的，脫落的紗窗也是亮裝好的，如果有蟲亮就會負責解決，採買的時候他會幫忙提重物。撇開女性主義的議論，我和亮之間的生活取得了平衡，但這樣的平衡，會因為一點小狀況而不斷地波動。

「只要好好說明，他們一定會原諒的，所以妳不用擔心。」

亮這麼說的時候，我在內心納悶。原諒？**我需要人家原諒什麼？我犯了什麼必須要別人寬恕的罪嗎**？亮只是在鼓勵我，卻讓我耿耿於懷。

對方父母、曾孫這些詞彙也是。這些字眼動搖了在擺盪的天平上維持著纖細平衡的現在的生活，腦中浮現搖晃的長桿平衡娃娃玩具。我嘆了一口氣，被男友求婚的女人（雖然嚴格來說不能算求婚），應該要更開心一點才對吧？

「更紗。」

我洗完澡正在吹頭髮，亮走了過來，他親吻我的濕髮，我察覺到那種氣氛，關掉吹風機，他拉著我的手走向臥室。

「結婚的事，難道妳生氣了？」

「生氣？」

我只是感到很困惑。在完全沒有被徵求同意的情況下，聽到男友把結婚當成既定事實一樣描述時，其他女人會是什麼反應？是我心眼太多嗎？我喜歡亮，但撇開這一點，希望他能先徵詢我的意見，是我過分奢求嗎？我只要笑著接受遞過來的愛就行了嗎？

「突然說出來，妳一定嚇到了，可是我從以前就一直這麼想。」

黑暗中，睡衣鈕釦被一顆顆解開。我總是會在這時候反射性地湧出厭惡感，不是亮的問題，而是總是會這樣，但我會把厭惡強壓下去。

「妳什麼都不用擔心，我會好好處理的。」

我知道，之前的男友還有亮都常說這種話。他們的心意我很開心，而且透過共同生活，他們在現實中也保護著我。對於沒有可依賴的親人的我來說，這真的值得感激。可是——

「亮，你覺得我很可憐嗎？……我覺得我沒有你所想的那麼可憐。」

亮的動作停住了。

「嗯，那就好。我們一起幸福吧！」

亮的手撫慰地輕輕梳理我的頭髮說道。

我的意思沒有傳達出去……在這種時候講這些，也是我不對吧。

我閉上眼睛，擺好姿勢，準備承受接下來憂鬱的時間。雖然我沒有說出口，但我不喜歡性行為。隨著行為進行，出浴後熱呼呼的身體變得愈來愈冰冷。

在亮之前的男友也是這樣。**不管把耳朵摀得再緊，夜半門把轉動的聲音就是在耳邊揮之不去。**

結束之後，亮誇張地吐氣，在旁邊躺下，我在穿睡衣的時候，他已經發出呼呼鼾聲了。那徹底滿足、安心的鼻息，總是讓我一陣煩躁。

我們一起做了相同的行為，但這之間的落差到底是怎麼回事？

「欸，亮。」

我小聲問他。

「如果我拿冰淇淋當晚飯，你會怎麼樣？」

「……嗯？冰淇淋又不是飯。」

亮嫌煩地翻身背對我。就是說啊！我靜靜地下床走向客廳。

如果他說：很好啊！或許我這個星期天會和他一起回山梨老家，或許我會不厭其煩地說明我的過去，為了得到同意，向亮的親人低頭請他們多多指教。但這都是化成泡影的未來了。

文，如果是你，會怎麼想？我在心中問著。

我以前會問文許多問題。欸，文，我遇到這樣的事，你怎麼想？文，我是不是很奇怪？文、文。不可能得到回答，如今只留下了宛如鎮定劑般的提問習慣。

以前我經常夢到文，夢到自己躺在文的住處窗邊，仰望著搖晃的窗簾和藍天。

那裡是多麼地舒適啊！躺在無法放鬆的育幼院上下鋪，幻想著能夠再次睡在那裡。我的青春期在慢性睡眠不足中度過。

國高中的時候，我曾私下向最要好的朋友吐露：「他是個很好的人。」、「**就像教科書一樣，凡事都照規矩來。**」、「**他瘦瘦高高，手腳修長，就像白色的海芋。**」無一例外，每個朋友都露出困擾的表情，讓我後悔不該說出來。

那果然是一段異常的經歷嗎？是我為了保護自己，腦袋和心靈任意美化的記憶嗎？漸漸地，我甚至無法相信自己，不知不覺間，我開始窺看其他的記錄裝置。

坐在沙發，打開筆電，在瀏覽器搜尋欄輸入"家內更紗"、"誘拐案"，就會冒出一長串關於這個案子的文章內容——〈小四女童失蹤案〉。

為了保護隱私，一開始只有當地新聞播報，但是一發現帶走女童的是十九歲的大學生，媒體頓時沸騰，全國性的電視新聞節目連日爭相報導。考慮到對我的精神影響，當時大人完全不讓我看到相關報導，我是在案發幾年後，才從網路文章上看到的。

讓受害女童看不道德的暴力電影；購買挑起性欲的可愛款式衣物給女童；就連假日叫披薩這種稀鬆平常的事，也都被描寫成邋遢的蘿莉控男子生活。

我整個人驚呆了。〈絕命大煞星〉是我選的片子；衣服是我挑選喜歡的款式，文幫我買的。女生穿可愛的衣服，就是挑起男人的性欲嗎？我混亂了。

現在我已經長大了，不認為文沒有一絲污點。他注視著睡在沙發上的我時，那雙宛如黑洞般的眼睛；裝作擦掉番茄醬，觸摸我的嘴唇的指頭。這些行為的背後是否潛藏著欲望？回首當時，我覺得那時候的我岌岌可危。

但文還是沒有做出任何違反我意願的事，他把床讓給我，自己睡隔壁。不管取出記憶中任何一個場面，文都是理性的，是我任意賴在那裡不走，結果變成了是文誘拐我。

我也明白，這是天真的遁辭。就算我求他把我留下來，文也不應該答應。更基本的是，他根本就不該向我攀談。

這些意見很正確，我無可反駁。我垂下頭，對著腳下喃喃道：**可是……**

可是那時候與其回去阿姨家，我情願去死。

可是文的住處很安全，很舒適。

我的話沒能傳進任何人的耳裡，因為最重要的當事人——我，被關進了大人必須傾全力保護的「幼童」這個厚重的玻璃箱裡。

唯一的救贖，是文自己也未成年，因此他的姓名和照片都沒有被公開報導。但是在網路世界，就連這最低限度的規則也不適用，對於和自己毫無瓜葛的事件與人物，有數不清的人願意花時間和工夫無償徹底調查。文的姓名和背景也立刻被挖掘出來，連身家和家庭成員都曝光了。父親是公司老闆，母親是關心教育的家庭主婦，有個上知名大學的哥哥，如果只看字面描述，是個很普通的家庭。

但是對照我的記憶，便浮現出某種家庭形象——小時候只是單純地聽過就算了的育兒書籍和生活規範這些詞彙、整齊到近乎異常的室內空間、與一個人住的大學男生的形象天差地遠、如教科書般的生活，感覺文甚至強烈地認定必須永遠做對的事才行。

「原來你也會睡過頭。」

我還記得文那時候驚懼的反應，明明只是睡過頭這點小事而已。十五年過去了，但只消點點滑鼠，全世界的人都能輕易地看到，十九歲的文和九歲的我。不光是照片而已，連影片都有。

『文——！文——！』

被警察抱住哭著伸出手的我，和若隱若現被警察左右架住的文。

我不知道這段影片怎麼會在網路散播開來。暑假期間的動物園，有許多帶小孩出遊的家庭，或許裡面也有人帶著攝影機在拍家庭影片，也許他們剛好遇上了逮捕戲碼。把影片上傳到影音平台的人應該沒有特別的惡意，他們應該只覺得這是寶貴的一幕，所以上傳吧。

這年頭，沒有什麼是稀罕的。就連有人被殺的場面，只要搜尋，就能輕易看到。就算是未成年，也不會受到任何保護。為了滿足善良世人的好奇心，任何悲劇都會被敲骨吸髓。

那個時候，我應該狠下心甩開文的手的。就算把他推開，也應該要他逃走的。然而，我實在是太幼小了，是一個什麼都做不到的、軟弱又愚蠢的小孩。我覺得如果放手，文就會和爸爸媽媽一樣消失不見。因此我敗給了自己的不安，用力握住了他的手，完全沒考慮這會把他推向什麼樣的深淵。

到現在依然後悔不已。**如果能回到那一刻，我一定會甩開文的手。**

影片有許多留言。誘拐女童的異常大學生，和可憐的受害女童——同樣的材料，塑造出完全不同的我倆，對世人來說，那就是真正的文和我。

在畫質粗糙的影片中哭喊的年幼女童。**這女生是誰？是我，卻也不是我。可是，在與亮一同生活的這個家裡面的，就是真正的我嗎？**我從發亮的螢幕抬起視線，環顧只有間接照明的客廳。

有時我會覺得自己真的就是個可憐的孩子，是個人人呵護、就像前任和亮所想的那樣，是擁有悲慘過去被玷污的孩子。只要承認這個事實，接受庇護，就能解脫了嗎？只要垂下頭，說出感謝的話語，並接受憐憫的話。

文，那時候的我，是個怎樣的孩子？

我已經搞不懂真正的我是什麼模樣了？

同時依然不明白為什麼不能吃冰淇淋當晚餐？

可能這輩子都不會懂吧！

文，你現在在做什麼？

●◐◐◐◐◑◑●●

「更紗，幫我拿襯衫和內褲。」

亮在盥洗室喊道。

「來了。」

我停下準備早飯的手回應著，走進臥室裡，從衣櫃取出兩套裝在洗衣店袋子裡的襯衫、襪子、內褲和手帕。

「襯衫要白色和水藍色條紋的。」

「好。」

他說的那兩件襯衫已經準備好了，固定搭配的領帶也拿出來了，手機、筆電電池，還有現在正值悶熱的夏季，必備的止汗除臭用品等等，將出差所需的物品逐一放進旅行袋裡。

「妳想要什麼樣的伴手禮？」

亮在玄關穿鞋問道。

從今天開始，他要去關西出差三天。

「你是去出差的，不用費心了。」

「那如果有時間就買，我再帶點什麼回來。」

「謝謝！路上小心！」

「有事再連絡。」

亮輕拍了我的頭兩下，出門了。

玄關門關上後，我用力伸了個懶腰。回到廚房，餐桌上亮的盤子空了，我的盤子還沒動，火腿蛋都涼掉變硬了。總是這樣，亮出差的時候，我常忙著替他打包沒空吃飯。

終於可以坐下來吃飯，雖然忙亂，但送亮出門以後，就比平時更清閒了。**好整以暇地享受早飯吧！**我從冰箱取出番茄醬，在火腿蛋淋上番茄醬，畫上一圈又一圈，我發現自己很開心。

我喜歡亮，雖然對結婚感到遲疑，但那只是擔心伴隨結婚而來的種種，會改變了我們現在的平衡。我對亮的喜愛，讓我可以像現在這樣和他一同生活。然而亮出差離家，我卻覺得鬆了一口氣。

我從廚房眺望客廳。今天也下雨了，客廳沉浸在灰色與藍色混合般的色彩中。**好安靜！我不喜歡梅雨，但喜歡從房間裡看出去的雨景。**

下班後買花回來吧！買白色的繡球花。亮說他不懂花錢買那種東西的意義，他老家的庭院裡好像就種著滿坑滿谷的繡球花。

這天我沒買到白色繡球花。

到打工店裡之後，我得知今晚要舉辦工時人員的送別會，不光是我們店裡的人，好像也有幾個其他店的員工會參加。

「我之前不就告訴過妳了嗎？」

幹事平光表情困擾地笑道。

對於從不參加下午茶、KTV邀約的我，平光總是鍥而不捨地約請，發揮天羅地網的關懷。她是個好人，卻也是個有點麻煩的人。

白班的人先回家，六點半在店裡集合。主婦員工說要準備好晚飯再出門，匆匆忙忙回家去，我心想：**幸好亮出差不在**。久違地上街閒晃打發時間。

我悠哉地逛著新開的雜貨店，只逛不買，因為房間裡東西太多，會讓我坐立難安。如果可以欣賞一段時間後，便化入空氣裡消失就好了，所以我喜歡幾天就會枯萎的花。花店店頭陳列著藍、白、黃綠色的繡球花，但等一會兒還要參加送別會，不能買，我覺得很可惜。

接著我去咖啡廳看書。坐下來後，服務生送上水和毛巾，我喜歡非自助式的咖啡廳。店內深處的座位，有個西裝男子交抱著手臂，嘴巴大開打瞌睡，我思忖著：

亮會不會有時候也蹺班這麼做？

在會合的創意和食餐廳裡，我坐在角落。等待人到齊之前，眾人聊著天氣，說衣服都曬不乾、今年應該也會很熱等等的話題

「這麼說來，終於有機會跟家內一起吃飯了。」

平光忽然搭話。

「對吔！」

「真難得！」

眾人七嘴八舌地附和。

「家內要照顧男朋友啦！」

平光說，眾人都發出「咦」的驚訝聲。

「家內小姐有男朋友？好意外，還以為妳會討厭男人。」

某家店的人如此說道，氣氛頓時變得有點古怪。我和那個人從來沒有說過話，

她卻對我有這種印象。

那女人一臉「糟糕」的表情，當尷尬的氣氛愈來愈明顯之前，在某家和菓子店上班的中年婦人突然大笑。

「在胡說什麼啊？把人家說得跟我們這種歐巴桑一樣，人家才不願意呢！」

那刻意文不對題的發言，讓眾人都鬆了一口氣，並笑了起來。

我裝成毫無所覺的樣子，回想：**我和平光聊過什麼私人的話題嗎？**

「平光小姐會跟家內小姐聊男朋友的事喔？」

有人提出了我的疑問。

「沒有啦！是她之前跟店長討論班表的時候，我剛好聽到的。說要配合室友，星期天不能排班。我想如果是父母，應該不會顧慮那麼多，所以猜是男朋友。而且她每個月第二和第三個週末絕對不排班，也不加班，我才想說他們感情一定很好。對吧？」

平光說完，轉向我徵求同意。

「妳男友是那種控制欲很強的人嗎？」
平光又打趣地笑著問道。
「年輕真好。」
眾人也起鬨著說。
我讓嘴唇保持微笑的形狀，心想：**我果然不喜歡平光**。僅憑一點資訊量就大致正確掌握別人的生活，毫無惡意地在眾人面前揭露。
送別會還沒開始我就累了，飯局期間，我滿腦子只想快點回家泡澡。
「對了，這附近有家還不錯的咖啡廳喔！」
差不多要散會時，平光說道。
「晚上八點才開始營業呢！很特別吧！」
「咦，真的很特別吔！」
眾人點頭表示認同。
平光提議去那裡坐一坐醒酒，和平光要好的幾個人同意。

「太可惜了，我們得回家。」

家裡有小孩的主婦惋惜地說。

我當然也加入回家組，然而一走出店外——

「妳難得參加，待到最後嘛！」

平光搭住了我的手說道。

突然覺得個人空間遭到侵犯，我全身一顫，反射性地點點頭。平光很快就放手離開，我憋住嘆息，心想：**難得獨處的夜晚就這樣泡湯了。**

從熱鬧的站前稍微走上一段路，忽然進入安靜的一區。巷弄裡的大樓二樓，須仰望才能看到的位置，掛著一塊簡單的招牌〔calico〕。一樓鐵門拉下，看不出是什麼店。

走上老舊的階梯，盡頭處是一道木門，沒有招牌，也看不出有沒有在營業，外觀不太平易近人。

平光推開木門，裡面是照明調到最小的陰暗空間。灰泥白牆，韻味獨特的焦褐色木地板，沙發座間隔寬敞，牆邊有吧台座。我們選了沙發座。

「那個人是老闆。很有氣質，對吧？」

平光望向進門處左邊的中島型廚房說道。

「那是打工店員吧？」

「看起來像大學生。」

「最多才二十五吧？總之，以老闆來說太年輕了。」

眾人喜孜孜地品頭論足，雖然壓低了音量，但是在安靜的店裡，我們一群醉客還是散發出格格不入的氛圍。我微微低著頭，只想快點回去。

男子端著托盤從廚房出來了。

「歡迎光臨。」

又甜又涼，宛如半透明霧面玻璃的聲音。

我頓時指頭動彈不得，心臟在體內怦怦劇烈跳動起來，慢慢地抬起視線。那是個高高瘦瘦的男子，修長的手腳彎折起來，將水和毛巾逐一擺到桌上，稍長的瀏海碰到細框眼鏡。

「老闆推薦什麼？」

平光以渴望關注的語氣問道。

「味道的特色，請參考菜單說明，挑選喜歡的口味。」

過於冷淡的回應，直截了當地告知這裡並非享受聊天的店。

平光一副掃興的模樣，眾人也匆忙拿起菜單。每個人都點好後，男子立刻回吧台去了。

「有夠冷漠的。」

「抱歉，感覺有點差呢！我們喝完就離開吧！」

平光吐吐舌頭做鬼臉說。

我壓抑著心慌意亂，偷看吧台內的廚房。

『**文**——。**文**——。**文**——。』

店內光線幽暗，加上瀏海和眼鏡，看不清楚那張臉，但我不可能認錯他。都過了十五年，文應該三十四歲了，然而一眼望去，印象卻依舊如昔，令人驚訝。

從旁邊看去，身體單薄到令人擔心裡面真的裝著內臟嗎？手腳修長，只是在沖咖啡，手看起來卻像在舞蹈。

「家內？」

我回過神來，發現每個人都好笑地看著我。

「妳怎麼了？我們在叫妳啊！」

「……啊，抱歉。」

我若無其事地將目光從吧台移開。

「那個老闆很不錯吧？原來妳喜歡那一型的。」

平光將臉湊了過來小聲地說，她那共享祕密般的竊笑，讓人很不舒服。

「清爽，修長，這就是時下所謂的鹽系男子嗎？」

「可是感覺弱不禁風的。我喜歡更有男子氣概的。」

「那種粗獷型的現在不流行了，沒有臭男人味的中性男子才吃香。」

眾人竊竊私語時，咖啡送上桌了。

我沒有加入對話，靜靜地品嚐文沖的咖啡。

毫無雜味，苦澀與甘甜依正確的途徑送至舌頭。

啊，是文！我豎起全副神經，品嚐著文。

這天晚上是怎麼回到家的，我毫無記憶。

* * *

「妳願意留下來幫忙嗎？太好了。安西說她七點會來，好像小孩子受傷什麼的。安西她們家單親，所以很辛苦。」

店長說到一半手機響了，似乎是總公司來電。

「那麻煩妳了。」

他哈腰鞠躬地對我說完，便折回員工室去了。

明明是店長，卻對每個人都過度低聲下氣，結果搞得大家愛什麼時候排休就什麼時候排休。

『我今天要加班。九點應該可以下班。晚飯我回去再準備。』我傳訊息給亮，趁著還沒收到回覆，火速把手機丟進置物櫃裡上鎖。最近我常加班，同樣地也經常撒謊。

文的咖啡廳不供應酒精類，是只賣咖啡的單純咖啡廳，卻在晚上八點營業，隔天早上五點打烊，營業時間就像酒吧。傍晚四點下班的我，在開始營業前的時間無處打發。

「家內，抱歉我來晚了。」

安西在七點半多終於現身。年約二十五的她，有個八歲的女兒，是個單親媽媽，聽說白天在物流公司做分貨工時人員。她染成亮褐色的長髮髮根有點變黑了，用髮夾夾成一束。

「沒關係，而且也沒有多忙。」

她晚到我反而覺得慶幸，現在出發的話，剛好趕上八點開門的時間。我揚起兩邊嘴角。

「哇，第一次看到妳笑。」

安西驚訝地低聲說。我納悶地偏頭，我自認為總是面帶笑容。

「雖然平常都會假笑。」

安西大剌剌地繼續說，但看起來一點惡意也沒有。

「不只是我，我想大家早就發現了。」

「這樣嗎？」

「那當然了。」

安西詼諧地回應。

這時有客人進來了。

「那我先下班了。」

我行禮道別。

「下次請妳喝飲料。」

安西說，我向她頷首。

在更衣室換衣服時，我暗忖：**原來早就露餡了**！但也無所謂，只要不期待對方喜歡自己，人際關係幾乎不會有任何煩憂。

我在離打工地點兩站遠的車站下車，走到位在遠離站前喧囂的一區，老舊大樓的二樓。

我仰望著〈calico〉的小招牌，每次來到這裡，總是會暫時佇足。真的要進去嗎？真的可以進去嗎？但雙腳卻宛如被潮水吸引，兀自前行。

推開木門，在看得到廚房的沙發座坐下。

「歡迎光臨。」

文送來毛巾和水杯。

「請問要點什麼？」

「一號。」

文輕輕點頭返回廚房。

飲料有三種特調咖啡，一號、二號、三號；食物只有兩種，堅果和甜甜圈。簡單過頭的菜單，很有文的風格。

半個月前第一次來到這裡的時候，我根本無心注意菜單。

今晚是第四次來，但完全不覺得習慣了。文不會熱情地招呼客人，對每個客人都一視同仁，所以不管來上多少次，他應該都不會改變態度。

店內極少的照明，讓瀏海遮住眼鏡上方的文的臉看不分明。中島型的廚房就像獨立的離島，沒有設置座位，還另外打造了面牆的吧台座，是徹底避免和客人交流的格局。

單純只是這樣的作風，或是為了避免被探究過去的事件？如果是後者……。

想到這裡，我陷入極度的緊張。

和文再會的那天晚上，我激動萬分，但幾天過去，慢慢冷靜下來了。

文的人生原本就是扭曲的，我卻徹底將它摧毀了。

被警察帶走後，我不謹慎的發言，是不是害得文的罪更重了？我對法律不熟悉，但是否影響了刑期？文那樣細心照顧我，如果發現我一被警察帶走就背叛他，會是什麼感受？

不管怎麼想，對文來說，我都不是什麼快樂的回憶吧，所以最好不要再光顧了。**如果妳明白，就不要再來了。**每次我都這麼想，但結果還是來了。

我的理性無法對現實的行動發揮任何作用，兀自沉浸在緊張與不安的時光裡。

文，你還記得我嗎？來到喉邊的問題，今晚也硬生生吞了回去。

那天晚上，我一眼就認出是文了，但文呢？

「**歡迎光臨。**」、「**請問要點什麼？**」、「**讓您久等了。**」、「**謝謝光臨。**」文對我說的話，就只有這幾句。

是發現了？還是沒發現？他在想什麼？沒有一樣是我瞭解的。但最有可能的就是，其實他早已察覺，卻佯裝沒發現，而這是最讓我絕望的。

我記得妳，但不想跟妳有任何瓜葛。如果被他以憎恨的眼神注視，說我毀了他的人生，我承受得住嗎？

所以如果文真的忘了我就好了，這樣我也才能裝作不認識他，繼續光顧。然而心底最深處，依然強烈地希望文和我彼此相關，無論那是什麼樣的形式都好。

我靜靜地坐在位置上，內心狂風大作。

皮包裡手機震動了，是亮傳訊息過來，但我名目上正在上班，不能回覆。

「讓您久等了。」

一杯咖啡無聲無息地擺到我面前。

我若無其事地低下頭。其實用不著特地藏住臉，文根本不會看客人。

我目送他折回廚房的背影，高雅的白襯衫，合身的綿褲，腳上是褐色莫卡辛鞋，這些也一如從前。單調無裝飾的店內，只擺了一盆瘦巴巴的梣木盆栽，應該不可能是那時候的梣木吧。

「這棵樹也一樣，枝幹很快就會變粗，長出許多葉子，變成大梣樹。」

「會嗎？」

「會啊！每個孩子總有一天都要變成大人的。」

我以小孩子的天真無邪，說了相當殘酷的話。

文當時絕望的模樣、宛如無光黑洞的眼睛。現在的我，能理解文的性傾向讓他有多麼痛苦。

與疼愛的時間成比例。少女日漸成長，蛻變為成熟女子，不管再如何深愛，最後終要失去，而且是在短短的幾年內。不管是去愛還是失去，都沒有一樣能控制，感覺這是最殘酷的懲罰。

我假裝看書，一直偷看文，看著印象和剛認識的時候沒什麼不同的文。時間便不斷地倒轉，想起兩人一同生活的時光。我不斷地咀嚼著過去，就像嚼著早已沒了味道的口香糖。

喝了兩杯咖啡，九點多離開店裡，只得到一句：「謝謝光臨！」

推開木門，走出大樓，聲音和色彩一口氣灌進來，我好半晌動彈不得。我重新體認到文打造出來的空間靜謐，自覺到痛苦而幸福的時光結束了。

不遠處就是鬧區，我聽著攬客的招呼聲，回到現實，一邊思考接下來的打算，一邊查看亮的訊息。

『妳最近好常加班。下班打給我。』

第一則是四小時前，我一通知要加班，亮立刻就回覆了。

『要不要我做點吃的？』

第二則是六點多傳來的。

『我要跟同事吃飯，不用幫我準備了。』

讀到第三則，我鬆了一口氣，因為撒了謊，要回去亮在等待的住處，心理上是一大負擔。

我在附近的超商買了啤酒和義大利麵沙拉，回到公寓，發現面向外廊的小窗透出燈光。

「你不是去吃飯嗎？」

我說著急忙入內，看見亮坐在客廳沙發上。

「取消了，一個人寂寞地在家喝酒。」

亮舉起啤酒罐，桌上有打開的零食袋。

「晚飯吃了嗎？」

「買了便當，也幫妳買了一份。可是有點想喝味噌湯吔！」

餐桌上擺著超商的購物袋。

「我馬上弄。豆腐味噌湯就好嗎？」

我放下皮包，先動手煮水。

「妳買啤酒？」

聲音從後方傳來，我吃了一驚回頭，看見亮打開我拎回來的超商購物袋查看。

「麥芽啤酒喔？比我還貴。」

他笑著說道。

「對不起，因為罐子很可愛。」

話一說出口，我便後悔了。

這藉口太奇怪了，就算我喝比亮更貴的啤酒，也沒什麼好道歉的。是因為謊稱加班，作賊心虛。

為什麼我要撒謊？我只是去喝咖啡而已，直說就好了，不必連以前的事都說出來啊！還是乾脆全盤托出算了？**咖啡廳店長是以前誘拐我的人，但我不認為那是一場誘拐。**這件事是不是應該好好跟亮談一談？和亮一起回故鄉的計畫一延再延，或許是因為我這樣的隔膜在從中作梗。

別傻了！以前聽妳吐露這件事的朋友，都露出什麼樣的表情？另一個自己喃喃道。每回自問，放著我和亮的天平就不安定地傾斜。**妳早就清楚他不是能理解這種事的人了吧？**

「今天我爸又打電話來了，問我什麼時候可以回去。我推說工作很忙，可是我阿嬤好像也很期待見到妳。」

「……是喔！嗯，關於這件事……」

我一邊在掌心上切著豆腐，一邊開口。

「啊，我喝啤酒了，味噌湯不要料，放蔥就好。」

我剛才問你怎麼不說？我把這話吞回去，將已經切下去的豆腐收進保鮮盒，取出蔥來。

「一起去你家之前，我有話要跟你說。」

我切著蔥花，硬著頭皮再次開口說。

「什麼事？」

「是我以前那件事。」

緊張讓心跳加速，另一個自己更大聲地呼喊：**別說了**！可是我不能擱下這麼關鍵的問題，對終身大事做出決定。

「那件事的話，妳不用擔心，之前我跟我爸說過了。」

回頭望去，和一臉笑容的亮四目相接。

「我說妳遇到那麼慘的事，卻從來沒有表現出悲傷的樣子，是個很堅強的女孩。然後說妳比起工作，更喜歡做家事，一定很顧家，我爸聽了也諒解了。」

「諒解？」

不是安心，而是湧出些許排斥。什麼叫那麼慘的事？雖然也有過悲傷，但那與世人所想像的完全不同。比起工作，我更喜歡做家事嗎？我很顧家嗎？他說的是「我」嗎？

「我沒有遇到你想的那種事。」

我忍不住開口傾訴。

「是我自己跟他走的。大家說是誘拐犯的那個大學生，是個很好的人。他沒有對我做出任何不該做的事，他家比那時候我住的阿姨家更讓人安心多了。因為對我做出可怕的事的……」

我認為如果要拉近我倆的距離，這是唯一的機會了。

「對我做出可怕的事的其實是——」

「更紗。」

亮歪著頭叫著我的名字打斷我，然後強而有力地抱住我。

「我明白，妳一定很害怕。我全都明白，妳沒有遇到任何壞事，歹徒是個好人。」

他「嗯、嗯」地一再點頭，安撫地摸我的背附和著。

每回點頭，就有一顆小石頭被放到天平上，天平傾斜得更厲害了。

從以前開始，我說的話就沒有人聽進去。透過「體恤」這層多餘的濾網，我只是笑，就變成「**妳是不是在勉強自己**」，只是低頭，就被揣測「**是不是過去造成了心理創傷**」，並貼上小心搬運的標籤。

向國高中女生朋友傾吐祕密也是如此，她們還有亮，一定都是好心人。只要不偏離多數人心中「無能為力而順從的被害者」形象，乖乖當個可憐人，別人就會對我非常好。

社會並不冷漠，反倒是充斥著無處宣洩的關懷，我已經快要窒息了。

「這個星期天可以跟我回山梨嗎？」

亮平靜地問我。

「對不起，店裡走了一個打工的，班表都大亂了。」
我對著那張充滿柔情蜜意的笑容說道。
既然用講的說不通，就只能以其他方式貫徹我的意志了。
現在的我並不想去山梨。我轉身背對亮，煮了只加青蔥的味噌湯。

●●●●●●●●●

我拜託店長週末讓我排班，店長開心到差點歡呼萬歲。
「家內，妳還好嗎？突然要上週末班，妳跟男朋友怎麼了嗎？」
平光在更衣室問道。
「沒事啊！」
平光瞬間露出遺憾的表情。
「如果妳有什麼煩惱，隨時都可以找我談喔！那我先走了。」
平光說完，離開了更衣室。

排了週末班以後，改為在平日休假了。不僅生活作息錯開，回山梨的事也沒有進展，亮心情很不好，我假裝沒發現。

亮出門上班後，我處理家事，用完午飯後睡個午覺。躺在沙發閉上眼睛，一個人的寂靜十分愜意，我就像被拖進去似的落入了夢鄉。

醒來之後，天色還是亮的。好久沒有一個人休假了，想到可以做自己想做的事，想去的地點便浮上心頭。這個念頭一眨眼占據了整個思緒，我在洋裝外面披了件開襟衫出門了。

在最近的車站下車，朝巷子裡的〔calico〕走去。

在天光下一看，大樓顯得更老舊了。每次去鐵門都拉下來的一樓原來是古玩店，配上茂盛的爬牆虎，整幢大樓散發出復古氣息。瀰漫在四周的寬綽氛圍，與我認識的文格格不入。

以前的文過著像教科書一樣的生活，所有的時間都以必要且正確的事填滿，早餐吃火腿蛋配吐司，沙拉一定是萵苣、小黃瓜和番茄。我在那本教科書上畫了許多塗鴉，在火腿蛋淋上番茄醬，假日享受賴床和外送。

我被引誘似的踏進古玩店。這裡似乎專營玻璃的古玩製品，展示了許多巴卡拉水晶*11的古董產品，其中一只吸引了我的目光，是以前爸爸愛用的玻璃杯。

「這是紅酒杯。」

因為我實在盯得太久了，店長走過來攀談。他穿著軟質外套配波洛領帶，氣質十分優雅。

「紅酒杯？」

我細細地端詳杯子，聽到紅酒杯，我想像的是長腳渾圓的外形，但這只杯子怎麼看都是古典杯。

「我父親以前都用這種杯子喝威士忌。」

我懷念地說。

＊注11：巴卡拉水晶（Baccarat Crystal），是一家法國精細水晶玻璃器皿製造商，超過兩百五十年歷史，始終以高品質的水晶密度搭配精湛的工藝技術，深受皇室貴族喜愛。

「我則用它喝冷酒[12]。」

店長點點頭回應。

「看到這杯子，我覺得好懷念，搬家的時候應該一起帶走的。」

和爸媽一起住的時候，我有好多心愛的物品，能盡情地蒐集，從來沒想過會有放手的一天，那時候的我是幸福的。去阿姨家時，我只能帶少量的衣物和一點隨身物品。搬去育幼院時，東西更少了。搬出與前任的住處時，東西又再次減少。

經歷這些喪失，對於物品，現在我僅止於欣賞。即使蒐集，也會不斷地掉落，那乾脆不要擁有。不擁有，就不必丟棄，這樣比較輕鬆。

我注視著玻璃杯，失去的事物接連在腦海復甦。心愛的書、心愛的娃娃、心愛的空瓶、心愛的貝殼，在爸爸媽媽和我三個人傾注滿滿的愛打造出來的家裡，有幾樣我們稱為「逸品」的東西。

大大的貓眼石耳環，是爸爸在跳蚤市場發現，要送給媽媽的。銀製的蜻蜓袖釦，是媽媽在結束營業大拍賣的珠寶店進一步殺價買來送給爸爸的。在老舊的市營公宅裡，每一樣東西都不昂貴，但兩人精挑細選的物品，都特別有品味。這只巴卡拉古董酒杯也是其中之一，爸爸說杯子完全貼合他的手，愉悅地用它品嚐威士忌。

種種的愛從年幼的我的手中無計可施地不斷滑落，懷念與失落的後悔，讓我忍不住咬緊下唇。

「請等一下。」

店長忽然把杯子取走，過一會兒，手裡拎著紙袋走回來。

「請收下。」

他把紙袋遞給我，裡面裝著盒子——一定是剛才的杯子。

「對不起，我身上沒帶錢。」

「這家店是我開興趣的，沒多久就要關掉了，就當做最後的紀念吧！」

微笑的老人身上隱約散發出藥味，和最後一家三口一起看〈絕命大煞星〉的時候，從後面抱住我的爸爸身上一樣的味道。

＊注12：「冷酒」，指放進冰雪等冰過的酒。若要喝吟釀或大吟釀等香氣較強的清酒，或喝新鮮生酒和清爽口感的清酒時，採用「冷酒」方式更能喝出清酒的美味。

「謝謝，那麼我收下了。」

店長揮手說再見，我同樣揮手道別。

走出店裡，手上拎著懷念、重量舒適的愛。

我在梅雨即將告終的刺眼午後街道上信步前行，發現兩家便利超商和大超市、從早上營業到晚上的一般咖啡廳、感覺懷念的食堂、花店，再繼續往前走，甚至還有座大型森林公園，這一帶居住環境很好。

涼風從公園深處穿過樹木而來。學生年紀的年輕人、可能是蹺班的上班族、老人、狗、推嬰兒車的母親、感覺不屬於任何單位的人，我摻雜在這些人當中，在長椅坐下來。

一群小學生歡鬧著從前面跑過，每個人都提著印有同一家補習班名字的書包。年紀與當年和文一起生活的我差不多的孩子，有自己的意志、伶牙俐齒，卻仍無可救藥地缺乏智慧。

文現在仍然無法去愛成年女子嗎？聽說戀童癖是天生的，無法憑意志力去控制，即使能用理性克制衝動，也沒辦法連想愛的心性都根除。不能靠努力去克服，只能等待心情自然變化。

我祈禱文能夠幸福。親手把文推進無可挽回的痛苦深淵，卻祈禱文得到幸福，這實在太可笑了。但我依然如此祈禱，由衷希望他現在是幸福的。

然而我卻又以相同的強度，祈禱文沒有忘記我。在文的記憶裡，我應該成了令人痛恨的存在，即便如此，我還是不願意從文的心中被刪除。

文，你還記得我嗎？儘管覺得不可理喻，我今天還是忍不住要問。

眼前是一座池塘，水波粼粼反射著午後陽光。

人的聲息、笑聲、清風吹拂、樹葉在頭頂嘩嘩作響，各種聲音充斥四下，卻寂靜極了。

回到家，我沖了澡之後，一邊將化妝水拍打在臉上，一邊觀察鏡中的自己。

我的臉和十五年前差了多少？變化真的那麼大，連文看到我也認不出來嗎？我一樣留著長髮，妝也很淡。

一質疑起來便在意極了，我用毛巾包起頭髮，在餐桌打開筆電，瀏覽器搜尋欄輸入"家內更紗"，出現一大串搜尋結果，但圖片幾乎都打了馬賽克。

我點選了已經瀏覽過好幾次、整理知名犯罪案的網站，裡面有加害者和被害者的照片。點開〈女童家內更紗誘拐案〉，出現我九歲時沒有打上馬賽克的臉。這是在電視上請民眾協助線索時，阿姨提供給電視台、八歲的夏天在海邊拍的照片；我曬得像黑炭，擺出搞笑姿勢，蠢到極點。我想起曾對文理怨：**幹嘛好死不死偏偏要挑這張醜照？**

這樣根本沒辦法和現在的長相比對，我接著打開影片——被警察抱住，哭著拚命向文伸出手的我——第一次看到的時候，我震驚極了。然而每次心潮起伏，我就會像進行某種確認似的打開這段影片，十五年來反覆看過無數次，漸漸麻痺了。

原來再怎麼樣的痛，人終究都會習慣的。

曬成黑炭的我、姿勢可笑的我、厲聲哭喊的我，都不是平常的我，沒辦法和現在的長相做比較。再說，對於從出生時就一路看到現在的臉，有人能做出客觀的評斷嗎？

我接著點選文的圖片，除了來自影片的粗糙截圖之外，還有高中的紀念冊照片。他筆直地看著前方，眉清目秀的那張臉是文沒錯，但我覺得那依然不是文。眼睛沒有打馬賽克的十九歲的文的臉，和我記憶中的文有些不同。

事件之後，十五年來，我透過網路，和這張照片上的文面對面。到了第十年，自己成長到與當時的文相同的年紀時，那種感受十分奇妙。

接下來每過一年，我便拋下照片裡的文，只有自己長大了一歲。那時候看起來好成熟的文，居然比現在的我還要小五歲，真令人不敢相信。

我關掉圖片，目光轉向文字欄。這裡只要有新消息就會更新，因此有段時期，我頻繁造訪這個網站。再小的蛛絲馬跡都好，我想要可以連繫上文的線索，我連一根稻草都想抓住。

事件剛發生後，頻繁有人提供消息，但也逐漸平靜下來，就此風平波息。幾年過去，後來只更新過一次，就只有一行字。

——歹徒疑似從少年輔育院出來了。

少年犯罪接下來的消息真的很少。關於我的後續，也只有一則貼文。

——受害女童在案發後，好像被阿姨送去相隔兩縣以外的K市的育幼院，高中畢業後就在K市工作，現在過著平靜的生活。

但這則貼文讓我絕望，儘管用了「好像」二字，內容卻完全正確。不認識的人，在某處觀察著我，將之發表在網路上，然後有人看到那些貼文，這是難以言喻的恐怖。我只能以隨時受到監視為前提，不多話、不敞開心房，來保護自己。

我在搜尋欄輸入"calico"、"咖啡廳"，好像沒有官網，出現的是餐廳評論網站。這家店雖不起眼，評論數量卻意外地多，評價很不錯，像是覺得氣氛安靜，就像祕密基地一樣。包括奇特的營業時間在內，內行人才知道的氛圍似乎特別撩撥咖啡迷的心。

我依序閱讀評論，好像沒有人發現文是十五年前的女童誘拐犯，我鬆了一口氣，默默關掉評論網站。

半晌之間，我怔怔地沉浸在記憶大海中。只要點一下滑鼠，就可以見到那時候的文和我，可是那依然不是文和我。真實的我倆，只存在於我不可靠的腦袋裡，而且一定也已經被竄改為我所希望的模樣了。

我從時刻變形的記憶浪濤間掬起一捧，打開訂閱的影片網站，輸入〈絕命大煞星〉。雖然不抱期待，沒想到立刻就出現封面圖片，我懷念得呼吸都要停止了。

我按下播放鍵，傳出躍動感十足的搖滾樂，服裝俗氣的克倫，阿拉巴瑪的獨白：「如今，感覺一切都像是遙遠的夢。」、「但這一切都是真的。」、「這是一場改變人生的真愛。」

自從那以後，我就再也沒有看過這部電影。兩人一起賴床，手指、臉和遙控器都沾滿外送披薩的油，一整天懶散地度過。文的手隔著被子，不停地撫摸鑽進被窩裡哭泣的我的頭，我到現在都還——

「妳在做什麼？」

視野剎時亮起，我就像受驚的貓，屁股從椅子上彈起來，穿著西裝的亮站在那裡，平常他都會按門鈴，等我去開門的。

「我看到廚房小窗是暗的，以為妳不在家。幹嘛黑漆漆的使用電腦啊？嚇死我了。」

「我在看電影。」

「妳看得超認真的，好可怕。」

亮訝異地看著我說。我毫無自覺，看看時鐘，已經七點多了，發現自己完全失去了時間感。

「好像貝殼。」

亮指著我的頭說。

「咦？」

我連忙把捲起來的浴巾鬆開，半乾的頭髮一綹綹落下來，應該變成了要捲不捲的奇妙曲線了。

「洗完澡也不吹乾頭髮就看電影？也沒煮飯？」

「對不起，我馬上煮。」

「不用了，我們出去吃吧！」亮說完看到我的蓬頭亂髮，又改口笑著問：「還是叫披薩？」

太好了，亮沒有生氣。打電話叫披薩的時候，亮去臥室換衣服，我心想：**起碼準備個沙拉。**正在弄的時候，亮走了回來，從冰箱取出罐裝啤酒。

「妳在看什麼電影？」

「〈絕命大煞星〉。」

「女人就愛看愛情片*13。」

亮嗤之以鼻地說。

「這部電影好像也很受男生歡迎。」

「男生也喜歡的愛情片喔？」

亮說著，打開我放在桌上的筆電。我原本在搜尋文的資料，因此一陣冷汗，但

＊注13：〈絕命大煞星〉的日文片名採用原名 True Romance（真實羅曼史）。

螢幕上出現的是我關上時的電影畫面，頓時鬆了一口氣。

「嗯？這什麼？黑幫片嗎？」

亮按下播放鍵，剛好是飾演黑幫的克里斯多夫．華肯與飾演退休警察的丹尼斯．霍柏對峙的場面，寂靜的劍拔弩張之後，槍聲響起。

「滿血腥的呢！」

「因為腳本是塔倫提諾。」

「是喔？」

亮盯著螢幕回應。我疑惑從一半開始看，能理解劇情嗎？但沒有多問。

亮吃著披薩和沙拉，專注地看電影。老實說，我覺得被塔倫提諾拯救了。

「這麼說來，那是怎麼回事？」

亮嚼著披薩，突然想起來似的問道。

「什麼東西？」

我看著畫面回話。黑幫拜訪阿拉巴瑪，逼她說出偷走的毒品在哪裡，接下來將會發展成瘋狂的暴力場面。

「架上的杯子。」

我內心一驚。白天古玩店送我的巴卡拉古董酒杯，本來想等亮回來就告訴他，結果忘了。放杯子的架子就在亮的背後，我發現原來他一直很在意，表面上他似乎很正常地在看電影。

「白天我出去買東西。」

「妳難得會買雜貨吔！」

「那不是雜貨，是餐具。」

「為什麼只買一個？」

「咦？」

「我們兩個人住，普通應該要買一對吧？」

亮看著電影，語氣普通地提出疑問。

畫面裡，阿拉巴瑪正遭到毫不留情的痛毆，黑幫分子行使壓倒性的暴力。阿拉巴瑪卻對著他們，露出滿臉鮮血的燦笑比出中指說：「Fuck you！」

這女生多帥氣啊！我也好想學她當場撂話：**有話給我直說！**亮會露出什麼樣的表情？

「我爸以前用過一樣的杯子，我覺得很懷念。」

我坦白說道。

「妳爸？」

亮疑惑地看向我。

「嗯，那是古董巴卡拉，我爸喜歡用那種杯子裝冰塊喝威士忌。」

「這樣啊，難怪妳會想要。」

亮的表情一下子融解了。

「對不起。」

「沒關係啦！不必為這種事道歉。我都忘了，妳爸很早就過世了。」

亮向我伸手，像對小孩子做的那樣，撫摸我的頭髮。

「我也來喝個威士忌好了。」

亮以充滿慈愛的眼神注視我半晌，目光再次回到螢幕上說道。

這時畫面正好是阿拉巴瑪一頭栽進玻璃的場面，用凶器毆打，拿噴氣罐噴火，男子化成火球，阿拉巴瑪騎上去，以散彈槍瞄準開火。

場面驚心動魄，亮卻笑咪咪地開心看著。

啊，原來如此，我總算理解了。

就算從中間開始看也沒問題，因為亮根本就沒在看電影。

不論何時來訪，〔calico〕總是寂靜得宛如海底。

一個人光顧的客人坐在對牆的吧台座看書，或是滑手機。坐在沙發座的一對年輕男女，耳朵各別塞著耳機閉上眼睛，兩個人在一起，卻倘佯在一個人的世界裡。在這裡的，都是獨來獨往的魚兒。

我坐在可以看到廚房的沙發座老位置，讀著剛買的新書，這是我喜歡作家的新作品，但我意識的主流卻總是流向文那裡。

皮包裡用夏季披肩包起來的手機震動著，由於店內很安靜，必須用柔軟的布包起來，否則震動聲還是會傳出來。

已經是第幾通了？明知道我現在是在工作，沒辦法讀訊息，亮卻就是要傳些無關緊要的訊息過來。

最近亮非常溫柔，下班回家的時候，會買冰淇淋或有點貴的啤酒給我。前陣子還打掃了浴室，我們同居之後，他第一次掃浴室。亮會積極地幫我提重物、換燈泡，但對於下廚、打掃這些會碰水的家事，總是敬而遠之，一副就是阿嬤捧在掌心帶大的金孫樣。

對此我不曾感到不滿，現在也沒有不滿，儘管沒有不滿——

店門打開，客人走了進來，我不經意地抬頭一看，整個人僵住了。一襲西裝的亮正在掃視店內，他發現我，很自然地舉起手來。

「你怎麼……」

我呆呆地抬頭，亮在我對面吁了一口氣坐下來。

「我剛去妳們店，想說偶爾看看妳工作的樣子。妳們店的制服很可愛嘛！」

所以呢？你怎麼會在這裡？我依舊茫然。

「結果在車站看到妳，想說妳不是在上班嗎？怎麼會在外面？」

怎麼會在外面，所以跟蹤我？我想要反問，但是我撒謊在先。應該先為他跟蹤我的事生氣，還是為撒謊道歉？

「看到妳在不是我們家的車站下車，我覺得事情不太對勁——」

亮笑了，但眼中沒有笑意，看來我應該先為撒謊道歉。

「對不起！」

「幹嘛道歉？妳只是上咖啡廳而已吧？」

如果真心這麼想，就不要用笑容對我施壓。

仔細想想，我走進〔calico〕已經過了二十分鐘。這段期間，亮在做什麼？為什麼不馬上進來？會不會是在確定我是否在等人？話語不斷地在嘴唇內側堆積，我用力咬緊牙關，只要吐出任何一個字，就會演變成爭執。

「歡迎光臨。決定好點什麼了嗎？」

文無聲無息地過來點單，放下水杯和毛巾。

「有什麼推薦的嗎？」

亮不是問文，而是問我。

「每個人喜好不同。」

我謹慎地回應。

「更紗喝什麼？」

「一號。」

「那我點一樣的。」

亮看著文說。光是這樣，就讓我的心都涼了。

文折回廚房的期間，我幾乎去了半條命，因為亮在文的面前叫了我的名字：

「更紗」。然而文沒有任何變化，即使從現在的長相認不出來，也難以想像他連我的名字都忘了。

「好奇怪的店喔！」

亮稀罕地東張西望。

「營業時間八點到五點，一般會以為是指白天呢。」

亮拿起菜單研究，上面只記載了三種咖啡、兩種輕食，底下小小地標記著營業時間。吧台座的客人回頭瞥了一眼。

「今天預定取消了？」

就和平光她們一樣，在這家店裡，亮也是格格不入的存在。

亮話風一轉問道。我早有預期，卻心慌意亂。

「班表突然調動，所以妳提前下班了，對吧？」

亮不等我回答，提出模範解答。

「嗯，對。」

我點著頭，摸不清亮是否真心如此相信。

「下次休假一起去買東西吧！」

「買什麼？」

「咖啡豆，還有濾杯和咖啡壺。」

「家裡有啊？」

「買更好的。妳喜歡喝咖啡，對吧？這裡感覺只有咖啡迷才會來，還只賣三種特調，一定是對自己的手藝很有自信吧！可是我都不知道妳有逛咖啡廳的興趣。」

亮掏出手機，打開咖啡用品專賣店的網站。

「好像實驗工具，好帥喔！我也來研究看看嗎？」

他嘴裡喃喃地說。

我等亮喝完咖啡，立刻起身打算離開〔calico〕。我說要自己付錢，亮問為什麼；外食的時候，都是亮付錢的，他說讓女人掏錢包太難看了。

我在稍遠處看著文結帳。文不會看客人的臉，雖然是老樣子了，但今晚我終於看到文的真心。

文是假裝不認識我！這是我最害怕的答案。他都聽到更紗這個名字了，待客的態度卻毫無變化，那是「**我不認識妳**」的強烈拒絕。乾脆直接叫我不要再來，還比這好上一百倍。

我從文的人生被抹消了，他甚至放棄對我付出嫌惡或憎恨的感情。感覺每步下一階陰暗的階梯，我的魂魄就抽離了一些。

「肚子好餓喔！」

「回家我馬上煮。」

我茫茫然地回應。

亮說要在外面吃，我們走進站前的拉麵店，他還點了煎餃和啤酒。不知為何，亮心情很好，一直在聊咖啡。我拚命將隨時都會分崩離析的意識聚攏起來，努力地附和。

回家以後，我立刻放洗澡水，今晚想要泡澡。

坐在浴缸邊緣，看著漸漸升起的水位，廚房突然傳來刺耳的聲響，我過去查看，看見咖啡壺在亮的腳下碎了一地。亮面無表情地看著玻璃碎片，我發不出聲。

「我本來想沖咖啡的。抱歉，手滑了。」

亮抬頭說道。

他臉上那張彷彿戴著面具的笑容，讓我的背脊竄過一陣冷顫。

我一走進店裡，就被一臉為難的店長叫進員工室。

「就是，呃，希望妳不要誤會，這年頭說這種話有可能構成性騷擾，不過我認為最好還是讓妳知道一下。」

店長從剛才就拐彎抹角地遲遲不肯進入正題，不祥的預感迅速膨漲，我只希望他有話快說。

「我要被開除了嗎？」

我提出所能想到的最糟糕的內容。

「怎麼可能！妳可是超級寶貴的戰力，要是少了妳，我就麻煩了。」

「那是什麼事呢？」

「喔，就是呃……妳跟男友順利嗎？」

我忍不住板起臉來，毫無誤會的餘地，這個問題是如假包換的性騷擾。

「啊，不是啦！昨天晚上，有個自稱妳未婚夫的人打電話到店裡問妳的班表，還要我們瞞著妳告訴他……我當然沒有告訴他，畢竟又不知道他是不是妳真的男友，現在治安又那麼糟。」

「……真是抱歉，給店長添麻煩了。」

我頓時啞口無言，慌忙行禮道歉。

「談不上麻煩啦！只是……那個人真的是妳男友？」

「我想應該是。」

我用力握住膝蓋上的手回答。

「……這樣啊！」

沉默之後，店長嘆著氣說。他接不下話，只是不斷地重複「這樣啊！」、「這樣啊！」我想換成是我，也會無言以對。
「我會好好和他談一談，叫他不要再給店裡添麻煩。」
「嗯，可是我只是擔心妳而已。」
敲門聲響起，工時人員的聲音傳來：「要開店囉！」
「啊，總之跟妳知會一聲，不要太勉強自己啦！」
我跟在店長後面前往外場。
「安西，不好意思讓妳一個人準備開店。」
「沒關係啦，妳上次幫我代班嘛！」
安西正在準備飲料吧，我也快步向前補充杯子。
「而且跟宅配分貨比起來，這裡實在太輕鬆了，我再也不想幹那種工作了。」
安西是單親母親，不久前身兼兩份工作。
「還有偷偷搬家的工作也累死人了，萬一被逮到又很危險。」
「偷偷搬家？」

「專門幫有內情的人搬家的業者。」

「原來還有這種職業啊！」

「我朋友的男友在做這行，薪水很好，之前我去那裡當行政。不過我不會會計，所以做不久。我們家是單親，一個人要兼兩份工，實在太辛苦了。啊，對了，家內，妳男朋友那邊沒事嗎？」

「咦？」

「店長不是找妳嗎？是談這件事吧？聽說他來查妳的班表。妳那男友控制欲也太強了吧？那時候我剛好在員工室休息，在旁邊聽到店長講電話。他說是你未婚夫，真的嗎？妳要結婚了？」

「我也不確定。」

我含糊其詞。我和安西從來沒有一起值班過，所以沒說過什麼話，如果她是平光那一型的就麻煩了。

「對方好像打定主意要跟妳結婚呢！這麼愛妳，真好。」

「這樣很好嗎？」

我忍不住看著安西反問。

「雖然控制欲有點強，不過，嗯，這是一種愛的形式嘛！像我跟妳這種女人，結果不是都得靠老公嗎？所以嫁給更愛自己的人比較好。妳以前也經歷過很多事吧？啊，抱歉，我聽大家在講，就上網查了一下。」

安西的口氣實在太爽脆了，我甚至來不及覺得不舒服。

「像我家，爸媽真的是爛到底，小時候簡直就像活在地獄裡。所以我連高中都沒讀，十八歲就奉子結婚離開家裡了。真是身心舒爽啊！離婚以後，我跟父母也一樣斷絕往來，說到可以依靠的對象，實際上就只有男朋友了。雖然有朋友，但還是不想給朋友添太多麻煩不是嗎？」

安西一面使勁擦拭飲料吧的吧台，一面說。

「家內，妳男朋友幾歲？」

「二十九。」

「在哪裡上班？」
「他是工程機械的業務。」
「正職嗎？」
「嗯。」
「長男？」
「獨子。」
「老家是正常家庭嗎？」
「務農。」
「天哪，那不是棒透了嗎？」
「是嗎？」
「當然啦！老家有土地，本人也有正職。家內啊，妳可千萬不能讓現在的男朋友跑了。就算他管得有點多，也表示他就是這麼愛妳。只要結婚，再怎麼好的男人也只會愈來愈爛，男人眼中的女人也一樣。結婚就是讓彼此的分數愈扣愈少的制度，但金錢的價值是不會變的。」

安西狀似憤怒地說。

「對於沒有親人可以依靠的人來說，男朋友比起被當成戀愛對象，更像是一般社會生活的必需品；像是搬家、住院這種緊急狀況時，可以替妳當保證人的人。一般來想，朋友才不可能幫妳在文件上簽名蓋章，就算肯，也沒法依靠。」

安西俐落明快地說著非常實際的內容，由於有許多能認同的部分，我只是一個勁地點頭。

「好羨慕喔！哪像我，因為還有個孩子，門檻變得好高。看到女人有拖油瓶，男人也會退避三舍嘛！像妳，一個人就好多了。所以現在的男友，妳可得好好抓牢啊！」

安西說完，把抹布丟進吧台底下的垃圾桶。

六點下班後，我前往〔calico〕。

穿過整體氛圍還處在準備中的傍晚鬧區，忽然進入一處閑靜的角落。還不到五點，大樓一樓的古玩店卻已經拉下了鐵門，我不知道平常就是這樣，還是店已經收起來了。**散發藥味的優雅老店長怎麼了呢？**

我在超商買了三明治和茶，走進附近的森林公園，在可以眺望池塘的長椅坐下，呆呆地看著天鵝船。

一個小學男生在旁邊的長椅坐了下來，他提著補習班的書包。小男生就像午後的業務員一樣，邋遢地靠在椅背上打起盹，醒來之後，仍以相同的姿勢發著怔，然後又睡著了。睫毛像洋娃娃一樣修長，我祈禱小男孩可以多睡一點。

夏季傍晚緩慢地遷徙，我在公園打發時間直到八點。小男孩第三次醒來時，驚慌地看了看時間，像兔子一樣彈起來，飛奔而去。安息就此告終，我也起身前往〔calico〕。

走上陰暗的階梯，推開木門。將我連同過去的記憶全數抹消的文的店，門板感覺有如千斤重，這道門不會為我而開，即便如此，我仍覺得這裡是我的歸宿。這讓我感到可悲，就好像不管被丟棄多少次，仍執意要回來的狗。

幼時的我呼喚文的名字，拚命地朝文伸手的影片，有自稱職業臨床心理醫師的人留言，落落長的文章以「這非常危險」開頭。

——犯罪被害者有時會對加害者萌生愛情，透過將恐懼的對象變換為愛情的對象來保護自己，是一種防衛本能。被害女童的心傷極深，為了她的將來，必須進行適當的治療。

我很生氣，覺得這個人什麼都不懂；另一方面卻也感到不安，不認識我的人任意分析我的心，胡亂揣測。然後我本身也開始質疑起自己，一點一滴地迷失了。自己到底是誰？歷經漫長的時光，我的話再也沒有人聽得懂，我覺得能夠解讀的，就只剩下文一個人。

是我不正常嗎？其他人都是對的，只有我錯了嗎？

我不夠堅強，不夠聰明，足以挑戰全世界說：「**不，即便如此，我還是對**

的。」所以忍不住要依靠另一個當事人，就是文。想要問他：「我沒有錯吧？」

我在心中不停地問著把我抹消的那個人。

九點多的時候，亮傳訊息來了，內容是我沒有連絡，也不在家，讓他很擔心。

在〔calico〕的時候，我總是不理亮的訊息，今天卻回應了。

『我回家看到妳不在，很擔心。妳在哪裡？』

『妳在〔calico〕的話，要去接妳嗎？』

『回程在外頭吃個飯吧！』

我簡短地回覆這三則訊息。

『聽說你打電話到店裡問我的班表？』

很快就得到回覆。

『我是擔心妳。』

『擔心我什麼？』

『因為妳最近怪怪的。』

『哪裡怪？』

『突然忙起工作，還一個人跑去咖啡廳。』

『這有多奇怪嗎？』

這次的回覆慢了幾拍。

『妳變了，以前的妳不會頂嘴的。』

頂嘴。我反芻這個詞，想起剛才的小男孩，小小的書包裡塞滿了許許多多的東西，精疲力盡的純真睡臉，看起來很乖順，不會頂嘴。

『我去接妳好了。妳在〔calico〕對吧？我們好好談一談。』

『我已經要走了。』

『那我等妳，路上小心！』

我喝光咖啡，走出〔calico〕，直接進入斜對面大樓的酒吧，在可以看到〔calico〕的窗邊坐下，傳訊息給亮。

『今晚我不回家了。』

約三十分鐘後，我看到亮跑了過來，他進入〔calico〕的大樓，很快又出來了，一陣東張西望之後，惡狠狠地踹了旁邊的自動販賣機一腳，把我嚇了一跳，接著他再次快步折回車站。我更不想回去了。

酒吧開到三點，打烊後我站在巷子，仰望著〔calico〕。

這麼做沒有意義，但即使沒有意義，我還是想待在這裡。就像小孩子對著吃不到的甜點哭泣一樣，已經是大人的我無法哭泣，只能站在那裡。

五點多的時候，〔calico〕幽微的燈火熄滅。文走了出來，但不是一個人，旁邊還有個女人，年紀應該比我大一些，一頭沒有染的黑髮在下巴處剪齊，予人知性的印象。女人說著什麼，自然地挽住文的手。

「請問……」

回過神時，我已經走出巷子，出聲攀談。兩人回頭，我立刻後悔了。**我在做什麼？**女人詫異地看著我。

「你還記得我嗎？」

我只看著文一個人問道。

文做出反應的幾秒鐘，感覺無比地漫長。

「妳是最近經常光臨的客人。」

文回答的聲音平坦，表情連我最恐懼的憎恨都沒有。女人則露出不愉快與同情混合得恰到好處的厭煩表情，以前一定也有過暗戀文的客人吧。

文輕輕行禮，和女人一起離開，我呆呆地跟上彎過轉角的兩人。兩人走進不遠處的公寓，公寓大門是自動鎖，文掏出鑰匙，表示是文住在這裡吧。

我站在人行道上仰望，三樓右角的燈亮了，那裡好像是文的住處，或許是兩個人同居。她是文的女友嗎？可是她是成年女子，而且網路上的資料裡，沒有提到文有姊姊。那，或許是親戚，或許是朋友？想到一半我輕嘆一口氣，停止再想下去。

如果是女友，那是最好的。如果那個人是女友，文現在已經不痛苦了，不會再因為他是文，而被人指指點點了。如果文已經能去愛成年女子的話，那就太好了，我一直祈禱文能幸福，所以現在由衷感到安心。

然而，我卻又感覺寂寞得不得了。九歲的我和十九歲的文無處容身，所以緊緊地握住彼此的手，已經不存在任何地方了。我再次體認到那是已經畫上句點的童話故事。

記憶因為有共享的對象，才會得到強化，往後我將獨自一人，懷抱著那兩個月的回憶走下去。愈是幸福，就愈形沉重的那段記憶，我有辦法承受下去嗎？「**太沉重了，我不需要了。**」如果能灑脫地這麼說，撒手拋棄，那就輕鬆了。

「**光是重成這樣就有罪了。**」、「**因為這樣雙手就不能自由啦！**」這麼說的媽媽，瀟灑地拋下了我，她現在一定雙手自由地闊步著。但我做不到，我好羨慕媽媽。小時候我夢想快點長大，和爸爸一樣的人結婚，過得像媽媽一樣快樂。那個時候近在身邊的夢想，現在卻遙遠得完全搆不著。

我的視線逃避地移向文住的公寓更上方。夏季的破曉來得早，東方天際升起火焰般的玫瑰色，然而夜晚的領域仍依稀殘留著一勾淡月。

我覺得它就像即將消失的我自己。

我目不轉睛地仰望著淡月，就像在等待被砍頭的瞬間。

然而月亮遲遲沒有消失，我的項上人頭就這樣暫時保住了。

我在網咖小睡了一下，從那裡直接去上班。

在更衣室裡，平光說我臉色很差，我在油膩卻乾燥的皮膚疊上腮紅。休息時間看了一下手機，有十幾則訊息，頓時完全不想看，直接關掉了。放著我和亮的天平，連片刻的平衡都再也無法維持了。

「他這麼愛妳，真好。」我想起安西的話。亮是愛我的嗎？我也愛著亮嗎？我因為睡眠不足而意識渙散，煩惱今晚是不是應該煮飯。連這種時候都在擔心煮飯，我覺得自己實在很蠢。

好不容易熬到四點，我混在一起下班的其他店鋪的工時人員裡面，慢吞吞地從員工出入口走出去。結果嚇了一跳，亮站在門口旁邊。

「更紗，辛苦了。」

「怎麼了？你不用上班嗎？」

「去見客戶提早結束，直接下班了。」
平光等人從我和亮的旁邊經過。
「家內，辛苦了。」
平光等人打招呼時是看著亮，而不是我。亮笑著向她們頷首，平光等人也回以微笑。她們剛說要去喝咖啡，一定會拿我跟亮當話題，倦怠的身體變得更沉重了。
回到公寓的路上，亮不發一語。他打開玄關門，我正想跟著走進去，手腕被一把抓住，整個人被用力一扯，倒在玄關地上，手肘結結實實地撞在地面，麻痺般的劇痛讓我甚至叫不出聲。我蜷在地上發抖，上鎖的聲響不祥地震動鼓膜。
「昨天一整個晚上，妳跑去哪裡了？」
亮在倒地的我旁邊蹲下來問道。
「為什麼不回我訊息？」
詢問的聲音很平靜，格外讓人膽寒。
「更紗，妳最近很奇怪。」

我提心吊膽地看他。

「妳移情別戀了嗎？」

我搖著頭。

「是『calico』的老闆嗎？」

我再次搖頭。雖然我喜歡文，看到文跟那個女人在一起，頓時覺得失去了重要的事物，但那並非能夠以戀愛或愛情稱之的感情。如果無論如何都要比喻──「聖域」是最為接近的。

我想要爬起來，亮按住我的肩膀。

「……放開我。」

「妳好好回答，我就放開妳。」

疼痛和悶熱讓汗水泉湧而出，濕黏的臉頰和地板毫無空隙地密貼在一起。

「你不用這樣，我也會好好回答。」

「我一放手，妳可能又會跑掉。」

「你適可而止一點！」

我硬要起身，亮更加發狠按住我。呼吸困難，走廊充斥著兩人的呼吸聲，空氣密度逐漸上升。

就在我幾乎快昏厥的時候，亮的手機響了，在這個狀況下顯得突兀的愉快旋律。亮沒有動，沒多久鈴聲中斷，很快地又響了。亮按著我的肩膀，用另一手從西裝口袋掏出手機。

「抱歉，我晚點再打回去。」

從亮簡慢的應答，我察覺應該是他父親或祖母打來的。亮正要掛電話，表情驟變，放開了我的肩膀。

「狀況呢？嗯，好，我馬上回去。」

掛斷電話後，亮的視線左右飄移，就像不知如何是好。

「……怎麼了嗎？」

我慢吞吞地爬起來，亮一臉欲泣地看我。

「我阿嬤病倒了，說被救護車送走了。」

「那你得趕快回去。」

亮卻繼續蹲在我旁邊，我想先站起來再說，手被抓住了。

「跟我一起回去。」

「咦？」

「我阿嬤一直說想看看妳。」

「可是……」

「拜託，如果不是跟妳一起，我不能回去。」

不要這種時候才說些孩子氣的話。然而眼前的亮，表情真的就像小孩一樣無依，兩相對照地，箍住我的手腕的勁道卻愈來愈強。

「……好。我去收行李，包括我的。」

亮還是不肯放手，我輕觸他的頭髮，溫柔地撫摸，就像在對小孩子說：**沒事的**。亮的手慢慢地鬆開了，我一直撫摸他的頭髮，直到他完全放手。

我們在甲府站下了車，搭計程車前往醫院。
大樓背後襯著清涼的山景，實際上卻瀰漫著盆地特有的密度濃厚的悶熱，感覺所有的一切都像要梗住喉嚨。
我們抵達的時候，亮的祖母病情已經穩定下來了，他的父親原本以為這次撐不過去了。
「你這麼忙，害你跑一趟了。」
他對亮道歉說。
「更紗小姐也是，突然把妳帶來，真抱歉。謝謝妳總是照顧亮。」
亮的父親在祖母沉睡的病床邊向我行禮。
「哪裡，我才是。」
我回禮之後，對話就乾掉了。面對感覺木訥的亮的父親，我也不知道該如何接話，如果我和亮的關係圓滿，或許還有更多話可聊，但現在我什麼話都說不出口。

亮盯著祖母蒼白的睡容。

「不好意思，我們是中瀨的親人。」

隨著敲門聲，一個中年婦人和年輕女孩慌慌張張地走進來了，說是亮的姑姑和表妹泉，她們似乎事先聽說我的事了。

「啊，好可愛的小姐。」

姑姑微笑地說。

亮的姑姑和父親相反，善於交際，馬上就問起什麼時候結婚，令人發窘。

「要趁阿嬤還在的時候趕快把婚禮辦一辦，阿嬤沒辦法舟車勞頓。這邊去年新開了一家飯店，風評很不錯。」

「可是一定要請公司上司啊！」

「不用那麼麻煩吧？反正你以後也是回家繼承農地。」

姑姑理所當然地說著。什麼都沒聽說的我望向亮。

「還不一定吧！」

亮不悅地反駁。

「那都是以後的事，不用現在講那些啦！」

亮的父親開口說，便打住話題。

眾人一直陪伴亮的祖母直到探病時間結束，接著一起前往已經預約好包廂的創意料理店用餐，不久姑姑的丈夫也過來會合。不知不覺間，變成婚前的家族聚餐，姑姑替我斟啤酒。

「亮這個孩子啊，我從以前就很擔心他。聽到哥哥提起的時候，覺得他挑了個將來會很辛苦的對象，不過像這樣親眼見到，我也放心了。妳因為吃過苦，所以知道要低調、很堅強，感覺也能理解亮不夠好的地方、包容他。」

姑姑也許是有點醉了，說話開始摻雜當地腔。我只是低著眼皮，曖昧地點頭，感覺如坐針氈。

也因為睡眠不足作祟，酒精輕易地滲透了我的全身。途中我離席去廁所，看到鏡中的自己，嚇得目瞪口呆。從昨天就完全沒卸的妝糊成一團，臉色也糟糕透頂，有哪個女人會頂著這種臉去男友家打招呼？

忽地，聲音迸出喉嚨「呵呵呵——」，明明一點都不好笑，近似笑意的衝動卻湧上心頭，我發出沒有意義的聲音。

這時門突然開了，我笑著回頭看去，泉被我嚇得全身一抖。

「……妳還好嗎？」

泉疑惑地問道。

「嗯，沒事，不好意思。」

我道歉著，不知為何，更強烈的笑意衝了上來。

泉用發毛的眼神看著我，接著把手撐在身後的洗臉台坐了上去，那表情就像要豁出去似的。

「更紗姊姊，妳是怎麼了？」

我的笑倏地收住了。泉的目光盯在我露出短袖衫的手肘上，上面是在地板撞出來的一大片瘀青。

「是亮弄的嗎？」

她的語氣太平常了，我錯失了否定的時機。

「我爸媽跟舅舅都猜到八成是亮幹的，可是都沒有人說出口。唔，舅舅自己也沒資格罵亮啦！」

「什麼意思？」

「我得事先聲明，免得妳誤會。我很喜歡亮，他是我表哥，可是要那種人當我男友，絕對免談。會家暴的男人，根本是垃圾。」

「家暴？」

「對，家暴。」

泉從化妝包取出潤色唇膏，隨手在唇上塗抹起來。

「亮的前女友跟他吵架以後，被抬進了醫院。」

好像是吵架衝出公寓，從樓梯摔下去，撞到了頭。這件事本身是意外，但她的身上有許多毆打的傷痕，因此院方報警的樣子。

「那個時候舅舅也去了警局，好像傷得真的很嚴重。是啦，亮也有他的一套說法，什麼女友花心，可是女友說沒有。吵架的理由是很常見的原因，可是因為這樣就對女友拳打腳踢，就不是常見的事了。所以不對的還是亮，就算他有心理創傷也一樣。」

「心理創傷？」

「更紗姊姊知道亮的爸媽已經離婚了嗎？」

我用手掌掩住浮現瘀青的手肘，點了點頭。

「亮有告訴妳原因嗎？」

我搖了搖頭。

「原因是舅舅會家暴。雖然好像不是那麼嚴重，可是舅媽跟以前的男友跑掉了。舅媽是鄉下地方難得一見的清新脫俗美人，聽到對方是在城裡開咖啡廳的人，每個人都說比嫁進農家更適合她。」

咖啡廳！我忍不住用力握住手肘。

「更紗姊姊也有一段過去吧？亮的前女友雖然不到妳那種程度，不過家庭背景好像也很複雜。亮總是挑選這種對象，可能是覺得這種人的話，就不會像舅媽那樣拋棄他吧！」

「這種人是指……？」

「遇到事情也無處可逃的人。」

「……喔！」

「亮小時候很黏媽媽。」

泉的口吻變得有些不同。

「漂亮的媽媽是他的驕傲，所以媽媽跟別的男人跑了，對他打擊應該相當大。後來他一直聽阿嬤講媽媽的壞話，又被阿嬤當成心肝寶貝帶大，全部攪在一起，就變成現在那種樣子了。」

聽說泉讀高中的時候，被亮罵說制服裙子太短，他說如果是自己的女友，絕對不許她穿成那種德行。

「也許是因為舅媽的事，他對女人很要求三從四德那套……明知道舅媽離開的原因，怎麼會做出跟舅舅一樣的事呢？」

泉嘆了口氣，皺著眉頭說。人性真是太複雜了。

「這不是我該插口的事，可是總覺得好像整個家族在聯手欺騙妳一樣，我不喜歡這樣。如果是我多事，先說聲抱歉啦！」

「不會，謝謝妳。」

我誠心地道謝。泉苦笑著走進包廂。

這天晚上在亮的老家過夜。

坐上計程車，在路燈稀疏的鄉間道路行駛了約二十分鐘，來到一處透天厝。石牆環繞的寬闊土地裡，隨便停放著自用車和耕耘機，所有的一切都很寬敞，玄關架子上，風格雜亂地擺飾著中國風的木雕龍、乾燥花和似乎是手織的毛線娃娃。

「更紗今晚也累了吧！好好休息吧！亮，好好招待人家。」

亮的父親領我到客廳後，馬上就躲進臥室了。

「被子應該是這個。」

亮從壁櫃裡搬出鋪蓋。雖然臨時來訪，被子卻很鬆軟，聽說家裡大小事全是祖母在張羅。

「咦，打不開。」

亮拿著空調遙控器，皺起眉頭，好像有些故障。

「沒關係，反正有紗窗，窗戶打開就行了。」

「那等我一下。」

亮走出房間，很快便拿著蚊香罐和圓盤走回來。他打開罐子，我納悶起來，蚊香有各種顏色。

「這是鳳梨香，這是桃子香，這是葡萄香。」

「我小時候用的是綠色的。」

「跟爸媽一起住的時候？」

「對，陽台的鳥籠裡面有小鳥，小鳥會叼著蚊香。」

「訓練的嗎?」
亮瞪大眼睛問。
「不是不是，不是真的鳥啦!是陶器小鳥。」
我笑著回應。
「什麼嘛，嚇我一跳。」
我們彼此輕笑，我發現我們很久沒有像這樣對笑了。
亮略垂著目光，拿起粉紅色蚊香。
「陶器小鳥，妳爸媽好風雅。」
「鄰居都說我媽不食人間煙火，可是我很愛我媽。」
亮瞇起眼睛，是熨貼的、可以放心的笑容。
「妳要哪個?」
亮問我。我聞過全部的香味，選了葡萄，覺得聞起來最接近水果香。然而點火後冒出來的香氣，理所當然是人工的味道，不小心吸到一點煙，我咳了起來。

「還好嗎？我小時候也常被水果的味道嗆到。」

亮看我說道。

「往我們家後面走進去，就是果樹園區。很多農家種水果，泉她們家也是葡萄農家。果實熟透的味道很嗆，我媽說她不喜歡。」

夜風吹了進來，亮以目光追著飄散的煙。

「成長的能量一定很驚人吧！」

「嗯，可是我媽討厭的或許不是水果味，而是這裡的生活本身。照顧植物、收穫、出貨。農忙時期，忙到連休息的時間都沒有，回家以後，都累得只能倒頭就睡。連一本書、一部電影都沒空看的日子一直持續著。」

我第一次聽亮談起自己的母親。

「我看過我媽年輕時候的照片，是個感覺很勁爆的人，會跟男人混在一起，在咖啡廳抽菸，喜歡聽爵士樂，電影看得是那種坎城影展片。服裝也是，跟附近的嬸嬸阿姨比起來既時髦又脫俗。小時候連我都與有榮焉，跟我爸完全相反。」

亮繼續說著，他把蚊香盤挪到別處，不讓煙飄到我這裡。

「我爸高中畢業就繼承家裡的農地，說到嗜好，就只有下棋和晚餐喝杯小酒，連小時候的我都想不透這兩個人怎麼會結婚。他們也常吵架，我媽伶牙俐齒，笨口拙舌的我爸每次都被駁倒，因為氣不過，最後都會動手……雖然動手之後會被罵得更慘。」

亮懷念地笑著說。和從泉那裡聽到的大不相同，哪邊才是真的？

不過應該沒有所謂的事實。發生的事，只有各別的解釋；泉有泉的解釋，亮有亮的解釋。我也一樣，我所知道的文，和世人知道的文南轅北轍。我在兩者中間掙扎著，亮也是這樣嗎？

我第一次覺得與亮靈犀相通了。

「對不起！我不會再那樣了。」

亮突然開口道歉。

「哪樣？」

我想聽亮具體地明確說出來。
「打電話去店裡，還有對妳動粗。」亮微低著頭，再說了一次：「對不起！」
「……嗯。」
我只回應了一聲，就這樣沉默著。
「我一定會讓妳幸福的。」
亮握住了我的手說道。
暖風吹了進來，人工葡萄香逐漸充斥整個房間，我也好像快嗆到了。只能說是葡萄，卻又不是葡萄的冒牌貨香味。
愛情或許也是這樣的。世上「真正的愛」能有多少？與愛情極為相似，卻又不盡相同的感情是否更多？每個人都隱約察覺了，但不會因為是冒牌貨就把它丟棄，因為真正的愛太難得了。所以把到手的感情當做真愛，決心為它殉身，或許這就是婚姻。
亮睡在二樓自己的房間，我沒有睡意，直盯著蚊香的煙。

亮說：「我會讓妳幸福。」但我不明白自己對什麼感到幸福？降臨在身上的種種厭惡的事物，讓我努力保護著自己的心，卻在不知不覺間，自身的輪廓變得愈來愈模糊。

我對什麼感到受傷、歡喜、悲哀、憤怒？即使迷迷糊糊，也只能往前進。

我坐在墊被上，望著升起的煙，決心再也不去〔calico〕了。

我一直追尋著文的影子，但那已經是結束的幻夢。

●●●●●●●●●

午餐時間告一段落，突然閒下來的平日午後，我正在準備用品打發時間。

「家內，妳跟男友打得正火熱吧？」

我與一旁別有深意地詭笑的安西對上了眼。

「怎麼突然這麼說？」

「因為妳現在週末又不排班了，人也變得漂亮多了。」

我不解地歪頭。

「好好喔！妳全身上下散發出『我有意中人』的氣息。之前平光她們也在吵妳男友特地來接妳的事，說什麼長得還可以。奇怪，哪裡輪得到她們批評，對吧？」

安西說自己超討厭平光那班人，但打從心底羨慕她們家裡有老公賺錢，每天可以跟朋友喝茶聊八卦。我覺得她真的很坦白。

「所以我可能很快就會討厭起有男人愛、過得幸福的妳了。」

聽起來像在打哈哈，但我覺得有幾分是真心的。

四點下班，我和安西起走向車站。她也一樣不參加平光那些人的下午茶聚會，直接趕回家幫女兒煮晚餐，然後八點去附近的小酒家上班到十二點半。

「晚上留她一個人在家是很可憐，可是酒家薪水好，又輕鬆。」

「媽媽輕鬆最重要。」

我認同地回應道。西安露出看到奇妙生物的表情。

「妳真的很另類吔！一般人都會勸說這樣小孩子太可憐了，不要去做什麼酒家陪酒。」

「我們家有段時間也是我媽一個人養我。」

「是喔？」

安西好奇地回應。

「不過，後來她交了男朋友離開了。」

被父母拋棄的小孩，人生會被迫朝意料之外的方向扭曲。為了避免演變成這樣的巨大悲劇，我認為母親能過得輕鬆是最好的。

「妳會恨妳媽嗎？」

聽聞，我想了一下，搖了搖頭。

「不會，可是那時候覺得很寂寞，很想她。」

我覺得幸好那是小時候。那時候只覺得寂寞、想念，無法由此導出具有意義的思考，所以還好。如果把那時候的寂寞、悲傷和淒慘用明確的話語打造出一座堡壘，或許我會永遠封閉在其中，再也走不出來。

但也不是所有的一切都消失不見了。那時候的寂寞與憤怒，就像不會說話的動物般，靜靜地蜷縮在我的心底沉眠著。

「妳和妳媽小時候分開，就再也沒有見過嗎？」

「嗯，一次都沒有連絡。」

媽媽最討厭沉重的事物，反過來說，或許她其實是個軟弱的人。但我覺得如果看到我被誘拐的新聞，應該還是會連絡警方才對，所以我想她應該是去了外國。放棄去期待，雖然可能只是我想要這麼相信罷了。

和安西道別後，我去超市採買，回到家稍微休息一下，準備好晚餐，接下來就等亮回來。我的生活又回到了與文再會之前的狀態。

前往山梨的隔天，我和恢復意識的亮的祖母打了招呼。亮的祖母說：「**第一次見面居然是在醫院，真過意不去，下回我會準備大餐等妳來。**」還說了亮小時候的趣事。那些內容等於是另一種訂親的言詞，除非有什麼重大的理由，否則難以反悔。

做完該做的事，我打開筆電。我沒有再去〔calico〕，但開始每天搜尋文的消息。這十五年來，一直沒有什麼大不了的訊息，儘管明白，但搜尋文的事，就像是一種精神安定劑。

「妳全身上下散發出『我有意中人』的氣息。」安西意外地觀察入微。雖然我並未把文當成異性看待，但從為某人痴迷的意義來看，我確實滿腦子時時刻刻都在想著文。

明明就和搜尋一樣，毫無意義，然而讓現在的我活著的，正是這無意義的行為。我覺得如果沒有這些，我一定會像斷了線的傀儡，崩塌成一團。

在觸控板上滑動的指頭忽然定住了，仔細一看，那是知名罪案的整理網站，〔女童家內更紗誘拐案〕附上了更新記號，我連忙點開連結。是昨晚更新的，附上了〔calico〕所在大樓的外觀照片，以及沖咖啡時文的照片。似乎是偷拍的，幾乎看不到文的臉，但他獨特的細長身影拍得一清二楚。

我用力嚥了一口唾沫，手伸向冰紅茶，沒拿捏好距離指頭撞倒了杯身，金色液體在餐桌上擴散開來，滴落地板。得擦乾才行，我卻盡是盯著螢幕動彈不得。

儘管主動搜尋，我卻對新的消息害怕不已。有人還記得十五年前的事件，到現在還在追查。我不敢相信除了我以外，居然還有這樣的人。

文都已經展開新的生活了，他的生活卻即將遭到侵犯。

為什麼？事件老早就結束了，況且根本沒有人受害，他也贖清了根本沒必要贖的罪，現在還有了成年的女友，甚至根本不是戀童癖了。

我想起那個黑色鮑伯頭、感覺意志堅強的女子。我再也無法和文有任何瓜葛，但對於他過著平靜的生活，感到安心。

某種感情從心底深處湧了上來，我強忍想要把電腦連同打翻的杯子一把拂到地上的衝動。

徹底破壞我的人生，又威脅文好不容易得到的幸福的人，不管那是誰，我都絕對不會放過。

隔天下班後，我前往〔calico〕。

一樓的古玩店和〔calico〕都沒有開。我躲在對面巷子裡，既然拍了照，表示犯人來過這裡，那麼或許他還會再來。

我打算揪出犯人，拜託他不要再做這種蠢事。但如果是拜託就會罷手的人，根本就不會做出這種事吧。到底是誰？出於什麼目的這麼做？都十五年前的往事了。我不認為完全無關的他人，會純粹因為好玩而對文感興趣。

我一直等到六點，都沒有可疑人士出現。

我邁步前往文的公寓。拍下那種照片的人，不可能不跟蹤文，或許早就查到他的住處了。一想到這裡，步伐變成了小跑步，到的時候已經氣喘吁吁了。

我額頭冒汗，仰望文住的公寓。白色平滑的外觀，三樓的邊間陽台晾著白襯衫，是文在店裡穿的衣物。他很會洗衣服，會依顏色分開洗，連我的木綿洋裝都好好地燙過。坐沒坐相的我老是四處亂躺，一下子就把衣服搞得皺巴巴，但即使如此，他還是會把衣服燙到平整。

縱使花的工夫最後會白費，但只要是自己決定要做的事，文就會做到好。明亮的向晚天色中，白襯衫搖晃著。

我在附近繞了一圈，沒看見可疑人物。但如果犯人在追蹤文，應該會想要拍到本人更清楚的照片才對，那麼最恰當的時機，就是出門去店裡的時候，所以我決定撐到那時。

我守在馬路邊等候著。這時對面走來一個眼熟的女子，當我發現那是文的女朋友時，已經太遲和她對上眼了。

「……妳是之前那個……妳是什麼意思？在店門口埋伏還不夠，居然跑到南住的地方來。」

她皺起眉頭，冷靜地質問。

「南？」

「連名字都不知道，還追著人家跑？」

女子這回是目瞪口呆的表情。

南，好像是指文。我聽說犯罪者有時候會改名，文也這麼做了嗎？佐伯南，還是南文？

「妳知道妳這種行為叫做跟蹤狂嗎？」

我傻住了。我在這裡監視，是為了揪出文的跟蹤狂；為了逮住跟蹤狂，就必須追蹤跟蹤狂。我發現自己是在模擬跟蹤狂的行動，當然也會被當成跟蹤狂。

我在恍然大悟與荒謬的境界線沉默著，女子受不了地搖搖頭。

「下次再被我看到妳，我就要報警了。」

她筆直地看著我說道，沿著下巴線條直線剪齊的鮑伯頭，在夏季的風吹拂下如刀刃般飄動著，感覺強而有力，鋒利無比。

●●●●●●●●

我聽從了女子的忠告，正如她所說，我是個危險人物。

容器裡面裝的是什麼樣的液體都無關緊要，問題是容器的外形就是跟蹤狂。長大以後，我一直為兒時的愚蠢懊悔萬分，但我現在依然一樣愚蠢。

後來我就沒有再接近文了，也停止上網搜尋。我差不多該學會一旦決定，就絕不反悔的堅強與聰明。

「真的很奇妙呢！不能見面，反而會更想見。」

安西把玩著吸管喃喃道，我聞言內心一涼。

下班的時候，安西說有事想商量，邀我到咖啡廳。

「我現在交了個男友。」

聽到這話，我才知道安西說的不是我。

「那個人是有婦之夫，可是跟太太處不好，現在分居，所以我不是橫刀奪愛。不過再怎麼說，這還是外遇，對吧？所以我一直留意不可以陷得太深。」

我點點頭聽著安西唐突的傾吐。

「可是妳不覺得認為不可以陷得太深，其實就已經不可自拔了嗎？」

這話講得令人感同身受。

「沒錯！」

我嚴肅地點點頭回應。安西起勁地接著說下去。

就像安西認為不能對有婦之夫用情太深，對方似乎也在避免陷溺於這段感情裡。有沒有扶養沒有血緣關係的孩子的覺悟？對男性來說，和單親母親再婚，也有必須跨越的門檻。

「彼此都有很多問題啊！」

「嗯。」

「所以就愈容易轟！對吧？」

「轟？」

「轟轟烈烈啊！」

「什麼東西轟轟烈烈？」

我反問。

「兩人之間的愛火啊！家內，難道妳其實很遲鈍？」

安西露出受不了的表情。

「我自己並不覺得啊！」
「我倒是這麼覺得。妳有好好談戀愛嗎？」
「談戀愛？」
「妳跟男友打得火熱，對吧？」
我答不出話來。從山梨回來以後，我和亮過著平靜的生活，然而其中也蘊藏了小心翼翼、免得激起一絲漣漪的危殆。
「幸福的人多半都是遲鈍的呢！」
安西斬釘截鐵地下結論。
我喜歡安西這種大而化之的個性，感覺就像還沒來得及去想多餘的事，門便暢快地一道接著一道打開來。
「所以我希望妳可以替我照顧梨花兩天，可以嗎？」
這要求太跳躍了，我納悶不解。
「我想跟男友去旅行。」

啊，原來是想商量這件事。我總算懂了。

「梨花八歲，大部分的事都會自己做了，我想應該不麻煩。拜託！」

她正向我膜拜。

「我是可以，不過要先問一下我男友的意見。」

當晚我向亮提起這件事，他居然一口答應，讓我很驚訝。

亮是業務員，給人的印象熱情大方，但其實很注重自己的私人領域。我和他一起住很久了，但他從來沒有請朋友到家裡做客，我也是一樣，對此覺得很慶幸。

「兩天一夜是吧？偶爾一下沒關係。」

「謝謝，那我去跟安西說好。」

「週末天氣好像不錯，我查一下有什麼小朋友會喜歡的地方。」

亮開心地打開筆電。

週末，安西乘著男友開的車把梨花送來，我和亮一起到公寓樓下迎接，安西和梨花剛好下車。

「早安！幸會，我叫安西佳菜子。拜託你們這樣的麻煩事，實在很不好意思。真是太感謝了！」

「敝姓中瀨。我才是，謝謝妳平時對更紗的照顧。」

「來，梨花，打招呼。這是更紗小姐和亮先生喔！」

安西抓住梨花的肩膀往前推。

「你們好，我叫安西梨花。」

很可愛的小女孩，頭髮微帶弧度，應該是自然捲，大大的眼睛就像洋娃娃。她穿著畫有愛心的黑色T恤配格紋紅裙，以及鑲滿亮片的涼鞋。

「請多指教。」

我曲膝讓眼睛與她同高招呼道。

「我讓她帶遊戲機過來了，不用管她，她也會自己玩。」安西說完，小聲附耳對我說：「妳男朋友很不賴吔！看起來人很老實，一定會是個好老公。」

「梨花Bye Bye，要乖喔！」

安西說完便上了車，車內後照鏡掛著五顏六色的羽毛護身符和夏威夷風格的花飾。駕駛座的男子隔著安西，向我們輕輕頷首，一頭金髮理得短短的，留鬍子，戴墨鏡。

「那我們走了，我會買伴手禮回來。」

安西揮手道別，我們也揮手回應。

「那我們回家吧！」

車子彎過轉角後，亮戲謔地說。

「打擾了。哇，好漂亮的家……地板什麼東西都沒有！」

梨花稀罕地在飯廳和相連的客廳繞了一圈。雖然會打掃，但談不上裝潢擺設。

「梨花家地板有什麼嗎？」

亮好奇地問。

「嗯，我媽討厭打掃，地上都是衣服、髮卷和雜誌，桌上也一堆東西。寫功課的時候，都要把東西推到旁邊去。這裡好空喔！」

梨花指著只放了電視遙控器的桌面說道。

「梨花，妳吃早飯了嗎？會不會餓？」

「不會，已經吃了麥當勞早餐。」

梨花在沙發坐下來，從包包拿出東西，衣物、盥洗用品、遊戲機。

我在廚房準備飲料和零食，亮走了進來。

「那孩子不會怕生呢！感覺很好相處，太好了。」

「嗯，這是我第一次顧小孩，很緊張。」

「很快就會習慣了。不過妳那朋友也太沒有挑男人的眼光了吧？」

亮壓低聲音說。

「自己要去享樂，把孩子丟給別人照顧。也不下車，就坐在車子裡戴著墨鏡點點頭就算了，這算什麼啊？就算不是自己的小孩，也太沒常識了。啊，不過要是有常識，就不會在跟老婆分居的時候交女朋友了。改造廂型車，還吊了一堆飾品，到底幾歲啊？」

確實，我對安西的男友也沒有多好的印象。

「我不太鼓勵妳跟那種人深交。」

「安西為人爽快，很好相處。」

午飯我做了拌明太子的粉紅色迷你飯糰和中華涼麵，涼麵的料有小黃瓜、蒸雞肉和蛋絲、番茄。

「太美了！紅色的飯糰要怎麼做啊？」

明明是很普通的餐點，但梨花眼睛閃閃發亮激動地問。

「妳在家不會吃這些嗎？」

亮納悶地問。

「媽媽廚藝很爛，她白天跟晚上都要工作，所以很忙。可是她會幫我把頭髮綁得漂漂亮亮的，上次還幫我塗了橘色的指甲油。我最愛媽媽了。」

「小學生塗指甲油？」

亮露出不以為然的表情。

「假日媽媽會帶妳出去玩嗎？」
亮接著又問，我使眼色暗示他不要探問。
「……媽媽假日很累。」
梨花搖搖頭說完，不願多談似的埋首吃涼麵。
「梨花，吃完飯要不要去動物園？」
亮突然這麼提議，梨花的臉從盤子抬了起來。
「我最喜歡動物了！熊貓！」
「那家動物園有熊貓嗎？……很遺憾，沒有熊貓吔！」
亮查了一下市內的動物園說道。
「我也喜歡紅鶴和企鵝。叔叔，謝謝你。」
梨花馬上改口說。
亮「咦」了一聲，瞪圓了眼睛。
「不可以叫叔叔。不叫我亮哥哥，就不去動物園了。」

「啊！對不起，亮哥哥！亮哥哥！亮哥哥！」

「很好。」

亮比了個OK手勢，梨花急急忙忙地吃起涼麵來。

看著熱鬧的兩人，我內心起伏不定。

自從十五年前的那天以後，我就再也沒有去過動物園了。

週末的動物園人山人海。梨花說她喜歡紅鶴和企鵝，但實際去到動物園，她對所有的動物都很感興趣，每個點都看了很久。

我慢慢地環顧園內。一家大小，孩子的笑聲，瀰漫在濕氣與高溫中的動物腥羶味，頭頂是幾乎要刺瞎眼睛的艷陽，以及盛夏的藍天。

和那天很像。最後的時候，文用力握緊了我的手；他明明知道會被抓，明明知道自己的人生接下來會有什麼下場。

那個時候，文是什麼心情？

「心不在焉的，小心走散喔！感覺好像帶了兩個小孩。」

亮回頭，握住我的手，他交互看著把身體探進羊駝柵欄的梨花和我。

「這不是羊駝！」

梨花指著夏天被剃毛的羊駝，大喊著。為了消暑，羊駝的體毛被剃得短短的，只有頭部剩下圓膨膨的毛。

「嗯，看起來不像羊駝呢！」

「有點噁心吔！好像外星生物。」

我忍不住噗哧笑出來，亮也笑了。

比我原本害怕的更加寧靜的這段時光，讓人無所適從，但我一點一滴地讓自己的心滑進現在所處的這個場所。

這裡沒有九歲的我，也沒有十九歲的文。但是有亮和梨花，這裡是二十四歲的我的世界，往後我也要在這裡活下去。

「更紗，那邊有獅子吔！走吧！」亮挺直身體，拉起我的手，接著轉頭對著梨花說：「有獅子喔！」

亮自己也像個小孩，我對他輕笑。

我們一直玩到閉園前一刻，接著在站前新開的中華餐館享用晚飯。

「好厲害哦！桌子會旋轉。」

第一次看到圓桌的梨花歡欣地轉著桌子。她吃著琳琅滿目的飲茶套餐，還品嚐了亮的杏仁豆腐，一直開心得笑個不停。

「亮哥哥，我肚子撐到走不動了。」

走出店外，梨花拉扯亮的手說。

「是，公主。」

亮開玩笑地回應，抱起完全敞開心房撒嬌的梨花。

涼風吹過日落的街道，是個久違的舒爽夜晚。

「對了，我想買本雜誌，去一下書店。」亮突然想起來似的說道。「更紗先回去放洗澡水吧！今天走了很多路，我想要泡澡。」

「好，那梨花，我們先回去吧！」

我對著梨花伸出手。

「沒關係，我帶她去。而且她說走不動了，妳也抱不動吧？」

亮逕自說道。

「可是抱著孩子逛書店很累吧？她已經八歲了。」

「我不是胖子！」

梨花一把勾住亮的脖子撒嬌地說。

「她很輕，沒關係，而且我想預習一下。」

「預習什麼？」

「結婚以後，我馬上就要當爸爸了。」亮搖晃著梨花，梨花高聲大笑。「我的女兒！」

我目送走向書店的亮和梨花。

回到公寓，我坐在浴缸邊緣，恍惚地看著升高的水位。

也就是說，我也會變成媽媽。亮從來沒有提過一結婚就要生小孩，我也不知道將來他可能會回去山梨繼承農地，而且結婚這件事本身就太唐突了。

重要的事情，亮總是一個人決定。這也沒什麼關係，但說得極端一點，如果亮和我牢牢地連繫在一起，就算是天涯海角，我一定也會跟著他去。即便那裡是一片荒蕪的不毛之地，我也會默默耕耘。

前提是，如果我們牢牢地連繫在一起。

下班後，我在安西邀約下去喝茶。

「真的太謝謝妳了，梨花說她玩得超開心的。她說妳廚藝超好的，抱怨跟媽媽完全不一樣。」

安西噘起嘴唇，喝著柚子冰茶。

「聽說妳們帶她去動物園？後來梨花在學校圖書館借了一堆動物的書。不過她說剃了毛的羊駝很噁心。」

「我也覺得滿醜的，身體細得像鐵絲，只有頭圓滾滾的。」

「剃的時候怎麼不考慮一下平衡嘛，對吧？這麼說來，她還說她第一次去咖啡廳，很開心。」

「啊，不好意思帶她在外面逛到那麼晚。」

那天晚上，亮和梨花遲遲沒有回家。亮說他們逛完書店去了咖啡廳，我說怎麼可以帶小孩在外面流連到那麼晚，平常這種話應該是亮會對我說才對。亮說著：「抱歉抱歉。」開心地去泡澡，梨花已經一頓一頓打起瞌睡來了，我連忙在客廳鋪被子讓她睡了。

「別在意，我們家也都很晚睡。然後啊——」

安西上身往前傾，轉換了話題。和男友第一次旅行似乎非常快樂，她接著說起飯店的菜色很棒、溫泉很舒服。從她喃喃說：「真想再去。」的樣子來看，感覺不久後的將來又會把孩子託給我照顧。但我覺得無所謂，小孩子也要看合不合得來，我和梨花滿投緣的，亮也很開心。

回家路上，我去超市買了鰆魚，去花店買了藍星花。前幾天都吃小孩子愛吃的料理，今晚想吃點清淡的。

回到公寓，我將一大叢水藍色的小花插進小花瓶裡，裝飾在沙發桌上。接著在安靜的房間裡閉上眼睛，一直假裝不在意的事便浮上心頭。

自從被文的女友警告以後，我就不再搜尋文的事了，但那則偷拍的貼文如鯁在喉，有人在威脅文。一旦在意起來，就再也無法控制，我對自己辯解說：**看一下就好**。

再次點開了那個網站，瞬間心跳加速了，那一頁又更新了，貼上了新的照片。在〔calico〕店裡沖咖啡的文，臉拍得比之前更清楚，雖然不到能斷定是十五年前的誘拐案歹徒的程度，但我的目光定在其中一張。

那是坐在沙發上的小女孩，只拍到腰部以下，從裙子伸出來的兩條棒子般的細腳伸到桌子底下。是小孩的腳，因為光線昏暗，看不清楚，但腳下反射著細碎閃亮的東西，看起來像亮片。

梨花？梨花的涼鞋有亮片，但她不可能去〔calico〕才是。那天晚上吃完晚飯後，亮和梨花去了咖啡廳

我目不轉睛地凝視著照片。蓋住膝蓋的輕飄飄裙子，是梨花穿的格紋裙嗎？因為看得太用力，頭都痛起來了。

不知不覺間，我上身前屈，摀住了臉。這是梨花嗎？亮把梨花帶去〔calico〕了嗎？這張照片是亮上傳的嗎？

那麼，這代表亮知道〔calico〕的店長是佐伯文。

女童誘拐犯的店，小孩的照片。即使不願意，這個組合也會讓人做出恐怖的聯想，雞皮疙瘩爬滿了全身。

我抬起頭，再次滴水不漏地看遍整張照片。為了找出這不是梨花的證據，同時也是我相信亮的證據。**神啊，求求您！**可是我什麼都找不到，在我的心中，亮這個人的輪廓急速模糊起來。

門鈴響起，我回過神來，看看壁鐘，已經七點半多了。怎麼不知不覺過了這麼

久？連續響起的門鈴聲，猛烈地撞擊著太陽穴。我無法起身，傳來門鎖打開的聲音，一身西裝的亮進來了。

「……又來了？」

亮疲倦地喃喃道，打開廚房電燈，光照到客廳來。我瞇起眼睛，亮呈現逆光，看不清楚他的表情。

「今天是怎麼了？又在看電影嗎？」

我沉默沒有回話。亮走了過來，探頭看向桌上的筆電螢幕，螢幕畫面上是偷拍〔calico〕的照片。

「這什麼？」

亮問道。我慢吞吞地仰望他。

「這張照片是你上傳的嗎？」

亮歪起頭來。

「亮，你早就知道文的事嗎？」

亮繼續歪著頭，俯視著我。

「這不是梨花的涼鞋嗎？你把梨花帶去文的店？」

即使我問，亮也完全不答。

「亮，回答我。你對文——」

冷不防一道撞擊，天旋地轉。回過神的時候，我人倒在沙發上，灼熱從左臉擴散開來，熱辣一眨眼變成了劇痛，液體滴滴答答落下來。是鼻血，黑點逐漸滲透了沙發布。

「什麼文？」

亮的聲音聽起來在笑，實際上是因為憤怒而沙啞。

「文、文、文，你們搞什麼東西？」

頭髮被揪住，整個人從沙發被摜到地上，桌子也一起被撞倒，筆電、剛插好的藍星花也砸落在地。花瓶潑出來的水在地板擴散開來，逐漸沾濕了茫然倒地的我的頭髮。

「那個男的不是綁架妳的變態蘿莉控嗎？」

側腹部被踹了一腳，我吐出扁塌的呻吟。腰、大腿，痛楚此起彼落，我能夠做的，只有像毛毛蟲一樣縮成一團，用手抱住整顆頭護住。

「搞什麼？妳跟那個男的都有病！妳也跟我媽一個樣嗎？」

亮還在說話，但罵聲變得斷斷續續，最後只剩下激烈的喘息聲。

暴力停歇，我提心吊膽地睜開眼睛，看見亮蜷縮在地上。**他在哭嗎？**

我無法動彈，只是看著亮，沒有任何感情。遭遇過度的痛楚，心就好像被漂白了一樣，失去了喜怒哀樂，因為這樣大概是最輕鬆的。我知道這樣的無力感，就好像自己變成了任人踐踏的蟲子。

許久以前，打從心底恐懼門把轉動聲音的那個時候——

「……更紗……」

亮抬頭，連滾帶爬地壓到我身上來。**好重，好難受。**任何一樣感受都無法化成聲音，我已經不知道映在我眼中的這個人是誰了。

亮的手從短袖衫的衣襬滑了進來，捲起細肩帶襯衣，直接觸摸皮膚，雞皮疙瘩爬滿全身。

「……住手！」

我總算擠出沙啞的聲音。

「為什麼？」

這個問題幾乎讓我昏厥。為什麼？為什麼？這是我的身體，這是只屬於我的東西，我有權利拒絕任何人的觸摸。

「我不要。」

「為什麼不要？」

我絕望了。拒絕這種行為，除了不要以外，還需要什麼理由？非得更進一步說明，懇求對方接受不可嗎？

亮的表情就像個受傷的孩子，我一定也是一樣的表情，我們之間的鴻溝大到不能再大了。

行為不理會我的意志，逕自繼續執行。

門把吱呀轉動，彷彿未調音的小提琴般刺耳的聲音逐漸充塞鼓膜，就像那個時候，我全身僵硬，等待時間過去。

然而，我感到在身體最深處，沉睡多年的狂暴凶猛的動物正轉醒過來，慢慢地抬起牠的頭。

「如果回家一看，孝弘已經死掉就好了。」、「還是殞石掉下來，把地球砸爛就好了。」我明確地想起甚至想要玉石俱焚的憤怒，這股憤怒充塞了我的每一個細胞。指頭一顫，慢慢地、慢慢地伸出去。

手爬過濕答答的地板，碰到水潑出去、花散落出去的花瓶。我一把抓起花瓶，毫不猶豫地朝壓在我身上的亮的頭頂砸下去，花瓶碎了，碎片甚至噴到我的臉上。

我從亮的身下爬出來，頭也不回地跑向玄關，趿上拖鞋，跑下樓梯的途中，兩腳一個打結，連續滑落了三階。

亮的前任和他吵架之後被送醫一事，掠過腦際。「好像是吵架衝出公寓，從樓梯摔下去，撞到了頭。」泉的聲音在腦中重播。我一清二楚地瞭解了當時的狀況，還有她應該感受到的恐懼、憤怒和屈辱。

我用手拎起感覺隨時都會脫落的拖鞋，跑過夜晚的住宅區，擦身而過的路人全都一臉驚嚇。我的臉一定很慘，嘴唇破裂，口中彌漫著血腥味。

我一邊跑，一次又一次回頭，亮沒有追上來的樣子。我鬆了一口氣，但還是害怕極了，更拚命地往前跑。

我不知道能去哪裡？這種時候，應該都會投奔親友家吧？但父母、情人、朋友，我全都沒有，連錢包也沒帶。實在跑不動了，我停下腳步，頓時難受得不得了，汗如泉湧，沾濕了襯衫。

今晚該怎麼熬過去？我氣喘吁吁地看著夜晚的街道思忖著。

細瘦的月亮，以隨時都會落下的角度鉤在夜幕上。我吁了一口氣，慢吞吞地理好凌亂的衣物，拉下在襯衫裡面捲起來的細肩帶襯衣，好好地紮進裙子裡，然後趿上拖鞋，搖搖晃晃地往前走。

我避開人多的大馬路，沿著軌道旁邊的巷子走了一個小時之久，看見久違的景色——舊大樓和〔calico〕的招牌。

但我現在這副德行，不能進店裡，而且身上也沒有錢。我站在對面的巷弄仰望〔calico〕，由於照明調小到極限，〔calico〕的每一道窗都很陰暗，連夜晚的街道看起來都比店內還要明亮。但我喜歡那種暗，宛如僻靜海底般的空間。

月亮的位置一點一滴地移動。一直站著不動，腳僵硬起來，漸漸變得麻木，感覺自己變成了一根木棒。即便如此，除了這裡以外，我不想去任何地方，即使不被接納，我還是覺得這裡是我的歸所。

窗內出現人影，細細長長。**啊，是文，在擦拭客人離開後的桌子。**

突然人影停住，光線陰暗看不真切，但我覺得我們對望了。文的人影消失在裡面，沒多久，真正的文從大樓階梯走了下來，緩步朝這裡走來。

「怎麼了？」

意料之外的發展，讓我慌了手腳。

「我沒帶錢包……」

「不是說那個。」

「咦？啊，我沒事，沒有看上去那麼嚴重。」

我察覺他是在問我這副慘狀，不知為何，我卯足了勁擠出笑容。

文微微張口，看起來像是傻住，也像是受不了我，或是兩者混合的怒意。

「夠嚴重了。」文說完，問道：「要來店裡嗎？」

我想起第一次和文交談的那天——那天下著雨，文穿著深藍色的莫卡辛鞋，伸出雨傘為我遮雨。**「要來我家嗎？」**甘甜卻冰涼宛如冰糖的嗓音，就像溫暖的雨絲溫柔地灑在我身上。

在十五年過去的今晚，也和那天一樣輕易融化了我。

「要。」

我默默地跟上走回大樓的文，他為我打開〔calico〕的門。難以置信，我一直以為這道門不會為我而開，巨大的安心感讓我激動欲泣，就好像總算踏上祖國土地的士兵。
「去洗把臉吧！」
文遞了毛巾給我，我去了洗手間。
「啊！」
一看到鏡子，我忍不住叫出聲。整臉都是乾掉的鼻血，嘴角冒出烏青色的瘀傷，掀開上衣和裙子，底下是相同的傷痕。自覺到這些傷，全身都痛了起來。
我沖掉沾在皮膚上的血，模樣稍微像話一些才走出洗手間，客人正要離開，文從吧台裡遞出〈打烊〉的牌子給我。
「掛到門上。」
「還不到十點啊？」
「掛好之後鎖上門。」
文不理會我的話，轉身走進裡面。我照著他說的做，在門外掛上打烊的牌子，上了鎖。這時，文端著放有毛巾和冰塊的托盤出來。

「先處理傷口吧！」

文要我在沙發坐下，他蹲在前面，打開擦手巾包裹冰塊遞給我。我道謝後接過來按在口邊。文傾倒細口壺，在我擦傷的腳淋上冰水，水沁入傷口，我皺起眉頭。

「我自己來就好。」

我不好意思地說，但文默默地為我清洗每一道小傷口。他用乾毛巾擦拭我整隻腳的時候，我想起了和他一起生活的兩個月。

「好了，到底出了什麼事？」

文一邊收拾毛巾和水壺，一邊問。

「很多事……」

我思忖著這麼回應，因為沒有自信能簡潔說明，也不想說出直接的原因。

「只要活著，就會遇上很多事嗎？」

文乾脆地不再追問，在對面的沙發坐下來。

「這麼說來，谷小姐說妳在我的公寓附近晃來晃去。」

「谷小姐？」

「之前跟我一起離開的女人。」

「……女朋友嗎？」

文沒有否認，我心想：**果然是這樣**。看來對於女友，文也用敬稱稱呼，總覺得很像他。

沒有類似嫉妒的感情，我再次釐清自己對文的感情並非男女之愛，雖然還是一樣執著於他。

「你們住一起嗎？」

「沒有，我聽谷小姐那樣說，可是一直沒看到妳。」

「她說，下次再看到我就要報警。」

「啊，難怪！」

「她叫你南，你改名了？南文？還是佐伯南？」

文緩緩地抬起頭來。

「都無所謂吧？」

「很重要啊！因為要是南文（Minami Fumi）的話，就有三個mi的音了吧！」

我強調地說。文一副這才想到的表情。

「很遺憾，就是有三個mi的南文，雖然戶籍還是原本的姓。」

「既然要用假名，怎麼不選白鳥、武者小路這些聽起來更厲害的姓氏？」

「那麼招搖做什麼？」

「啊，對吔！」

我恍然大悟，文露出無言以對的表情看我。

「更紗一點都沒變。」

文微微勾起嘴角說道。

啊，沒錯，文總是這樣笑。我懷念得幾乎要嗚咽起來，唐突地發現了一件事——**文剛才叫我更紗？**

「你不再假裝忘記我了嗎？」

我納悶地問道。文的視線在虛空中緩慢地移動。

「我覺得妳最好不要和我有任何牽扯，可是妳卻用這副恐怖的模樣跑過來。」

意思是，我讓他看不下去吧！

「對不起，我要回去了！謝謝你幫我。」

「妳有地方可以回去嗎？」

沒有，可是我沒有資格留在這裡。

「沒有的話，留下來就好了。」

「你一定很恨我。」

我搖搖頭說道。文微微瞠目，就像在說他從來沒有這種念頭。

「妳怎麼會這麼想？」

這個問題意味著：**文並不這麼想，文不恨我。**得知這個事實的瞬間，一直強壓在心底的感情一湧而上，我整個人茫然了。

「……因為我……我……」

喉嚨乾燥無比，口中迸出抽噎般「噫」的聲音。

「更紗。」

文叫了我的名字，光是這樣，我整個人就崩潰了。

「後來我在警察那裡做錯了。」

我的淚水潰堤了。

「因為我說的話——不，因為我沒有說出來的話，讓你的處境變得非常糟糕。我怎麼樣都無法說出孝弘對我做的事，正因為這樣，一定害你的罪變得更重了。」

「這是沒辦法的事，那不是能輕易向別人啟齒的事。」

「我一直在想，要是還能再見到你，我要向你下跪道歉。如果你叫我去死，我就去死，反正活著也沒有半點好事。」

我猛然搖著頭，用顫抖的聲音接續著話語，卻完全無法道盡我的心情。聲音被淚水拉扯著，我就像個挨罵的小孩，緊緊地捏住裙子。

扭曲的視野另一頭，文一臉不知如何是好。

「唔，就算活著也沒好事，這一點我是同意。」

這番像文會說的話，忽地讓我莫名地懷念。這真的是文，現在我和文在一起，和文交談，文絕對不會說：什麼去死，別說傻話了。他是會對九歲小孩說：「就算不是蘿莉控，活著也一樣艱辛啊！」這樣話的人。

「那個時候你為什麼不跑？」

我一直想問。

「當時在動物園，警察跑來的時候，我不是叫你快跑嗎？可是你卻握住了我的手。是因為可憐我嗎？還是因為我反握回去，所以害你沒辦法跑呢？你知道如果被警察抓走，後果會有多嚴重吧？」

那時候的我以為文是個大人，但是其實他才十九歲而已。光是我在那裡，就是個巨大的累贅，把他給壓垮了吧。

十九歲的大學生不可能永遠把一個九歲的小女孩留在身邊，總有一天會東窗事發。假日兩個人邋遢地吃著外送披薩，懶散地躺在被窩裡，吃冰淇淋當晚飯。我歡欣鼓舞，但身旁的文一定正一步步被逼向絕境，就因為我懵懂無知、只會撒嬌。

「……對不起。」

「妳沒必要道歉，我只是做了我想做的事。」

「可是不管是以前還是現在，都是你救了我。」

幾乎快撐不下去的那時候，文的「要來我家嗎？」這句話如慈雨甘霖般，一次又一次溫柔地滋潤了我，現在的我也有著相同的感受。

乾透變硬的木綿布吸收了水分，不斷地變回原本柔軟的布料。我逐漸恢復成本自己的形狀。

「我來沖個咖啡吧！」

「謝謝。」

「冰的比較不會刺激傷口。」

「我要熱的，沒有看上去那麼痛。」

「被痛哭我不管喔！」

結果我再次哭出來了，是和剛才情緒性的哭泣不同，這次是來自疼痛的生理性淚水，我感激地喝下文給我的涼水。

「一點都沒變呢！」

「什麼沒變？」

「妳。不過第一次又看到妳的時候，覺得妳變普通了。」

我有點受傷，但文的感想，正是我花了十五年打造出來的樣貌——不管聽到別人說什麼都不反應，無論是善意或惡意，都假笑帶過，管好自己的嘴巴，封閉好自己，就像一旁的擺飾物。

「可是內在好像完全沒變。」

文注視著我。

「以前的我是個怎樣的小孩？」

我想要知道，因為連我自己都不知道真正的我是什麼樣子。在變成現在這副模樣以前，我是個怎樣的孩子？知道那時候的我，現在就只剩下文了。

「有點傻的懶骨頭。」

我眨了眨眼。

「呃，等一下，應該還有別的吧？」

一直渴望知道的真實樣貌居然是這樣，這太殘忍了。

「妳非常率性自由。」

這評語和現在的我相差了十萬八千里。

「在陌生人的家裡，剛來第一天晚上就呼呼大睡，隔天也賴著不走。吃完我準備的早餐也不收拾，繼續呼呼大睡。還在荷包蛋淋番茄醬，看兒童不宜的暴力電影，自由自在到讓人有點嚇到。」

「你嚇到了嗎？」

時隔十五年的真相，讓我大受打擊。

「雖然很快就習慣了。」

文說當時他有些驚嚇，疑惑小孩子就是這麼自由的嗎？但看到和以前九歲的自己明顯大相逕庭的生物，不斷地受到感化。

「我得知原來『近朱者赤，近墨者黑』是真的。」

「啊，我小時候朋友的媽媽這樣說過我。朋友說：『我媽說更紗家很奇怪，不可以和更紗在一起玩，所以我不跟妳當朋友了。』」

「太巧了，我母親也常這樣說我的朋友。」

「真討厭的巧合。」

我臭臉回敬。

文所描述的以前的我，和喚醒的記憶如出一轍。小時候的我是個懶骨頭、傻瓜、奔放自在，老是惹得朋友的母親皺眉。

我一直嚴肅地想要知道我真實的模樣，現在卻一下子虛脫了。

「文，那眼鏡是無度數的嗎？」

「嗯。」

「拿下來。」

「為什麼？」

「別管那麼多，拿下來。」

我覺得好像回到了自由自在的小時候。

文拿我沒轍無奈地摘下眼鏡。這麼說來，以前只要我說了什麼，文就常擺出這種表情。

「瀏海撥開。」

「為什麼？」

「別管那麼多，撥開就是了。」

「妳真的很任性吔！」

文撥開瀏海，手指又細又長，瀏海底下出現我認識的文的臉。

「文……你一點都沒變，有點可怕。」

懷念與驚奇同等地湧上心頭。

「我都沒變嗎？」
「嗯，和以前完全一樣，那麼年輕。」
文露出憂鬱的笑，男人不喜歡看起來年輕。
「和我相反，內在整個不同了呢！」
「有嗎？」
「你可以愛成年女性了。」
戀童癖和九歲女童——連繫我倆的、這唯一的身分特質，不管是文還是我都已經失去了，但也出現了能夠締結新關係的可能性。
「現在的話，就算我和你談戀愛，也沒有人能說什麼了。」
文露骨地擺出厭惡的表情。
「我只是說可能性啦！我個人並不想和你談戀愛，放心吧！」
這回文的表情鬆了一口氣，未免太顯露了。但從以前開始，我就不是文喜歡的類型，所以一想到喜好的部分確實延續至今，就覺得好笑。

「而且我絕對不想跟你上床。」

文露出呆掉的傻相，以總是理性的文而言，非常難得。

自己也大吃一驚。我總是深思熟慮之後才會發言，或是遠慮深思之後保持沉默；真要說的話，後者的情形更多，所以別人都以為我是個沉默寡言的人。然而在文的面前，我的舌頭和嘴巴都毫不設防，有話直說，我被這樣的自己嚇到了。

「拜託，說話前先經過大腦好嗎？」

「對不起，平常的我不是這樣的。」

是因為短短半天之內，我的感情在喜怒哀樂的極致交互激盪的緣故嗎？還是止痛藥開始生效的關係？腦袋一片迷茫，感覺整組壞光了。

我踢掉拖鞋，把腳抬到座面寬闊的沙發上，抱起膝蓋。

「還是一樣沒規矩。」

「什麼叫還是一樣？」

我們彼此輕笑，文也脫了鞋子，一腳踩上沙發，下巴擱在膝蓋上看我，就像兩人一起邋遢度日的那兩個月。

「可以繼續剛才的話題嗎？」

文的表情一點都不同意，但我還是想要說。挨揍的臉頰熱燙紅腫，而文坐在前面，我的心中有著同等分量的憤怒與安心。

「只要發展成戀愛關係，某程度就非做那檔子事不可，對吧？」

文的眉頭皺到不能再緊，但默默地聽我說。

「我、討厭、做那件事。」

一字一句，像是吐出卡在喉間的鹽粒般丟出話語。

即使被戀人觸摸，也冰冷僵固的身體和心靈。每回思考理由，心就會被想到的原因給擊垮，不知不覺間，我放棄了思考。

「我覺得這樣的自己是瑕疵品。」

我的內在有一塊冰冷堅硬的部分，覺得自己是無法和任何人在真正意義上結合的人，覺得即使努力也無力回天的部分是壞的。我一方面認命地接受這已是無可奈何，卻也無法擺脫從正常人的行為被排擠出去的悲哀。

矛盾與孤獨，這是我第一次向別人坦承這件事。

「對不起，突然講這些也不能怎樣呢！」

文目不轉睛地看著我。

「不會，我瞭解。」

明明是自己主動揭露，然而得到同意，卻又湧出一絲憤怒。

「你真的瞭解嗎？」

「因為我也被世界排擠。」

啊，我都忘了！文也一直為了自己異於他人而掙扎，人生還因此被扭曲了。我們不由得沉默下去。

「妳說的這些，和妳那張慘兮兮的臉有關係嗎？」

「嗯，雖然原因還有很多。」

狀況就像用絲線串連在一起的珠鍊，無法只取出一顆來描述整條項鍊，也不知道哪裡是頭，哪裡是尾。

「是那傢伙揍的吧？」

文的語氣帶著唾棄。

「第一次是來接妳，第二次跑來找妳。一個一個看吧台座客人的臉，發現妳不在，默不吭聲就走了。後來也遮遮掩掩地來過幾次，之前還帶了個小女孩過來，拿手機到處拍。他拍那些照片做什麼？也許上傳到哪裡去了。」

文事不關己的口吻，我發現他其實都知道。他知道好不容易得到的平靜生活再次受到威脅，也知道他對此無能為力。

「文……你不怕嗎？」

我畏怯地問。明明可能會被指責：**不都是妳害的**。

「怕啊！可是也不能怎樣。」

文抱膝仰望天花板。啊，沒錯，世界充滿了無能為力的事，即使為這些荒謬不合理憤怒，也只會徒然消磨自己。所以只能稀釋情緒，不去深思，等待風頭過去。

兩人呆呆地仰望天花板。這時突然響起敲門聲，我和文同時望過去，已經掛上打烊的牌子了，敲門聲仍然繼續響起。

恐懼油然而生，一會兒後，猛地傳來一道巨響，我全身一震，瑟縮起來。

「更紗！出來！我知道妳在裡面！」

果然是亮，緊接著是踹門的巨響。

「真有活力。」

文一臉厭煩，我站了起來。

「我回去了。」

「現在出去又會被揍的。」

「這樣下去，也會給別的店添麻煩。」

說話的時候，罵罵咧咧的聲音響遍四下。

「這棟大樓就只有一樓和我這家店而已。這裡只開晚上，隨他愛怎麼鬧，沒多久就會冷靜下來了。我再沖杯咖啡嗎？」

文不等我回答，逕自走進廚房。

文說的沒錯，現在出去，肯定會鬧得不可開交。我思忖了一下，重新坐回沙發，把臉埋進膝蓋裡。

咖啡濃郁的香氣飄了過來，這次文將整個咖啡壺端過來，在裝滿冰塊的杯中注入三分之一的咖啡，其餘以牛奶和糖漿填滿。

「我覺得會太甜吔！」

「沒關係啦！」

「與其說是咖啡，這根本是糖水吧？」

我說著，接過杯子喝了一口，果然甜到舌頭都要麻痺了。我眉心打結，呻吟著再喝了一口，甜膩的電流通過舌頭竄遍全身，就好像神經慢慢地被麻痺了。

「好甜，好冰，頭好痛。」

受傷的身體沉浸在濃稠的糖漿裡，變得愈來愈沉重。

「更紗，妳現在還會吃冰淇淋當晚餐嗎？」

對這毫無脈絡的問題，我搖了搖頭。

「為什麼？」

「我不是小孩子了。」

無聊的理由，但日常本來就是無聊的集合體。

不知不覺間，怒吼聲停止了。片刻之後，傳來「叩」的一聲，隔了一會兒，又是「叩」的一聲，微弱的敲門聲之間，傳來呼喚我名字的聲音。

碎裂而無法辨認的單字，但我可以猜到他在說什麼——**「我絕對不會再那樣了。」**、**「我反省了，對不起，我們談談吧！」**

叩、叩，敲門聲如雨點般敲擊著鼓膜，我緊緊地摀住耳朵。哀求以不同於暴力的形式痛毆著別的部位，訴諸溫柔、寬容這些人性弱點的做法太狡滑了。

我沒有錯！我對自己說：**我沒有錯**。

「更紗。」

聽到文的聲音，我怯怯地抬頭。

「全部喝完。」

文看著杯子說道。

我慢吞吞地把加入量多到可怕的糖漿咖啡一口氣灌進體內，甜到頭昏眼花。我再也承受不住全身的倦怠，緊張被強制卸除，整個人癱倒在沙發上。

「睡一下吧！」

甜蜜清涼的冰糖嗓音從天而降。

啊，我累壞了！全身各處都在作痛，頭也好痛，指頭有如千斤重，每個部位都倦怠得快死了。我就像負傷的動物總算回到巢穴般，在文的照看下落入睡夢。

約一個小時後我醒了，疲倦和疼痛依舊，但感覺好一點了。

今晚的我太激動了，滿臉是血地出現，做出沉重的告白，睡得不省人事。回顧這些不像話的言行，我為時已晚地羞愧起來。

文坐在前面，抱著膝蓋看著我，長長的瀏海間，露出宛如兩顆黑洞的眼睛。那與十五年前完全一樣的空洞眼睛，讓我驚訝不已。文已經不是戀童癖了，都有個成年女友了，應該已經不再孤單了，為什麼眼神還是和以前一樣，虛無得那麼可怕？

「……文？」

出聲呼喚之後，我注意到隱隱約約的叩叩聲重疊上來，宛如水龍頭滴水般一定間隔的聲音極度刺激神經。

除非我出去，否則亮不會離開，會一直製造那令人不快的聲音。

「我得回去了。」

文全身一顫。

「我得回去，好好處理許多事情。」

我必須回去，把纏成一團的結一個個解開來，或是切斷。我和亮可能都會受傷，但已經無可逃避了。

「沒問題嗎？」

「嗯，這樣下去也不是辦法。」

文接受地點點頭，眼神已不再空洞。

我直起身子站起來，向文道謝，他塞給我一張折起來的萬圓鈔票。對了，我是身無分文地出來的。我本來要婉拒，轉念收了下來。

「謝謝，我一定會還。」

這是會再來找他的約定。

打開門鎖時，發出了超乎預期大的聲響，門板另一頭有人活動的聲息。門前坐了一個人，我等那個人站起來後，把門打開。

憔悴無比的亮站在那裡，眼白充血混濁。

「……更紗。」

我默默穿過亮旁邊，走下樓梯，亮從後面跟了上來。在接近夜半的時刻，我走向車站。

「更紗，我招計程車。」

「還有電車。」

「妳那張臉不能搭電車吧？」

我回頭與亮對望，為了讓他看清楚：**這張臉就是你搞的**。

「我絕對不會再那樣了。對不起！」

亮嘴唇扭曲，別開目光。他上次也這麼說，當時的人工葡萄香在鼻腔復甦。

冒牌貨，貌似愛情，卻不是愛情。亮只是想要一個能填補自身空洞的人，我也是八斤半兩，這些都在今晚曝露出來了。

「亮，我只有一個要求。」

「妳說什麼都好。」

「我累壞了。回家以後，想要馬上一個人睡。」

「好，妳慢慢休息！我睡沙發……只有這樣嗎？還有什麼儘管說。」

亮討好地說。

「明天我想去上班。」

「去啊，當然沒問題……可是，妳那張臉可以接待客人嗎？」

我們之間已經沒有所謂的「**當然**」了。

「嗯。」
「我覺得妳最好不要勉強。」
「你果然不想要我去？」
亮收斂了。
「我只是擔心妳而已。」
我沒有回應，繼續往車站走去。不管在月台還是車廂裡，我的模樣都惹來注目，亮顯得芒刺在背，但我不在乎。

●●●●●●●●●

「家內，妳那張臉是怎麼回事？」
我一走進更衣室，平光等人就瞪圓了眼睛。
一晚過去，變得比昨晚更嚴重了。整張臉又紅又腫，左眼皮也腫到蓋住眼睛，最慘的是破掉的嘴巴、整片的瘀青，就像在宣告「我遭人暴力攻擊」，連別家店的人都害怕地看著我。

「天哪，好慘喔！被揍成這樣。」

只有安西笑著帶過，我鬆了一口氣。

我進入外場，店長看到我時，睜大了眼睛。

「妳到員工室來一下。」

他向我招手示意說道。

會叫我回家嗎？我微低著頭站在店長前面。

「呃，這樣問或許是侵犯隱私……不，還是性騷擾？不過我們是做餐飲的，所以呃，然後我又是店長……」

「這張臉果然不能見人嗎？如果不能做外場，我可以待在廚房。」

「啊，嗯，是啊，那請妳跟平光交換，暫時去廚房吧！不過我找妳不是為了這件事，就是，其實我從以前就想說了。」

「是的。」

我戒備起來，不管店長說什麼，都要把持住自己。

「我們公司隨時都在徵正職喔！」

「……什麼？」

「薪水不是特別好，不過正職的話，不像工時人員，也有保險。妳在這裡做很久了，工作態度也很認真，我可以自信十足地向總公司推薦妳。」

店長聲音雖小，但仍咕咕噥噥地說下去。

「是人手不足嗎？」

我納悶地反問。

「呃，不是啦……我是覺得如果遇上什麼變故，有穩定的收入，要做什麼都比較容易。像是和男友吵架，或是要搬家。這種時候有份正職，審核什麼的也比較容易通過。」

店長伸手摸著自己的頭，試著說明。

「我這是多管閒事呢，真的很抱歉！不過妳真的表現很好。」

他沒有看我，繼續小聲喃喃地說。

店長總是為了班表手忙腳亂，又成天向員工哈腰鞠躬，表現得十分懦弱，其實我心裡多少有些把他看輕了。一股無法形容的羞恥湧上心頭。

「謝謝店長。」

我愧疚地行禮道謝。

「哪裡哪裡。」

店長慌忙搖著手說，接著離開了員工室。

我和平光交換工作，進入廚房，默默幹活。

下班的時候，我邀請安西一起去喝茶。

我和安西正準備一起走出更衣室時，平光叫住了我。

「家內，如果妳不嫌棄，我隨時都可以聽妳傾訴喔！」

她小聲地說。我只是頷首回應。

「她們真的只會聽聽就算了，而且是為了確定自己是幸福的。」

一走出員工通行門，安西便臭著臉伸了個懶腰說道。

「有什麼苦水都儘管倒吧！那，到底是怎麼了？下手也太重了吧！」

進入咖啡廳後，安西重新端詳我的臉，聳聳肩地說。

「妳男朋友是那種一發飆就會理智斷線的類型？」

我尋思該從何說起，我沒辦法全盤吐露，也覺得愈說只會愈迷惘，所以決定只說結論。

「我想和他分手。」

「咦——，太可惜了！」安西皺眉嘀咕，接著說道：「唔，不過家暴真的不行！除非有什麼天大的契機，否則是改不了的。」

「真的嗎？」

「我離婚的前夫就是這樣啊！」

安西粗魯地攪拌星冰樂。

「平常很溫柔，可是一發飆就超恐怖的。我都大肚子了，也照樣踢，照樣打，我只能抱著肚子，拚命忍耐，心想：啊，我真是鬼遮眼了才會挑到這種人。」

「為什麼要忍耐？」

「我不想回家，賺的錢又不夠一個人活。我打工的地方也問過我要不要轉正職，可是我前夫說：『不用那麼拚，錢我來賺，妳顧好家裡就好。』那個時候我還很開心，以為遇到好男人了。現在回想起來，覺得他是把我瞧扁了，認為只要我沒收入，就跑不掉了。」

我覺得這一點跟亮很像。

「會動手的男人，打完人就會痛哭流涕後悔不已，那賠不是的可憐勁，全世界的人看了都會同情。可是千萬不能當真，那種人是有開關的，一打開就停不下來，按下去就完蛋了。那跟他們自己的意志無關，是一種病。」安西說完，仰望半空中喃喃道：「他真的爛透了。」

「分手是沒關係，可是妳一個人有辦法生活嗎？」

安西繼續問道。

「不知道，可是我和他已經沒辦法再走下去了。」

「他會放過妳嗎？家暴男都很死纏爛打的。」

「安西，妳之前說妳認識幫人偷偷搬家的業者，對吧？」

「嗯。啊，妳要拜託業者？」

「雖然在那之前，得好好跟他談分手才行。」

我點點頭，試著理性地說。

「絕對不行！只要談到分手，他們就會理智斷線動拳頭，所以必須先拉開距離。即使要談，最好也選在咖啡廳之類的公共場所。」

沒想到安西立刻反駁說。我點點頭表示了解。

安西不愧是過來人，不必解釋也明白，令人感激，我慶幸找對人商量。

「既然決定了，就愈快愈好。妳打算什麼時候搬？」

「決定好新的住處以後。」

「我現在住的公寓很便宜喔！要幫妳介紹嗎？」

「謝謝，可是我已經想好要住的地區了。」
「OK，那決定好再告訴我。」
「抱歉，拜託妳這種麻煩事。」
「彼此彼此啦！下次再幫我顧梨花吧！」
安西精明地提出交換條件，反而讓我心理上輕鬆不少。
和安西道別後，我在文的公寓所在的車站下車，走進第一間看到的房仲公司。
「歡迎光臨！」
男職員笑著起身招呼，接著嚇了一跳。**啊，我都忘了自己的臉有多慘。**
「我想在這一區找公寓。」
「好的。」
男職員說完，就要出來接待時，被疑似上司的年長男子制止，指派了另一名三十多歲的女職員出來。房仲商見識過形形色色的人因為各種理由來尋找住處，上司一定瞭若指掌地看出我的搬家別有隱情。

我提出的條件只有兩點：可以立刻搬進去，以及房租盡量便宜。職員拿出資料，挑了幾個地點安排看屋，並開車載我過去。

實際看過的房間都符合預算，但與現在和亮一起生活的客廳寬闊的兩房公寓，當然完全無法比較。日照差，設備也老舊，空間也很小，但這就是我一個人租得起的地方。

回去房仲公司的途中，經過文住的公寓那條路。

「那棟公寓⋯⋯」

我忍不住喃喃道。

「是，那棟像豆腐的白色公寓很不錯呢！那棟公寓還很新，外觀素淨，很受年輕人歡迎。」

職員握著方向盤回應。

「房租應該不便宜吧？」

「嗯，不算便宜。」

職員告訴我的金額，確實遠遠超出我的預算。

回到店裡，我和職員討論要選擇哪一間時，文住的公寓仍在腦中徘徊不去。

「剛才的白色公寓還有空房嗎？」

「請等一下。」

職員操作著電腦，明知我只是問問，不可能搬進去，卻還是熱心幫我查。

「三樓有一間空房，上個月才空下來的。」

文的住處在三樓右邊。

「三樓的哪一間？」

「302，從裡面數來第二間。是這裡。」

職員拿出平面圖給我看。我忍不住「啊」了一聲，寬廣的一房三廳，和以前只住了兩個月的文的住處非常像。

「我想看看這裡。」

我忍不住懇求道。

「這裡的房租超過預算很多喔！」

「我知道，可是請帶我去看看。」

職員再次開車載我前往，把車停在緊鄰公寓後方的停車場後，我們搭電梯上到三樓，房間就在文的住處隔壁。

「請進。」

職員說完，便開門入內，一走進客廳，我懷念得呼吸都要停止了。純白牆壁的客廳兼飯廳、以吧台區隔的廚房氛圍、內側的臥室、浴缸的顏色，全都跟文以前住的地方很像。

「裝潢也很棒，很有清潔感呢！收納空間也很多。」

「我想租這裡。」

「咦？」職員訝異地回頭。「最好不要當場決定喔！很多客人看房的時候都會很興奮，但最好回去以後仔細考慮清楚再做決定。我們不建議客人選擇房租超出預算的地方。」

「沒問題的，我要租這裡。」

我十分堅定地表明意願。

「……好的。」

職員本來還想說些什麼，但最後妥協了。

再次回到店裡，聽完簽約的說明後，填寫文件，接下來只要通過保證公司*14的審核，就可以搬進去。

回程路上，我在電車裡搖晃著，漸漸恢復冷靜。**太衝動了！**

我是想和文住在同一區，現在居然住到他隔壁去，如果被他女朋友發現，感覺真的會被報警。而且預算也很吃緊，最重要的是，文可能會嚇到。

理智叫我別這麼做，然而我心意已決。不知為何，我想起了安西的話：「**那種人是有開關的，一打開就停不下來。**」

有些人有開關，按下去就完蛋了。我覺得我也有一樣的開關，一踏進那個房

*注14：保證公司，在日本簽約租屋時，擔任連帶保證人角色的公司。

間，我就好像聽見身上開關打開的聲音，忍不住覺得：**啊，這裡就是我的家。**

安西說那是一種病，谷說我是跟蹤狂，兩人的話重疊在一起，讓我想起了小時候──**「總有一天，我也會變成離譜的怪咖嗎？」**

公寓的阿姨嬸嬸們背地裡說媽媽「不食人間煙火。」我問圖書館大姊姊那是什麼意思，她解釋說：**「超級我行我素的怪咖。」**那時候我就想，怪咖的媽媽和爸爸所生下來的我，有朝一日是不是也會變成怪咖？

這麼說來，文也說了，小時候的我是個有點傻的懶骨頭，自由且任性。

時隔十五年的真相，與文再會之後，我不斷地變回了小時候。

平靜的日子過去了幾天。

亮完全沒有提起他對我的暴力行為，以及在罪案網站上的貼文，相反地，他幫忙做了很多家事，可以說是同居以來頭一遭。我也刻意不翻舊帳，在暴風雨來襲前，我必須盡可能儲備力量。

三天後，保證公司的審核通過，安西幫我打電話給特殊搬家公司。

『您好——，我從佳菜那裡聽到您想搬家——。』

我的手機很快就接到連絡。

『聽說您很急——。什麼時候方便呢——？』

男子說話語氣平坦，語尾莫名拖拉，我感到一陣不安：**真的可靠嗎？**

「我希望愈快愈好，明天可以嗎？」

『明天是嗎——？白天嗎——？還是晚上呢——？』

「啊，白天。」

我沒想到說要搬家，會被問是不是晚上，不愧是幫人偷偷搬家的公司。

『東西有多少呢——？像是大型家具有幾件——？』

「家具只有桌椅而已，其他只有衣服和日用品。」

『好喔——，那明天應該可以——。』

雖然語尾拖泥帶水，男子卻俐落地決定好步驟。

隔天早上，我一如往常準備好早餐，送亮出門，自己也假裝出門上班。離家後在站前的網咖打發時間，昨天我已經向店裡請假了。

中午過後，回到公寓，門鈴準時響了起來。

『宅配您好——，收貨喔——！』

對講機傳來昨天電話裡的聲音，開門一看，外面站著一個圓臉戴眼鏡的男子，以及平頭的健碩年輕人，兩人都穿著像宅配業者的制服，這樣鄰居也不會起疑。

「那麼，我們開始搬了——。」

兩人拎著折疊塑膠箱走了進來。

「先從生活用品開始——。衣服請放這裡——。」

組合塑膠箱裡有根桿子，可以直接掛衣服，我將餐具和日用品放進紙箱。

「這個呢——？還有這邊架上的東西——。」

我不斷地被迫決定東西要帶走還是留下，我就像被焦急踹著背，幾乎所有的東西都說不要帶走。明知道亮現在在上班，卻有種他隨時都會開門回來的恐懼感。短短三十分鐘，我的物品就全部堆上偽裝成宅配業者的特殊搬家公司的卡車裡了。

「辛苦了——，那麼貨品我們收到了——。」

「麻煩你們了。」

在玄關目送搬家公司的人離去後，我回到客廳。說到帶走的家具，就只有擺在床邊的小桌椅而已，那是從以前住的地方帶來的，原本就是我的東西；其他的全是和亮一起買的，我不想帶走。住了三年的住處，看上去幾乎沒有變化。

這或許很難熬。如果我是被拋下的那一個，我寧願對方把東西全部帶走，否則會被回憶的物品絆住，再也跨不出下一步。

亮對我的肉體施加暴力，但我發現我正要對他的心施加暴力。我想像亮的心中現在應該仍舊存在著被母親拋下的舊傷口，再次被挖開來噴出鮮血的景象。

我重重地吐氣，仰望天花板。覺得再也走不下去應該要分手，卻又在這種時候陷入罪惡感——我痛恨這樣的自己，這根本不叫溫柔，也不是體恤。

我閉上眼睛，想起坐上男人等待的深綠色車子的媽媽。我在陽台揮手，媽媽連一次都沒有回頭看我——那是不惜被憎恨的決心，無比灑脫的離別。

「嗯——，那大概就這樣吧——！」

在新的住處，搬家作業不用十五分鐘就結束了，只有幾個紙箱和桌椅而已。我說東西自己整理就好，雖然也不到需要整理的量。

「謝謝兩位，你們真的幫了大忙。」

安西說是付現，我遞出裝了酬謝的信封。

「哪裡——，好久沒遇到這麼輕鬆的任務了——。」

男子手上數著鈔票，望向旁邊的男生這麼說，好像大學是空手道社的。

他們工作打交道的客戶，是出於各種理由必須不為人知地搬家的人。有時會在搬家途中被抓包，和凶神惡煞的人起衝突，所以必須雇用有格鬥技能熊腰虎背的年輕人做幫手。

「我們絕對不會透露客戶搬去哪裡——，請放一百個心——。」

我行禮道謝。

「那我們走了——。」

兩名搬家人員說完，便離開了。他們沒有給我名片，也沒有介紹姓名，雖然語尾拖拉，但工作很幹練。

我回到客廳，站在空蕩蕩的房間正中央，什麼都沒有，沒有窗簾，也沒有電燈。原本想立刻出門，至少去採買這些物品，卻又作罷了。

我躺在尚未清掃的地板上，心想：**這裡是只屬於我的家。**體溫滲透到冰涼的地板，一眨眼就和皮膚融為一體。

我一直害怕無依無靠，一個人被丟出這個世界。**從今天開始，真的只剩下我一個人了。**我對自己喃喃道。

不管是過年、御盆節暑休、聖誕節、生日、大型連假，都要一個人過。就算感冒發燒，也不會有人買稀飯或水果給妳，也沒有人會摸著妳的頭問還好嗎？就算發生地震，也要一個人逃命，或是一個人被壓住。就算死掉，也沒有人想到要找我。

或是更隱晦地，某天發現得了重病，被宣告只剩下幾個月可活，一個人度過這短暫的倒數日子。

孑然一身，就是這麼回事。

不過，我要刻意這麼說：**那又如何**？我一直害怕落單，現在依然害怕不已，卻也有著同等的自由感受。

嘴角放鬆，我呵呵一笑，躺著滾到牆邊去，再滾到另一邊，衣服沾滿灰塵。我一直笑個不停，如果被人看見，一定會覺得我瘋了。無所謂，這裡是只屬於我的地方，沒有人在看我，我只有一個人。

笑意退潮之後，我爬到皮包旁邊，取出銀行存摺。我名字下的存款，雖然不多，但我從不浪費，所以就算突然丟了飯碗，也還足夠撐上半年吧。

如果得了半年都好不了的病——。想到這裡，我豁達地心想：**那一定是很嚴重的病，掙扎也沒用，就順其自然吧**！我爬了起來。

打開為數不多的紙箱之一，從被氣泡紙保護的餐具裡取出巴卡拉古董酒杯，只有這樣東西，我早就決定一定要帶走。接著從皮包取出來這裡的路上在超商買的廉價威士忌，把琥珀色的酒液倒入杯中，靜靜地灌進嘴裡，強烈的芳香順著一團灼熱滑入喉嚨，終點的胃部徐緩地熱了起來，感覺得到那裡有器官。

這是我第一次喝酒，體認到自己活著。**爸爸和媽媽也有著相同的感受嗎？**

前任和亮都排斥女人喝烈酒，雖然他們沒有明說，卻能感受到無言的壓力。但我愛上了第一次品嚐的威士忌，爸爸和媽媽都嗜酒，或許這是遺傳。灼燒著喉嚨和胃部的熱度慢慢地擴散到手腳，在愜意的倦意中，昔日的回憶逐一被挖掘出來。

爸爸喜歡的牌子，記得是麥卡倫[*15]，下次買來喝吧！買威士忌的時候，應該順便買冰淇淋……今天的晚飯就決定吃冰淇淋吧！以前在文的家，第一餐吃的就是冰淇淋，還是那個年代難得一見的外國高級冰淇淋。

啊，再也不用挖空心思消耗亮的老家寄來的大量蔬菜了，也可以自由地煮番茄料理。就算買繡球花回家，也不會被說浪費錢，但繡球花的季節已經過了，插個白

＊注15：麥卡倫（Macallan），自一八二四年創始以來屢獲獎項肯定，是全球最受消費者讚賞的單一麥芽威士忌之一。

色蝴蝶蘭好了。

散漫無章的思緒浮現又飄離，我沉浸在酒精帶來的亢奮中，這時傳來左邊住戶打開陽台落地窗的聲音。**啊，是文！**

我慢吞吞地爬到窗邊，打開沉重的落地窗，悄悄地探頭出去，清爽的香味柔柔地飄了過來。**文在晾衣服！**我的亢奮來到了最高潮。**多美好的香味啊！是自由的香味！**我陶醉地嗅著那氣味。

文轉身進去房間後，我關閉窗戶縮回房裡，手上拿著裝了威士忌的杯子，憑靠在分隔左鄰的牆上。隔音與還算貴的房租成正比，聽不到鄰室的動靜。我變換姿勢，將耳朵貼到牆上，閉上眼睛，豎起神經……依稀聽見了音樂聲。

我鬆了一口氣，文就在這道牆的另一邊。從貼在牆上的耳朵流入的音樂傳遞到手腳，逐漸朝地板紮根。但它們不會束縛我，它們自由自在地無盡延伸出去，遠離我的控制。

有朝一日我也會變成怪咖嗎？兒時的我問。**不知道！已經變成大人的我，**

接下來將何去何從？我體會著幾乎是伴隨著不安的自由。

隔天，安西給了順利搬完家的我各種建議。

「家具不用以原價買，有個網站賣得很便宜，什麼樣的家具都有。」

安西建議道。

我看了一下網站，不只是家具，從便宜貨到高檔貨，應有盡有，驚訝極了。

「好厲害喔！」

我驚訝地說。

「妳吃了這麼多苦，怎麼還這麼天真無知。」

安西無奈地搖頭說。

「家電也買中古的就夠了，不過有時候也會被騙啦！」

「我覺得就算不是在網路上，一樣會被騙。」。

「沒錯。那，妳男友那邊怎麼樣？」

安西笑著表示認同，接著問道。

「從昨天開始就一直打電話。」
「千萬不可以接。」
「可是，我覺得還是得好好談一下。」
「要談判分手費嗎？」
「不是啦！」
「那還有什麼好談的？反正他八成會找到店裡來。」
「會嗎？」
「他之前就來過了。不可能不來吧？」
我只能祈禱安西的預言落空，我猜想昨天才剛離開，不可能今天就找上門來。
但一天風平浪靜地結束時，我還是鬆了一口氣。
下班的時候，我正式向店長請求轉為正職。
「嗯，那我會跟總公司說。面試的時間妳有要求嗎？」
「希望愈快愈好。」

「我覺得等傷好了比較好吧?」
店長說的沒錯,頂著瘀青的臉去面試,感覺會被認為大有問題。
「說的也是,那就再請店長安排了。」
我說完,便轉身離開員工室。
在更衣室換好衣服後,我看了一下手機,來自亮的來電通知數量多到恐怖。最好和他談談,但或許等他稍微冷靜一點比較好,不過又覺得如果他冷靜了,也沒必要特地再說什麼了。

●◐◐◐●◑◑●●

回去之前,我去了趟購物中心,買了一套寢具。
昨天原本打算起碼先買鋪蓋,但第一次喝的純威士忌讓我醉倒,就那樣睡著了。疲勞、安心和酒精的組合,是絕佳的安眠藥。幸好現在是夏天,如果是冬天,我已經凍死了。

清掃工具和洗髮精等日用品，也在拿得動的範圍內買好。接著在購物中心的廁所變裝了一下——搽上大紅色的口紅，戴上墨鏡，帽簷壓得極低。這樣應該就認不出是我了。

雖然是要回自己家，但不能輕忽大意。**「下次再被我看到妳，我就要報警了。」**耳邊響起谷的警告，絕不能被谷和文發現我。

進公寓時我低著頭，而且是走逃生梯不是搭電梯。爬到二樓平台時，傳來有人下樓的聲音，我原本想折返，但已經來不及了。我對自己說：**我變裝了，沒事的。**繼續舉步上樓。

低著頭的我，看見勃肯男鞋、捲起褲管的米黃色長褲，以及纖細的腳踝。內心輕呼：**是文的骨頭！**我心跳加速，但什麼事也沒發生，彼此擦身而過。

回到自己的家，我靠在玄關門上按住胸口。**太好了，沒被發現，而且第一天就見到文了！**罪惡感與亢奮以相同分量湧上心頭，這就是跟蹤狂的心理嗎？

我把東西放到客廳，急忙走出陽台，但我沒買陽台用的拖鞋，所以是打赤腳出去。盛夏的混凝土滾燙令得我驚叫一聲，但沒空管這些，文現在外出，這是偷看他陽台的大好機會。

我使勁把身體探出扶手，窺看隔壁。夕陽反光，沒辦法看見室內，但可以看到陽台。晾衣竿上空無一物，空調室外機上放了塑膠收納盒，用來裝夾子和衣架，收納盒有蓋子避免風雨吹打，牆上靠放著陽台用的掃把，地上乾乾淨淨的。

嗯，是文！從以前開始，文對任何事情都是一絲不苟。我正把隔壁陽台與過去的記憶相比對，突然一陣頭暈目眩，嚇得拉回身體。雖然已經傍晚了，但夏季的陽光很烈。

我回到房間想要喝個茶，突然驚覺沒有飲料，原本想在回家路上買個飲料，卻忘得一乾二淨。我無奈地戴上帽子，再次出門。

在超市買了飲料、三明治和沙拉，也買了飯糰當明天的早餐。淺綠色的高麗菜、沾著水滴的蘆筍，我的目光被新鮮的蔬菜吸引著，心想：**一定要快點買冰箱。**現在是夏天，也想要冰塊。

走出超市，朝著與來時相反的方向走去。路上有花店，適合夏季的白色乒乓菊搭配藍星花的小花束很可愛。但我被更裡面的白色海芋給吸引了，細長挺立的白花；第一次看到文的時候，我聯想到這種花。我只買了一支，說要帶著走，請店家在切口幫我多放些水。

我帶著食物和花走向森林公園。夏季的綠意彷彿發著光，僅是走在灑下綠蔭的碎光底下，就感覺舒爽極了。

我坐在看得到水池的長椅上，摘下墨鏡，吁了一口氣。望著波光瀲灩的水面，喝著不甜的冰紅茶，懷著滿足的心情，撕開三明治的包裝。我期待著之前打瞌睡的小學男生還會不會來，但吃完三明治以後，反而是我自己睏了起來。

我閉上眼睛，涼風拂過耳朵和脖子之間。不用煮晚飯，也沒有門禁，就算我一直坐在這裡，也沒有人會生氣。**好寂寞，好舒服。**

有人坐到我旁邊，我微微睜眼，偷瞄一眼——居然是文！我張大嘴巴，整個人呆住了。

「蟲子會飛進去。」
聽到這話，我急忙閉口。
「午安，真巧啊！你在這裡做什麼？」
我壓抑著慌亂，演了齣蹩腳戲。
「我也想問一樣的問題。」
「嗯？」
「不是才在公寓擦身而過嗎？」
眼睛從長長的瀏海間斜瞟過來，我發現事跡早已敗露，放棄掙扎。
「你怎麼發現的？我戴了帽子和墨鏡，還搽了口紅吔！」
「手臂有瘀青。」
糟了，我只注意到要遮臉，不過還是很佩服文居然會發現。之前我還在想，如果就像我只看到腳踝的骨頭就認出是文，文也能認出我就好了；即使我變成只有小指甲大小，也能認出我來。

「沒想到昨天搬來的是妳，太令人意外了。」
「對不起，我馬上搬走。」
樂園一日便消滅了，我垮下肩膀。
「用不著搬走啊！妳愛住在哪裡就住哪裡。」
「不會給你添麻煩嗎？」
「妳打算給我添麻煩嗎？」
我急忙搖頭否認。
「那就好了。」
文淡淡地說。突然感覺到自己緊繃的肩膀一口氣放鬆了。
「我無論如何都想住在你隔壁。」
「為什麼？」
待在身邊就感到安心、平靜、滿足。雖然都沒有錯，但愈是以詞彙去形容，就愈覺得不足，而無法徹底傳達，讓我感到焦急。

「我覺得那裡是我的歸宿。——你會覺得不舒服嗎？」
「不會。」
文瞇起眼睛說道。
「謝謝。」
「那口紅不適合妳。」
聽到文這話，我用手背粗魯地抹去唇膏。既然已經被文發現，我就不需要這種東西了，雖然嘴唇應該已經紅透，但總比搽著不適合的東西好吧。
我開心地喝著冰紅茶，看著滑過水池的天鵝船。
「怎麼辦，好舒服。」
短短這幾天，我注意到自己的變化。我變得果決不猶豫，也開始去做想做的事；但也覺得有些過了頭，正為此困擾。
「感覺就好像一直壓抑的感情，轟——，一聲爆發了！」
「我認識的妳，從以前就一直為所欲為。妳到我家的第二天，就把早飯吃得滿桌都是，髒盤子也不洗，人直接倒在沙發上睡昏了。」

我「啊哈哈」地大笑，有多少年沒有笑出聲音了？

「跟文在一起，真的好輕鬆，不久前的我根本不是這樣的。」

「那是怎樣？」

我想起和亮的生活，噤聲了。說受到壓抑是很容易，但另一方面，也有獲利的部分。如果不把這些全部放上天平說出來，未免太不公平，但那樣一來，已經不是在談論戀愛，而是在審判了。

「欸，我們在這裡遇到是巧合嗎？」

我忽然想到問道。

「妳也太慢才發現了吧？妳跟蹤別人，卻遲鈍到沒發現自己被跟蹤，真有意思呢！」

文一臉受不了地說。

「我認為每個人都是這樣的。」

「但我覺得妳特別悠哉、特別遲鈍。妳跟我擦身而過之後，從陽台偷看我家，對吧？我在樓下看著，覺得妳膽子也太大了。」

「原來你在偷看？」

「偷看的人是妳吧？」

文說的沒錯，我垮下肩膀。

「妳想說可以趁我出門的機會，堂而皇之地偷窺，對吧？然後因為太熱了，差點熱暈摔下樓，所以急忙縮回去。跑去超市買食物，還買了花，在公園津津有味地吃三明治。一副很享受跟蹤狂生活的模樣，我看了都佩服了起來。」

「做想做的事，真的好爽快呢！」

我開心地說。文看我的眼神就像在說：**這傢伙居然耍起賴來了？**當然，這只是我的妄想，文絕對不會說這種話，即使面對跟蹤狂，他依舊斯文有禮。

「昨天才剛搬到這裡，上街的腳步卻毫不遲疑，這一點也很厲害。」

「因為我之前就來參觀過你居住的這一區，還看了一下白天的〔calico〕和附近的店家，覺得生活機能很棒。文很有生活品味呢！」

「這麼正大光明地向我告白犯罪，我還能說什麼？」

文狀似佩服地說道。

「對不起。」

我再次垮下肩膀。

「可是，我會小心不讓谷小姐發現，不能害你女朋友疑神疑鬼。這一點我也是明白的。」

我重新提起精神地說。

「謝謝，這樣是最好的。」

看著文點頭的側臉，我升起理所當然的想法：**文也是個男人呢！**沒有戀愛意義上的嫉妒，他現在很幸福，這是最讓我開心的。

「你喜歡谷小姐的什麼地方？」

「嗯——，我和谷小姐是在身心科認識的。」

文稍微思忖了一下說道，我訝異得說不出話來。

「從少年院出來後，我回到老家，發生了很多事。搬來這裡，剛好谷小姐也在我後來去的身心科看診，我們便開始聊天。」

文回憶著說。但突然語氣一轉折——

「不過其實這樣是不行的——」

「為什麼不行？」

「因為有時候不穩定的人在一起，會變得更加不穩定。」

「但有時候反而更能理解彼此不是嗎？」

「是啊，聽到她的煩惱，是有共鳴的部分。」

原來是這樣認識的。我想起谷那頭在下巴剪齊的鮑伯頭，感覺俐落凌厲，但她居然會去看身心科，真令人意外。

「你和她的共通點是『那裡』嗎？」

我試探地問道。

「並不是，我沒有說出我的案子。從剛認識的時候就用假名，而且她不知道我就是『佐伯文』。我曾經想告訴她，但還是說不出口。」

文微著低頭說，伸出修長的雙腿，纖細的腳踝和突出的骨頭顯得脆弱。他是個男人，線條怎麼會細成這樣呢？

沒問題的，只要長久交往下去，總有一天——。我只能想到不負責任的泛泛安慰之詞。

不管再怎樣的傷痛，總有一天一定會有人理解——我覺得這根本是謊言。我的手上、每個人的手上都提著一個袋子，沒有人能夠代勞。在必須一輩子親手提著的袋子裡，文的袋子裝了東西，我的袋子也裝著東西，內容物人各不同，卻是絕對丟不掉的。

「我和以前完全一樣，一點都沒變……我沒辦法和她在一起。」

文望著波光粼粼的水面，以平坦到令人發毛的聲音喃喃道，宛如兩顆黑洞的眼睛，定定地注視著池水。

不祥的預感滲透內心，難道——

「……你，」我感到喉嚨乾燥。「你還是沒辦法去愛成年女性嗎？」

文沒有回應，每一秒的沉默，都讓肯定的色彩變得更濃。

視野忽然一陣陰暗，是貧血，我坐在長椅上，感到自己的手腳愈來愈冰冷。

「我覺得我應該和谷小姐分手。」

文喃喃地說。我拚命握緊膝上的手。

我以為文現在很幸福，而這件事也讓我感到無比的安心。然而現在卻只有絕望，這樣的無可救藥，究竟該如何是好？

一群提著補習班書包的小學生從前方跑過。

「暑假還是要上補習班呢！」

「我以前也是，寒暑假都要補習。」

「如果是我，就蹺課去玩。」

我想起和文一起享用外送披薩和電影消磨殆盡的夏季假日。

「用不著哭啊！」

聽到文的話，我盡量不出聲地吸鼻涕。從剛才開始，淚水就撲簌簌掉個不停。好想立刻回到九歲，變成文所希望的模樣，和文一起做他想做的全部的事。如果他想親吻，就讓他親吻；如果他想摸我的身體，就讓他撫摸；如果他想擁抱我，就讓他擁抱。

雖然我不喜歡這些行為，但如果文想要這麼做，我會欣然獻出一切。即使其中沒有男女之情、親情或快樂，我應該還是做得到。因為讓我感覺愉悅舒適的事物，都在遠離肉體之外的地方，只有文能夠觸碰那裡。

第一次有這樣的感受，我悲傷痛哭著，自己也驚訝極了。自從失去父母，我便覺得自己就像乘坐在破了洞的小船上，每次遇到危機，都在尋找可以堵住破洞的東西，即使有時候和同樣隨時就快翻覆的小船擦身而過，也沒有餘力去救援。

總是自顧不暇的我，第一次想要去拯救什麼人。

但我再也不是文所渴望的女童了，我本來就不是文喜歡的類型，卻還是比現在好，已經變成大人的我，絲毫無法幫上文。不光是眼淚，連鼻涕都流下來了。

「謝謝妳，更紗。」

甜蜜冰涼的聲音不帶任何苦澀，讓我瞭解到文早已放棄了許多事。

蟬在頭頂歌誦短暫的一生，就連蟬都能歌誦人生。

●●●●●●●●●

瘀青漸漸淡了，我重回外場工作。

假日的午餐時段，生意總是好到大排長龍。我點單、送餐、打收銀、收拾餐桌，帶領下一批客人。

「坂口先生三位久等了！」

我呼喚著，一對帶小孩的年輕夫妻站了起來，接著又有新的客人進來。

「歡迎光臨。」

我說著，轉頭望過去，整個人凍住了。

「更紗。」

亮親暱地叫我，而我在正準備領位的客人和亮之間躊躇了一下。

「不可以反應。」

安西湊過來，悄聲細語地提醒。之後她幫我負責亮那桌，而我盡量不靠近那裡，但四處斟咖啡時被叫住了。

「更紗，看到妳過得好，我放心了。」

我默默地在他的杯中斟咖啡。

「妳突然離開，我擔心死了。妳現在住在哪裡？安西那裡嗎？」

他語氣平和地問。

「我還在工作。」

我說完，快步離去。

亮吃完午餐，也安分地離開了。我鬆了一口氣，問題是下班回家。

四點下班，回到更衣室，吱喳聊天聲頓時打住了。

「家內，妳男朋友跑來了。妳還好嗎？」
平光擔心地探問。
「什麼還好？」
我回視平光的眼睛，她有些驚訝的樣子。
「妳最近有點怪怪的。不久前妳不是傷得很嚴重嗎？我念書的時候做過庇護所的義工，如果妳需要的話，我可以幫妳。」
平光的眼中雖然有著好奇，但確實也有著擔憂的神色。
「謝謝。如果我需要幫忙，再麻煩妳了。」
我直視著平光的眼睛說，她整個人呆了。
我迅速換好衣服，和安西一起走出更衣室。平時我們都走員工通道，但今天打算從正門回去。
休息時間時，我只向店長一個人說明苦衷。
「好，如果有什麼困難，不要客氣，隨時跟我說。像是更換班表這些，只要是我能做的，都會盡量幫妳。」

「抱歉，給店裡添麻煩了。」

「沒關係啦！我妹妹也遇過一樣恐怖的事。」

「真的嗎？」

「我們也找過警察，但還是防不勝防。後來我妹就一直關在房間裡不敢出門，已經好幾年了。我可不希望妳變成那樣。」

所以店長才會如此設身處地為我著想嗎？我總算知道理由了。

「希望能快點撥雲見日呢！」

店長說道。

「謝謝店長。」

我行禮後，轉身離開店裡。

安西先出去，幫我確定亮是不是在外面。我們混在顧客當中，離開購物中心，在大馬路攔了計程車。安西叫我有事打電話給她，我隔著計程車車窗向她道謝。

因為早有預期亮會來，所以並不覺得有多害怕。總之，冷靜地行動吧！要冷靜！我這麼告訴自己。

回到公寓，我在門口正要取出鑰匙時，忽然被人一把抓住手腕，是亮。

「果然在這裡。」

亮一臉開心地笑，卻快把我的手弄斷了。

「佐伯文也住在這裡，對吧？」

「你跟蹤文？」

我忘了自身處境，背脊淌下冷汗。

「妳跟佐伯同居？」

「沒有。」

「少騙了。」亮施壓推擠我，把我整個人按在入口的玻璃門上。「現在我還可以原諒妳，回來吧！」

「我做了什麼必須被原諒的錯事嗎？」

我微微張大了眼睛反問。

「我可以用悔婚告妳跟佐伯。」

亮一臉目瞪口呆地說。

「我跟文不是你想的那種關係。」

「只看事實，沒有人會認為妳們不是那種關係。」

「沒有任何事實。每個人都只是照自己所希望的，任意解釋罷了。」

從以前就一直是如此，身邊的大人、世人、朋友、男友，每個人都是。

「妳的腦袋還正常嗎？」頭髮突然被一把抓住，我痛得皺起眉頭。「那是佐伯欸？他誘拐妳，把妳囚禁了兩個月吔？妳忘了他對你做了什麼嗎？」

「你以為他對我做了什麼？」

我反問的聲音沙啞。

「見不得人的事不是嗎？」

「文沒有對我做任何你或世人以為的事，是我自己跟他走的。我跟文每天吃飯、看影片、聊天、睡在不同的房間裡，只是這樣而已。文對我很好，我想要永遠跟文在——」

頭髮被猛力往前扯，下一秒撞向後方玻璃門。撞擊之後，疼痛晚了一些才襲捲而來，我用力撐住雙腿不倒下去，汗水從髮際流淌下來。

「……為什麼……你要這樣？」

我狠瞪著亮，窩囊和淒慘逐漸轉變為憤怒。

「誰叫妳不聽我的話。」

「你以為只要動拳頭我就會聽話？你爸常打你媽，對吧？你媽離開，你應該很難過吧？而你卻要重蹈覆轍？就算你這麼做，也只是更——」

「囉唆！」

怒吼在耳邊爆開，我覺得鼓膜被金屬片割破了。

「跟我爸媽無關！問題是妳！妳知道這叫做什麼嗎？這叫斯德哥爾摩症候群。因為遇到太可怕的事，大腦任意編造出假的事實。妳生病了，妳這個樣子，一輩子都走不出來！」

我被抓住頭髮，頭一下又一下往後撞，我再也站不住，身體往下沉。

近處傳來尖叫聲，亮的身後有一對年輕男女。

「喂，你在做什麼！」

年輕男生怒叱問道，但亮抓著我的頭髮，沒有反應。年輕男生掏出手機打電話，好像要報警。亮的眼睛逐漸對焦了，他俯視癱坐在玻璃門前的我，驚恐地一把放開我的頭髮。

很快地警車趕來，警察把亮從我身上拉開。另一名警察詢問年輕男女狀況，看熱鬧的人愈聚愈多。

「報案者說你抓住那位小姐的頭髮，一邊吼怒她，一邊抓她的頭去撞門，是這樣嗎？」

警察盤問，但亮只是垂著頭，不發一語。

「你不回答的話，就得請你跟我們去警局一趟？」

「請等一下，我們認識。」
我忍不住插口。
「妳跟他是什麼關係？」
「……我是他前女友，我回來的時候，他在門口埋伏。」
「誰叫妳一句話也沒說就突然搬走！我當然要找妳把話講清楚！」
亮突然厲聲罵道。警察出聲安撫，他們似乎判斷是常見的男女爭吵，對亮的態度緩和了一些。
「如果可以好好談，那就好好談一談吧！否則就得請小姐報案了，那樣一來，兩位都得到警局去。怎麼樣？」
警察說明完後問道。
「我會跟他談。」
我搖搖頭說。
「好的。不過為了慎重起見，請留下你們的姓名和住址。」

警察在板夾文件填入我和亮的資料。

「那，今天兩位就先自己談談吧！可是這位先生，絕對不可以使用暴力。你們務必要冷靜，聆聽對方的說法，互相忍讓，好嗎？」上了年紀的警察訓完話，笑咪咪地驅散看熱鬧的民眾。「好啦好啦，驚動大家了。」

「要吵怎麼不在自己家吵。」

見義勇為的年輕情侶則厭煩地說著，走進公寓去了。

「……對不起。」

在旁人散盡的公寓門口，亮垂著頭道歉說。

「真的對不起，我絕對不會再這樣了。」

亮再三保證說道。

「你已經說第三次了。」

我的聲音疲倦到了極點，再也不剩半點力氣了。

「這次是真的，拜託再給我一次機會，要我下跪還是怎樣都行。」

「不用了。站在你的角度，我就是做了那麼糟糕的事，讓你想要揍我，對吧？但我應該沒辦法改變，所以已經沒有轉圜的餘地了。」

「等一下！真的是我太自私了，我會努力去理解妳的想法。妳可以去那家店，也可以去找佐伯沒關係。」

面對拚命挽回的亮，我的心情冷到了冰點。

「為什麼要你同意才行？」

「咦？」

「不管我要做什麼，都不需要你的同意吧？」

「不是這個問題吧？我只是在擔心妳啊！」

亮的嘴唇不甘心地扭曲了，我盯著自己的腳下。我和亮之間倏地拉出了一條線，這是無法跨越的線，我清楚地明白。

「嗯，我的所做所為一定很奇怪吧！就算別人覺得我病了也沒辦法。謝謝你擔心我。可是，我希望你直接拋棄我。」

那兩個月的時光，只有我和文才懂。我曾經希望別人瞭解，不過已經夠了。無論付出多大的誠意、費盡千言萬語，還是有許多事不可能彼此理解，也有更多的事，放手就能解脫。

我成了孤身一人，但那又怎麼樣？

即使和別人在一起，我不也都是一個人嗎？

我的內在有著極頑固的部分，有不管等上多久都不會變得熟軟的部分，就是這樣的部分傷害了亮。如此一想，不管是手腕上新的瘀青，還是後腦的疼痛，都能當做是對我正當的懲罰而吞下去。

「對不起！我也對你做了很過分的事。」

亮聽聞，表情瞬間變了，注視我的眼神逐漸失去了感情，只是茫茫然的，看起來就像個受傷的小孩。

過了一會兒，亮轉過身去，走下門口的階梯。他垂著頭，身體微微左右搖晃，一次也沒有回頭。

回到住處，用盥洗室的前後鏡檢查後腦。沒有流血，但撞出腫包來了，輕輕一按，一陣痛楚，再按得更大力一些，更痛了。

為什麼會想確認到底有多痛呢？就類似想要把結痂摳下來的欲望。

我褪下衣物，在鏡中展露身體。舊傷疊上新傷，慘不忍睹，不過很快就會消了吧。被男人用力打那麼多下，骨頭也沒斷，其實我滿強壯的嘛，我甚至覺得自己可靠起來了。

然而沖完熱水澡後，身體開始發燙，全身各處都在作痛。我打開空調，像虛弱的動物那樣裹著被子。因為還沒裝上窗簾，西曬得令人好難受，我靜靜地用眼皮內側感受著陽光。

隔壁陽台傳來聲響，我爬了起來，打開落地窗，舒爽的香味飄了過來。**文在晾衣服**！我從窗戶探頭出去，閉上眼睛，用力嗅聞那香氣取代麻醉劑。

「很噁心吔！」

聲音突然傳來，我嚇了一跳睜眼，文正從陽台隔牆另一邊探頭看這裡，我覺得有點丟臉。

「妳在聞什麼？」

「你洗好的衣服味道。」

「很臭嗎？」

我搖搖頭，頭一陣疼痛。

「很香，很安心！不好意思這麼噁心。」

「至少招呼一聲吧！」

「說我要聞了？」

「比悶不吭聲地聞要好一點吧！」

「那我就不客氣了，我開動了。」

我打赤腳走出陽台，文看著我的腳。

「打赤腳？」

「本來打算在回家路上買雙拖鞋的，可是遇到一些事。」

「鬧得很大呢！連警車都來了！」
「你看到了？」
「嗯，從這裡看到的。」
文從扶手俯視地面。
「你也常常偷看嘛！」
「我只是從住處陽台往下看，哪裡算偷看？」
文一臉意外地反駁。
「我覺得一樣。」
「才不一樣。」
我們在隔牆兩側，身體靠在扶手上說話。
西曬刺眼極了，隔壁陽台的文，眼睛也瞇成了一條縫。他現在沒有戴眼鏡，偶爾吹來的風輕柔地掀起瀏海，露出文線條柔和的側臉。
我打赤腳的腳底漸漸地溫熱了起來。

「啊，真舒服。」

我笑容洋溢地說。

「才剛驚動警察，妳神經也太大條了。」

文一副傻眼的樣子。

「是啊！我意外自己好像很堅強。」

「這一點都不意外吧？」

我哈哈地笑，把下巴擱在扶手的手臂上。

「瘀青又增加了。」

「被有點用力地抓了一下。」

「其他呢？」

「被抓住頭髮撞玻璃門。」

文聽聞，表情僵掉了。

「沒事的，幸好有剛好經過的住戶幫忙報警了。所以走出密室的住家果然是對的。」

我安撫地說道。

「妳都逃出去了，為什麼又把他帶過來？」

文難得一臉怒容。

「我沒有帶他來，是他埋伏我。」

「他怎麼會知道這裡？未免被發現得太快了吧？」

「他好像是跟蹤你，剛才他也問我是不是跟你同居。」

文不快地眺望明亮的向晚景色。

「下次他再來，我就搬出去。」

「為什麼？」

文看著我問道。

因為我不想給文添麻煩，我待在這裡或許會牽累文，危害到他。萬一過去的事件被揭發出來的話——。想到這裡，文的住處傳來細微的門鈴聲。

文轉頭看向室內，視線接著回到我身上，他露出欲言又止的表情，說了聲：

「Bye！」便返回住處去了。

我也回到房間，耳朵貼在和文的住處的隔牆上。隱隱約約聽到女人的聲音，一定是谷。我靠在牆上，側坐著閉上眼睛。

「為什麼？」我反芻著文驚訝的表情。至少我沒有遭到拒絕，光是這樣，我就覺得可以撐下去，可以做到任何事。

我聆聽牆壁彼端傳來的話聲，祈禱文現在正處於快樂的時光裡。

●●●●●●●●●

新冒出來的瘀傷，在工作場所再次成為矚目的焦點。過去屏氣斂息、避免惹人注意的日子就像假的一樣，現在每天都吵吵嚷嚷、眼花繚亂。

下班後，我和安西去咖啡廳，道出昨天的始末。安西對照自己過去的經驗，毫不留情地把亮貶得一無是處。

憤慨了一陣之後——

「在這種時候提這種事真是不好意思……」

安西希望請我照顧梨花一個星期。

「我還沒有去過沖繩吔！這是我第一次去沖繩。」

安西男友的朋友要在沖繩開咖啡酒吧，邀她一起去順便觀光，說可以住在前輩的老家，省下一筆旅館錢。

「現在是暑假，可以帶梨花一起去啊！」

「我是很想，可是時間點有點微妙。」

安西神情嚴肅地探出身子說。

安西的男友目前和妻子分居，正在談離婚。同一時期，與安西的感情也順利發展，提出再婚的請求，她想要透過這次旅行，一口氣坐實這件事。

「所以拜託！我也想要快點讓梨花有個爸爸。」

腦中浮現安西的金髮男友。那個人就算能成為安西的丈夫，或許也沒辦法成為梨花的爸爸吧？不安掠過心頭。

「好，可是我才剛搬家，家裡什麼都沒有吔！而且現在不是暑假嗎？早晚餐還好，午餐怎麼辦呢？」

「妳不用幫她想那麼多啦！梨花從小就習慣一個人看家了，我會給她錢，她會自己去超商買東西吃。」

「這樣啊，不過我還是會問問梨花要怎麼辦。」

安西想要這週末開始請我看顧梨花，所以我必須在那之前買好基本家電。回家路上，我去了購物中心的家電行，買了電視、冰箱、微波爐和烤麵包機，為了盡量肖似文以前的住處，全部都買白色和米白色。存摺的餘額一眨眼減少了許多，我鼓勵自己：**沒問題的，下個月就是總公司面試了。**

週末梨花來了。安西的男友和上次一樣戴著墨鏡，坐在計程車的後座，只向我點了點頭。

「歡迎光臨，好漂亮的洋裝。」

今天的梨花綁著馬尾，穿著深粉紅色的洋裝。

「媽媽不久前才剛買給我的新衣。更紗姊姊，妳看起來好痛喔！」

臉和露出短袖的手臂還留著淡淡的瘀傷，我打馬虎眼說是跌倒了。因為是第二次了，彼此都很熟了，我們一起目送安西離開。

「不是上次的家。」

梨花在新的住處東張西望，回頭看著我。

「更紗姊姊，妳家怎麼什麼都沒有？」

「這樣算多了。」

「妳還好嗎？沒有錢嗎？」

梨花擔心地問。

「最起碼的東西都有。沒事，死不了的。」

我輕笑地說。

「咦，會死嗎？」

「呃，就說不會死了。」

梨花聽聞，懷疑地看著幾乎是家徒四壁的室內。

「亮哥哥呢？」

「他不在這裡。」

「為什麼？」

「我跟他分手了。」

「……更紗姊姊，妳還好嗎？」

梨花的表情更加擔心了，眼神莫名地老成。

「我很好啊！為什麼這麼問？」

「我媽每次跟男朋友分手，總是哭得死去活來。」

梨花憂鬱地說。

「現在倒是每天都很快樂的樣子。」

她生氣地一屁股坐到地上，粗魯地從包包裡拿出衣物和遊戲機。

「梨花，等氣溫涼一點，一起去公園吧！」

我輕輕地把手放在她小巧的頭上提議。

「公園？」

「大得就像一座森林，有水池，上面還有天鵝船喔！」

「我要去！」

梨花的眼睛頓時閃閃發亮。

午飯吃了酪梨培根義大利麵，一起小睡了一下，我醒來的時候，梨花已經先起來，自己在打電動了。就像安西說的，是個不會吵鬧的乖孩子，這讓我感到悲哀。

氣溫遲遲沒有下降，但梨花很期待，我便帶她去買晚餐材料，順便去森林公園。我還是一樣，變裝了一下。

「更紗姊姊，那個太陽眼鏡不適合妳啦！口紅也太紅了。」

「就是說呢，可是沒辦法。」

雖然第一天就被文抓包了，但為了預防遇到谷，進出的時候還是得小心為妙。

梨花快活地走在悶熱潮濕的街道上，一走進公園，感覺氣溫一口氣下降了。

「哇，真的好像森林！好涼喔！」

梨花覺得十分稀罕，不停地邁步往前走，看到停在池子棧橋的天鵝船，好奇心瞬間爆發了。

「更紗姊姊，我要坐這個！」

不是請求，而是堅定的宣言。

「更紗姊姊！好厲害！在前進吔！妳看！」

梨花用力踩踏腳下的踏板。二十分鐘六百圓，雖然滿貴的，但我也是第一次坐天鵝船，玩得很開心。和一般的小船不一樣，上方有屋頂，這也讓人愉悅。

「梨花，快轉方向盤，會撞到其他的船。」

「咦？哪邊？要往哪邊轉？」

在這段期間，天鵝也飛快地前進。

「不知道的話，先別踩就好了。」

「啊，對吔！」

梨花停下腳來，總算避免撞上老夫妻優雅享受午後時光的小船。老爺爺瞇起眼睛，微微舉手，滑過波光粼粼的水面。

「差點就要撞船了。媽啊，嚇死我了！」

梨花粗魯地說。我在旁邊笑起來，最近的我很常笑。

「梨花，晚上妳想吃什麼？」

「嗯……肉！」

「漢堡還是炸雞嗎？」

「我想吃鐵板燒，煎肉或是香腸。」

「不錯喔，也來煎一堆蔬菜吧！」

可是家裡沒有煎烤盤，要買嗎？但顯而易見，梨花回去以後就不會再拿出來用了。不過，用平底鍋又少了那種氣氛。

我不經意地望向岸邊，發現有個身影細長的男子坐在長椅上。

「梨花，往那邊划過去。」

我指著岸上的方向。

「好，沒問題。」

梨花回應，用力轉動方向盤，結果在原地轉了一圈後，又回到原位。

「沒關係，慢慢來。」

我就像駕訓班教練一樣指導。

「文——」

船來到近處時，我出聲呼叫。

文從手上的口袋書抬起頭來，他訝異地東張西望。

「池子！池子！」

我開心地大喊著。

「什麼池子，我還以為有河童。」

文說著，走了過來。

「結果是天鵝——」

我喜孜孜地拉長了語尾。

「喂喂喂——」

文一臉受不了地回應。

也許是因為和梨花在一起的關係，像小孩子一樣撒歡的自己有點丟臉。

「這是梨花，朋友的女兒，要暫住在我這裡一星期。」

「你好。」

梨花牢牢地握著方向盤招呼道。

「嗯，那我走了！」

文只是輕輕頷首，冷漠地回應了一聲，轉身便要走。

「欸，文，你家有煎烤盤嗎？」

文聽聞，疑惑地回頭。

「有的話可以借我嗎？今天晚上想吃鐵板燒，可是家裡沒有煎烤盤。」

「好啊，妳晚點過來拿。」
文爽快地允諾，轉身離開。
「欸欸欸更紗姊姊，那個叔叔是妳男朋友嗎？」
梨花說悄悄話似的把臉湊過來。
「欸……不是啦！」
文和「叔叔」一詞形象相差太遠，我遲了一拍才回應。
「那是妳朋友？」
「唔……算吧？」
我含糊地回答。文和我的關係，不是一語可以道盡的。
「是喔？我還以為亮哥哥被比他更年輕的男人搶走了更紗姊姊。我媽之前說過，男朋友被比自己年輕的女人搶走，真的氣死人。」
我想像安西母女偏激的對話，笑了起來。
「這樣啊，可是文比亮還要大五歲喔！」

「騙人！」

梨花瞪大了眼睛。

亮二十九歲，文三十四歲，但相較起來，確實亮看起來較年長。亮的外表符合年紀，是文看起來異常年輕，和剛認識的十九歲那時候相比，印象幾乎沒變。

看在小學生的梨花眼中，文已經算是叔叔了嗎？我遙想流逝的時光。

歸還天鵝船後，我們一起去超市。

買肉的時候，店員問我要幾克，我不由得猶豫起來。

「要找叔叔一起來吃嗎？」

梨花善體人意地看我。

「可是不知道他會不會來。」

雖然我這麼說，但還是買了三人份的肉，心想：**今晚是〔calico〕的公休日，希望文可以來。**

令人意外的是，文很乾脆地說好，帶著煎烤盤來到我的住處。

「空蕩到神清氣爽呢！」

文環顧房間說。

「我只帶了隨身物品過來。」

稱得上家具的只有勉強可供一人用餐的小桌椅。家電只有冰箱、微波爐、烤麵包機和電視，沒有床架，在地上鋪被子睡。

「可是也未免太空了吧！要在哪裡吃飯啊？」

「這裡。我覺得鋪在客廳就像在野餐，一定很棒！」

我拿出在超市買的野餐墊，鋪上在地上。

「哇！真的好像在野餐吔！」

梨花立刻跑來說道。

「看吧？」

我得意地看文說。

「更紗果然是更紗。要幫忙什麼嗎？」

文受不了地把煎烤盤放到野餐墊上。

「只要切菜而已，你慢坐吧！」

我在備料的時候，梨花打電動，文看電視新聞。打電動打膩的梨花對文說她也想看電視，文把遙控器遞給她自己滑起手機，結果梨花伸頭過去看文的手機說她也要看。她好像希望有人理她。

「叔叔，開YouTube，我想看卡通。」

「手機螢幕太小，用電視看比較好吧？」

「現在又沒播。」

聽到這話，文操作著手機，很快地傳出卡通主題曲。

我想起文並不熱情，但從以前開始，只要提出要求，大部分他都會聽從。今晚邀他一起吃飯，他也答應了。

我為時已晚地發現，文雖然冷漠，但絕對不討厭與人來往。

「更紗姊姊，我想吃冰——」

「只有香草口味喔！」

「好！」

梨花走過來，我從冷凍庫取出冰棒，忍不住自己也想吃，暫時打住備料，兩個人一起躺在客廳吃冰。

「更紗姊姊，我餓了——」

「等一下，吃完就去準備。」

聽到我們的對話，文默默走去廚房。

「文，等下我會弄，你不用忙。」

「沒關係，現在我最閒。」

「叔叔加油——」

梨花打氣地說道，我和梨花相視對笑。

「叔叔人真好。」

梨花悄悄地附耳對我說，我吃了一驚。

「妳這麼覺得？」

我提心吊膽地問，梨花深深地點頭。

「就是說啊！」

我開心地說著，接著一個又一個列出文的優點——即使一個人住也會準備營養滿點的餐點、經常打掃愛乾淨、從來不遲到、洗好衣服還會燙。

「太了不起了！」

梨花敬佩地驚呼。

這十五年來，不管告訴任何人都不被採信的事逐一得到肯定，我覺得難以置信，好想全力緊緊地抱住梨花。

結果食材幾乎都是文準備好了。梨花只挑肉吃、我只挑蔬菜吃、文均衡攝取，沒有人干涉別人。

「更紗姊姊和叔叔好有趣喔！」

吃得肚子圓滾滾的梨花，一下子就躺到地上吃起今天的第二支冰，眼神有些昏昏欲睡，不可思議地看著我和文。

「你們都不會像媽媽還是學校老師那樣，說吃飯前不可以吃冰，不可以只吃肉，也要吃菜，而且還跟我一起吃冰。」

「啊，對了，應該要說不可以的。」

安西說可以不用管梨花，但或許有些過度放縱了。

「可是很奇怪啊！偶爾才下廚的媽媽整天叫人吃菜，自己卻老是吃超商便當、泡麵和麵包。我覺得她好自私喔！」

我笑了，小孩洞徹地看穿大人的矛盾。

冰棒融化，沿著木棒把梨花的手沾得黏答答的。

「在奧運拿金牌的選手也說他不吃菜，既然有營養食品可以吃，也沒必要一定要用食物的形式攝取吧！簡而言之，有吃進體內就好了。」

文一邊幫梨花擦手，一邊說道。

「這麼一想，有很多沒必要遵守的規矩呢！我小時候也一直在想，不可以吃冰淇淋當晚餐的理由到底是什麼？」

「想到了嗎？」

「沒有。可是已經無所謂了，反正現在我隨時都可以吃冰淇淋。」

「長大以後，就可以不用守規矩了嗎？」

梨花興沖沖地問。

「遺憾的是，長大以後，會受到比現在更多的規矩束縛。」

我搖搖頭說。

「可是更紗姊姊不是想吃冰就吃冰嗎？」

「但也因此做出了許多犧牲啊！」

腦中掠過離去的亮的背影。被壓抑的同時，也得到庇護。但我摒棄了那些，得到了一個人站在突出無邊汪洋的海角的自由，狂風席捲，朝四面八方飛舞的髮絲不斷地撲打著臉頰。

「光是年紀增加，是沒辦法自由吃冰的。」

「是喔——！叔叔呢？叔叔也是可以吃冰當晚餐的人嗎？」

梨花回應了一聲，表情變得肅穆，突然又反問。

「這個嘛……小時候沒辦法，但現在可以。」

文放下喝到一半的威士忌酒杯。

「為什麼小時候沒辦法？」

「我媽看的育兒書籍說那是不可以的事。」

我想起被網路揭露文的家庭。開公司的父親、熱心教育的母親、優秀的哥哥，光看字面描述，是常見的富裕家庭。但回想起過著有如強迫症般正確生活的十九歲的文，一股冰冷的情感堵住了胸臆。

「什麼是育兒書籍？」

「教人正確教養小孩的規範書。」

「那為什麼現在可以吃了？」

「因為我連書一起丟掉了。」

文靜靜地回答。

十五年前，文連同規範書一起丟掉的事物，那是應該會平穩地延續下去的未來。但文得到了什麼？文拋棄了一切，然而折磨著他的性傾向，現在依然盤踞在他的內在。

「更紗姊姊很奇怪，但叔叔也很奇怪呢！」

「會嗎？」

「就算叫你叔叔，你也不會生氣。」

「妳現在幾歲？」

「八歲。」

「我八歲的時候，也覺得三十四歲的男人是叔叔。」

「可是亮哥哥就不願意，對吧？更紗姊姊？」

「亮勉強還不到三十，所以很微妙吧！」

「明明就一樣嘛！」

梨花毫不留情地斷定說。

「唔，算了。因為很可憐，我也叫叔叔文哥哥好了。」

「謝謝妳一廂情願的憐憫。」

「嗯，不客氣。文哥哥，借我手機，我要看卡通。」

微妙的雞同鴨講對話之後，文把手機遞給梨花。梨花點了剛才看到一半的卡通，但不到五分鐘就打起盹來了。我拿來毯子，蓋在梨花身上，撫摸睡著的她的頭髮，雖然開了空調，但冒汗的皮膚濕濕的。

「小孩子一下子就會睡著呢！」

「妳以前也很愛睡。」

文輕輕抽走梨花一直捏在手裡的冰棒棍。

「你真的很溫柔呢！不管是以前還是現在。」

「從來沒有人這麼說，相反的批評倒是經常聽到。」

文露出看到奇妙生物的表情。

「可是只要拜託，你都不會拒絕。」
「其實我每次都想拒絕。」
「真的嗎？」
「真的，可是我還是害怕一個人。」
這是太過掏心挖肺的剖白。
一個人的話，可以活得輕鬆許多，即使如此，還是害怕一個人。上帝為什麼把我們創造成這樣呢？

早餐都準備好了，梨花卻沒有從被窩裡出來。暑假賴床是正確的行為，所以我沒有打擾她。
「那我去上班了！」
我小聲地說，不經意地碰到她的手，摸起來燙燙的，臉頰好像也紅得不自然。

「梨花，妳不舒服嗎？」

「……嗯，昏昏的。」

我急忙跑去超商，買了體溫計和退熱貼。

梨花發燒到將近三十八度，我打電話到店裡請假。

一直觀察到下午，燒還是沒退，反而更熱了。**是感冒了嗎？可是萬一是別的病就糟了。**我查詢附近有沒有內科醫院。

聽到隔壁開窗的聲音，我走出陽台，看見文手裡拿著冰咖啡，靠在扶手上。

「早，文，附近有沒有推薦的內科？」

「我不知道能不能推薦，不過超市後面有一家。妳不舒服嗎？」

「梨花發燒了，可能感冒了。是因為讓她吃了兩支冰的關係嗎？」

「她還小，應該要看小兒科吧？」

「啊，對吔！說的也是，我查一下。」

「去的時候叫我一聲。」

文說道。我道謝後，折回房間。

查詢之後，發現小兒科只有一站以外的綜合醫院有。我讓梨花換了衣服，但她自己站不住，只能抱她去。

我按下文的住處門鈴，穿戴好的文直接出來鎖上門。

「你要陪我們去？」

「嗯。」

文伸出雙手。

「什麼？」

「我力氣比較大。」

「謝謝。」

我說完，把梨花交給了文。

在計程車裡，我不停地撫摸梨花單薄而虛軟無力的背，好讓她安心。

醫生診斷梨花是感冒，開了藥回家了。

「明天怎麼辦？」

文想了一下問道。

「咦？」

「妳今天請假了吧？萬一明天燒還是沒退怎麼辦？」

「這……也只能再請假了吧。」

考慮到現在的狀況，請假不是好主意，但也沒辦法。

「白天我來顧吧！我那裡晚上才營業。」

「咦，那太好了！可是你也得休息吧？」

「兩、三天還可以。」

「……更紗姊姊，文哥哥，給你們添麻煩了，對不起。」梨花躺在被子裡，小聲喃喃道。「……我一個人沒關係的，我習慣一個人看家了。」

痛苦的呼吸聲刺痛了胸口。雖然看起來是個不怕生、不麻煩的孩子，但其實根本不是，這孩子只是沒辦法把心裡的苦說出來罷了。

隔天早上，梨花的燒還是沒退。

文過來看情況，帶了個小台子過來，放在梨花睡覺的被窩附近，將以前用的舊手機放在旁邊。

「妳的手機也拿出來。」

「你要做什麼？」

「下載監視應用程式。」

文俐落地操作我的手機。設置在台子上的舊手機化身為攝影機，連接到我的手機上，可以隨時查看梨花的狀況。根據應用程式的說明，也推薦給獨居養寵物的人使用。

「現在有好多方便的東西喔！」

不知為何，我無法打從心底開心。

「可是有你在，不必特地監看吧？」

我不解地歪頭說道。

「把小女孩交給我，妳會擔心吧？妳不怕我對梨花做什麼嗎？」

「咦？才不怕呢！」

我很普通地回應。

「為什麼妳能這麼相信我？」

文嘴唇扭曲地反問。

「不是啊，談不上相信不相信，我知道這是事實。」

「事實是我因為誘拐小女孩、做了不該做的事的罪名遭到逮捕。」

文自嘲地笑著說，看起來就像在故意傷害自己。

「抱歉，我說的不好，重說一遍。事實和真實不一樣。世人自以為知道的你，和我知道的你不一樣，你不是那種會強迫對方做不願意的事的人，我知道這才是真實。」

斬釘截鐵地說完後，我刪除安裝的程式，設置在台子上的手機也拔掉充電線還給文。**不需要這種東西！**

「真的不用嗎？」

「不用，我要生氣囉！」

雖然這麼說，但我已經生氣了，惡狠狠地瞪著文。

「……那，我會傳訊息通知狀況。」

文垂下頭去，就像挨了罵的小孩。

「對不起，我太凶了。」

「不是那樣……第一次有人這樣說。」

文細長的脖子無力地搖了搖頭。我倒吞了一口氣，那看不出是哭是笑的表情，傳遞出文至今經歷過的種種苦澀。

「我要吃早飯了，你也一起吃吧！」

我勉強扯出笑容，丹田使勁地說。文也僵硬地抬起嘴角。

我們在梨花睡覺的客廳鋪上野餐墊，擺放著火腿蛋、沙拉和吐司的早餐，文還沖了咖啡。

「這是文式模範早餐吔！你現在也都吃這些嗎？」

我驚訝地問道。

文俯視火腿蛋，看到附上的番茄醬，微微瞇起眼睛。

「我是晚上工作，所以幾乎不吃早餐。」

「啊，對吔！」

「不吃早餐，睡到下午，也會吃外送披薩還有漢堡，或大白天就開始喝酒。喝太多的時候，就在〔calico〕打瞌睡。」

是以前的文無法想像的邋遢生活。

「你有養寵物嗎？」

「沒有，為什麼這麼問？」

「剛才的應用程式說是推薦給養寵物的人使用。我喜歡動物，可是沒有養過，不知道有那種程式。」

「寵物是我。」

「咦？」

「我在老家被監視了好幾年，雖然是更高階的室內監視器。」

我拿著吐司僵掉了。

「服完刑後，我原本預定在民間的更生機構工作，但家人拜託我不要在外面繼續丟人現眼，所以我返回老家了。家人在院子蓋了一棟專門給我住的獨立小屋。」

在獨立的小屋被監視好幾年。我想像著，背脊發涼。

「……可是還裝監視器……為什麼要做到這種地步……」

「我媽是個追求完美的人，所以害怕我又捅出什麼婁子吧！」

追求完美到那種地步，已經是一種扭曲了吧？然而文的語氣卻是平淡的。

「第一次有人這樣說。」我想起文剛才的話。他活在甚至被最親近的人，用監視器監控的懷疑之中。

「現在的我是自由的。」

柔軟的笑，帶著令人毛骨悚然的孤獨。

這十五年間，文度過了怎樣的人生？
我向店長說明狀況，請他同意我把手機放在制服口袋裡。
每兩小時會接到一則通知狀況的訊息。這種地方，文還是一樣一板一眼。
傍晚回去時，梨花的體溫降到三十七．八度了。她的臉頰因發燒而泛著紅暈，開心地說文煮了雞蛋雜菜粥給她吃。我買回來的高級冰淇淋也讓她開心極了，吃完後又像開關關閉一樣睡著了。
「文，謝謝你！吃過晚飯再走吧！」
「嗯。」
「有沒有什麼想吃的？」
「我不挑食。」
我一邊說著我知道，一邊從冰箱取出適當的食材。
煮飯期間，文稍遠離開入睡的梨花，以靠牆的姿勢讀著口袋書，旁邊擺著玻璃杯和威士忌酒瓶。他說他會在白天喝酒，沒想到是喝純威士忌。

和年輕時一模一樣的清瘦身材與纖細的側臉，沒什麼人類的氣息，好像植物。這麼說來，以前在文的住處的那棵瘦小的梣木怎麼了？

「燒焦了。」

文忽然抬頭看著我說道。

煮飯的鍋子冒出淡淡的煙，我急忙熄火，提心吊膽地把飯勺插進鍋底。

「上面的應該還可以吃吧？」

文無聲無息地來到後面說道，我一臉沮喪地回頭。

「我平常不會失敗的，都是你害的。」

「我只是在看我的書啊！」

「嗯，一直在看書，一點聲音都沒有。」

「難道我應該跳舞？」

「與其說是人，你更像植物，所以我覺得很奇妙。害我擔心你到底有沒有在呼吸，忍不住看著你。啊，對了——」

那棵梣木怎麼了？差點若無其事溜出口的問題，被我在喉頭嚥了回去。

文說他是刻意挑選瘦小的一株，在〔calico〕店裡也有很類似的瘦小梣木。未成熟的細瘦樹木，那或許是只能喜歡少女的文愛恨心理的化身吧，不管是以前還是現在——

「我覺得那酒瓶很可愛，所以一直看。」

我轉移話題，將視線移到文之前坐的地方，那裡擺著形狀漂亮的酒杯和威士忌酒瓶，瓶子上畫著獵狐梗犬的插圖。

「Scallywag[*16]。」

文返回原位，把酒瓶和杯子拿過來。他飲盡杯中剩下的琥珀色液體，讓我看酒瓶，他說商標上的梗犬是老闆養的狗。

「第一次聽到這牌子。不過，我也只知道Torys[*17]和麥卡倫而已。」

「兩個很極端呢！」

「Torys我是在超商買的，麥卡倫是以前我爸喜歡的。」

「妳家裡有古典杯，還以為妳愛喝。」

文望向我倒扣在旁邊的巴卡拉古董酒杯。

「那其實是紅酒杯喔！」

「是嗎？」

文興味盎然地拿起圓柱形的杯子。

「是〔calico〕樓下的古玩店老闆送我的。」

「阿方先生嗎？他是那棟大樓的房東。」

「原來是這樣，他氣質很優雅。我說我爸以前喜歡用這種杯子喝威士忌，他就送給我了，還說店就快收起來了。他現在怎麼了？」

「住院了，他說他來日無多了。」

我回想起嬌小的老人身上飄來的藥味，和死前的爸爸一樣的氣味。

＊注16：蘇格蘭道格拉斯．淘氣鬼（Douglas Laing Scallywag），靈感來自酒廠的獵狐狗，重新將這可愛又帶點調皮的小狗，打造成豐富帶甜味的斯佩賽調和威士忌（Speyside Blended Whisky）。

＊注17：三得利TORYS CLASSIC，是十分輕鬆入手的入門威士忌，因價格十分親民深受歡迎，香氣溫潤輕甜，韻味深層不膩。

「我的酒杯也是阿方先生送我的，他住院前來向我道別，那時候送給我做紀念的。我問他紀念什麼，他笑說什麼都行。」

「那，這也是巴卡拉？」

我望向文的酒杯。

「嗯，阿方先生偏愛巴卡拉。」

我們比較兩只酒杯，形狀十分類似，但一只是紅酒杯，一只是古典杯。大同小異，相異卻相似。我覺得將死的老人送給我們的兩只美麗脆弱的酒杯，就好像我們兩個。

「要喝嗎？喜歡麥卡倫的話，應該也會喜歡這支吧！」

文舉起Scallywag的瓶子問道。

「喜歡的是我爸。」

「妳是他女兒，或許也會中意啊！味道相近。」

兩只杯子注入了威士忌，沒有兌水，也沒有放冰塊，我對通透地映出琥珀色液體的杯子看得入迷。沒有名目地乾杯之後，將酒液灌進喉嚨裡，順著我的喉嚨形狀滑落的熱度舒爽極了，嚥下之後，豐郁的香氣依舊擴散不絕。

「好好喝喔！」

我直率地說出感想，文揚起嘴角。

「你們在喝什麼？」

梨花搖搖晃晃地走過來，好像是起來上廁所。

「是小狗吔！好可愛。」

她纏著說她也想喝，手伸向瓶子。

「欸，更紗姊姊，文哥哥，喝完我想要這個瓶子。」

「妳要空瓶做什麼？」

文好奇地問。

「放在房間裝飾啊！很可愛嘛！」

我和梨花彼此點點頭異口同聲地說，文一臉無法理解。

小時候，我很喜歡貼著漂亮標籤的酒瓶。

「欸，文哥哥，等我好了，也想去你住的地方玩。」

梨花仰望著文說道。文一直陪著照顧她，她似乎對文徹底敞開心房了。

「不可以。」

文難得拒絕。

梨花板起臉「咦」了起來，她抬頭盯了文片刻，發現文什麼都不說，便垂頭喪氣地走去廁所了。走出來後，她看也不看這裡直接回到客廳，那背影實在太失望了，教人可憐起來。

「梨花同學，我每天都會過來。」

文終究還是讓步了。

「不用勉強啦！」

梨花回頭說道。

「一點都不勉強，跟妳還有更紗在一起，我很開心。」

「……那你可以過來。還有，直接叫我的名字吧！」

「咦？」

梨花頭一撇，鑽進鋪在客廳的被窩裡了。平時那樣開朗活潑，一感冒卻成了個撒嬌鬼，這一定才是梨花本來的個性吧。

幾天後梨花恢復精神，然而這時又出現了其他的問題。

從昨天開始就連絡不上安西，她原本預定今天下午要回來，因此梨花把衣物和遊戲機都放進包包收好了，直到傍晚，才好不容易等到一則訊息。

『抱歉，請再幫我照顧梨花兩、三天！』

『是沒關係，但至少要打個電話給梨花。』

我如此回覆，但這則訊息沒有回音。**是和男友旅行玩瘋了嗎？**

「媽媽不回來了嗎？」

應該在客廳看電視的梨花來到旁邊問道。

「她說臨時有事，要晚兩、三天才會回來。」

「是喔？」

梨花只應了聲，茫然的側臉沒有表情。

「梨花，我們去買東西吧！冰箱都空了。」

我變裝之後，和梨花一起出門。買東西前先去森林公園，我問要不要坐天鵝船，梨花搖了搖頭，我想為她打氣，似乎招來了反效果。接著我們在店裡買了霜淇淋，信步閒晃。

「是文哥哥。」

梨花忽然伸手指著說，小小的指頭前方，是坐在長椅上的文。

「咦？梨花還沒有回家嗎？」

直截了當的問題讓梨花的臉臭了。

「媽媽跟她男朋友打得火熱，不回來了。」

文瞄了我一眼，那眼神在問：**沒問題嗎**？我苦笑以對。

「文哥哥，你今天不用工作吧？一起吃飯吧！」

「今天我想一個人看書。」

「看啊！我會看卡通。」

「我說：『一個人！』」

「每個人做自己想做的事就好了嘛！就在同一個空間裡。」

「嗯——，好吧！」

文思忖了一下說，便站了起來。

晚餐買了各自喜歡的食物：梨花是甜甜圈、炸雞和草莓牛奶；我是蕎麥麵和薯條；文則是壽司和起司。接著我們去了站前的影片出租店，租了梨花想看的卡通DVD。因為我還沒有牽網路，所以不能用影音串流平台，便利的生活，卻有著許多麻煩的手續。

梨花在挑卡通的時候，我和文隨意逛著展示架。我走到一半停步，從架上取出一只片盒，〈絕命大煞星〉。

「還記得我們一起看嗎？」

「嗯，不久前我得知還有另一個結局。」

「另一個結局？」

「結局不一樣，聽說兩個人都死了。」

相對於皆大歡喜結局派的導演，腳本家卻是壞結局派，雙方互不相讓，結果拍了兩種結局。但上映的是導演支持的皆大歡喜版，夢幻的悲劇結局版，好像當成特別影片附在導演剪輯版。

「我都不知道。你看過？」

「沒有，我看東尼．史考特版就好。」

「死掉比較適合塔倫提諾的作風，但我也喜歡電影的結局。」

說著說著，我想起了爸爸媽媽。兩人都非常喜愛這部電影，推崇的部分雖然各不相同，但喜歡結局這點倒是有志一同。

文問我要租嗎？我搖了搖頭，說不能在梨花面前看。

「看來妳也有一部分變成有常識的大人了。」

「什麼一部分？太多餘了。」

「妳第一次看這部電影是什麼時候？」

「大概八歲吧！」

文擺出「看吧」的表情。但我是在父母的監督下看的，責任不在我身上。如今回想，不只是媽媽，爸爸也實在太扯了。

我們在野餐墊上擺開食物，正中央放上堆積如山的炸薯條，沾醬是芥末醬和大蒜蛋黃醬，梨花開心地說好像麥當勞。

「好吃。」

文啃著薯條，懷念地喃喃道。

梨花事先鋪好被子，光碟插進筆電裡，準備就緒後，躺下來邊吃薯條邊看卡通。文說她是更紗二號。

「更紗姊姊家好好喔！有更紗姊姊，有文哥哥，飯又好好吃，我好想要永遠待在這裡。」

梨花說道。

「說這種話，妳媽會生氣喔！」

我回應著，頓時陷入短暫的沉默。

「或許沒有我，我媽會比較開心。比起我，我媽更喜歡她男朋友。」

梨花語氣若無其事地說，那語氣實在太普通了，反而透露出是刻意裝出來的。

「妳媽媽喜歡妳啦！」

我留意不要說得太誇張。

「是嗎？每次男朋友來，我媽就叫我自己出去玩。她會給我零用錢啦，所以是沒關係，而且可以在超商買喜歡的東西。」

梨花將油膩的指頭放在筆電的觸控板上。

「我可以去朋友家還是公園。可是……晚上還是冬天就有點討厭了。」

梨花專注地盯著美少女戰士變身的場面，滿不在乎地說。今年冬天還沒有到，所以是去年的事，那時梨花才七歲——

「我好想永遠待在這裡。」

梨花一次又一次重複看著變身場面，側臉神情空洞。

神啊，我再也不想回去那個家了！即使陳舊了，也絲毫不會褪色的傷悲。我想起那種連手腳指尖都逐漸變得冰冷的感覺。

文輕輕地握住我的手，光是這樣，我便得到了力量。我把另一手朝梨花伸去，撫摸著她微帶波浪的頭髮，她單薄的肩膀震了一下。

「可是，媽媽總是對我很溫柔。」

「嗯，是啊！」

我輕撫著梨花的髮絲，她突然把臉埋進被子裡一動不動。我挨近過去，像是要覆蓋住無聲無息地哭泣的她的背，文緊握著我的手。

我們不是親子，不是夫妻，也不是戀人，也不太能說是朋友，我們之間沒有能夠以話語形容的簡單明瞭的關係。不受任何保護，個別都是孤單一人，卻對彼此感到無比的親近。

我不知道這應該稱為什麼。

晚班有兩個打工女生連絡店裡說要請假。店長到處打電話拜託，七點前，代班人員總算來了。

我事先已經傳訊息給文說會晚歸，但文也得去〔calico〕開門做生意，我焦急地把鑰匙插進公寓大門。

「喂！」

後面伸來一隻手抓住了我的手，我驚嚇地回頭，以為是亮，結果站在那裡的卻是一臉猙獰的谷。她嘴巴微開，就像在嘲笑我。

「妳怎麼會在這裡？」

平常我都戴帽子和墨鏡，但今天趕著回家，忘記變裝了。

「妳怎麼會有這裡的鑰匙？」

我正盤算著該如何度過危機。

「沒辦法，我們談談吧！」

谷深深地吸了一口氣說道，已沒了激動的樣子，她輕拉著我的手，平靜地走了出去。我儘管焦急，卻也佩服這個人怎麼能如此鎮定？目擊跟蹤狂進出男友住的公寓，居然沒有害怕，也沒有發飆。

我猜應該是要去咖啡廳，低頭配合她的步調走，忽然被用力一扯，耳邊傳來「這邊！」不知不覺我竟然一腳踏進了警局。

「不好意思，我要報案被跟蹤狂騷擾。」

谷冷靜地說道。

「啊，好，被騷擾的是妳嗎？還是妳朋友？」

警察抬起頭來問道，交互看著我和谷，突然「啊」了一聲，再看了我一眼。

「妳是上次那個小姐……對吧？」

「是的，那時候謝謝你們幫忙。」

是前些日子我在公寓前和亮起爭執時到場的警察。

「被害者是我和我朋友，跟蹤狂是這個人。」

谷拉回正題，警察聽聞愣住。

我也總算醒悟自己正面臨的危機——我被扭送進了警局。

「妳對這位小姐做出跟蹤狂行為嗎？」

警察困惑地看著我。

「不，呃，我……」

我因不知道該如何解釋而語塞，警察叫我們先坐下來。

谷掏出名片，職銜是記者。她說她是獨立記者，好像很習慣犯罪案件，難怪如此熟門熟路。

「呃，那麼，要填寫一下和上次不同的文件。這位是谷步美小姐，這位是家內更紗小姐，請兩位更詳細一點說明吧！」

谷先說明狀況。她說我去她朋友開的咖啡廳消費，結果對她朋友萌生愛意，甚至開始在她朋友家附近徘徊。站在她的立場，這算是相當克制、僅擷取客觀事實的說明。

相對地，我無從反駁。文應該沒有把我當成跟蹤狂，但要向不知情的谷說明我和文過去的內情，是相當困難的。文本身都沒有揭露的過去，我不能擅自告訴她。

「妳同意她的說法嗎？」

警察問道。我只能點頭說是，我就快變成犯罪者了。

「我瞭解狀況了，但報案必須由本人，或本人的委託人才能進行。」

「我知道。」

聽到警察的話，谷回應著，然後轉向我。

「可是妳一定以為自己可能會被逮捕，嚇到了吧？」

谷直盯著我看說道。

啊，原來如此。這個人以迅速合理又正當的手段，給了我一頓教訓，想警告我：**妳敢再逾越一步，真的會變成犯罪者喔！**

「……對不起。」

我深深地垂下頭，在谷的面前，我只是個愚蠢的小孩。

「但我納悶的是，妳怎麼會有那棟公寓的鑰匙？」

「啊，因為……我住在那裡。」

我解釋道。谷呆掉了。

「住在那裡？咦，等一下，是我誤會了嗎？妳本來就住在那裡嗎？」

谷的表情開始浮現出焦躁。

「不是，我是前幾天剛搬過去的。」

「難不成是為了追南？」

谷的表情逐漸扭曲。

「狀況不同了，我現在就打給我朋友，請他立刻來報案。」

谷重新轉向警察說道，接著掏出手機，彷彿刻不容緩。

「喂？南，是我。」

谷迅速說明目前的狀況。我嚇得心臟都快停了。

「……咦？你們認識？什麼意思？」

谷皺起眉頭，表情逐漸龜裂。

文是怎麼向她解釋我這個人呢？我湧出想要當場拔腿就逃的衝動。

「……好，我會向她道歉。」

谷靜靜地掛掉電話後，深深向我行禮。

「南說他知道妳搬到他隔壁，也同意這件事，是我誤會了。突然把妳拉到警局來，真的對不起！」

我不知道該怎麼回答才好。

「哎呀，年輕人總是容易衝動嘛！你們三個人——啊，喔，加上那個男的，是四個人嗎？總之，好好談一談吧！」

警察居中調解說道。看來警察任意加上亮，誤以為是四角男女關係了。

我和谷並肩走在車站附近熱鬧的大馬路上，在總算降臨的夜晚與白晝餘韻交疊的街上，店鋪和行人看起來都模模糊糊的。

「我太魯莽了，真對不起！」

谷再次道歉。唯一可以確定的是，她並沒有錯，但我沒有權利傳達這件事。

「……我和南可能已經不行了。」

在一陣沉默之後，谷輕嘆了一口氣說。那幽微的嘆息，就像要吹熄燭火一般。

「我們見面的次數愈來愈少，我也因為工作忙……但這些都只是藉口。南有向妳提起我嗎？」

原本消沉的語氣，又恢復了俐落。她正在設法振作動搖的心，也或許是不想在我面前曝露出軟弱。

「沒有。」

「我和南是在身心科認識的。」

「這樣啊——」

我微低著頭回應。

「他有跟你說過，對吧？妳是顧慮到我，才說不知道的嗎？」

谷像是察覺到什麼反問。

不是的，我和文之間，有太多不能說的事了。

「他也有告訴妳為什麼我會去看身心科嗎？」

「沒有，文不是會輕易透露別人隱私的人。」

只有這一點我能明確地否定。

「不用妳說我也知道。」

沒想到被谷凌厲地堵回來。我心想：**那妳就不要問嘛！**她似乎也想到一樣的事，自嘲地喃喃道：「抱歉！」

「妳叫他文。」

「啊，沒有。」

「我太驚訝了，原來妳們已經這麼親密了。」

谷不給我回話的空檔。

「我因為生病，切除了一邊的乳房。」

感覺就像突然被亮出刀子，輕薄、鋒利、散發冷光。

「我一直以為自己是個堅強的人，結果根本不是。每次換衣服、洗澡，我都拚命避免去看那裡。最後實在受不了，終於去了身心科。南這個人很安靜、理智，我完全不懂這個人怎麼會去看身心科……到現在還是不懂。」

谷喃喃地傾訴著。

「我們交往滿久了，我對他卻一無所知。他會聽我訴說，卻從不傾吐任何煩惱。好幾次他看起來要說，最後卻還是選擇了沉默，每次都讓我覺得自己一點價值也沒有。」

她說到這裡，轉頭看向我。

「欸，妳和南上床了嗎？」

我聽聞，嚇了一大跳。

「他跟我完全沒有做過那檔事。」

感覺刺進來的刀子在體內絞動著。

「我引誘過他，卻被委婉地拒絕了，我猜想他可能不想看到我的胸部。我說穿著衣服做就好，他卻只是不停地重申不是那樣，說他就是沒辦法。做為一個女人，我毫無價值。啊，不用安慰我！」

谷略略伸出手掌，像要制止我。但我還是想要說：**不是那樣的！原因不是谷的身體，而是文愛的對象不是成年女性。**

谷傾吐著這些煩悶，步伐卻一點都沒有放慢的跡象，她是個習慣將情緒和肉體切開來行動的人。

「是我先喜歡上他的。南看起來冷漠，其實是個沒辦法開口說『不』的人。那時候我陷入低潮，所以南接納我，讓我很安心。但現在我發現並不是那樣的，我只覺得他或許是個非常寂寞的人……只要有人可以陪伴，或許不管是誰都好。」

谷像是陷入自己思緒中，喃喃地說。

「……我不這麼認為。我同意文是個不會拒絕別人的人，那或許是源自於孤獨，但絕對不是誰都可以的。」

我試著努力傳達。

「妳跟我是不同的類型呢！看起來軟綿綿的，但其實內在非常堅強的感覺。」

谷斜瞟了我一眼說。

要說堅強，妳才堅強！我思忖著。但看著我的谷，眼睛深處不安地搖晃著，或許她是用那頭俐落的鮑伯頭、深藍色筆挺的套裝層層武裝著自己，拚命想要讓自己變強。

「我會和南好好談一談，不過跟妳無關。只是明天我要出差幾天，可能再晚一點吧！那，我要走了。今天真的很抱歉，謝謝妳。」

看著谷穿過車站驗票口的背影，筆挺得令人感到心痛。面對招惹自己男友的女人，她卻秉持公平的態度直到最後。

目送谷離去之後，皮包裡的手機震動起來。

『梨花在〔calico〕。』

我一下子回到現實，早已過了文的出勤時間。我久違地跑在通往〔calico〕的路，推開沉重的木門，幽暗靜謐的空間迎接著我。

「更紗姊姊，妳回來了。」

梨花在沙發座揮手招呼。

「梨花，抱歉我太晚回來了。」

「不會，妳在工作嘛！」

「嗯，實在抽不出身。晚飯吃過了嗎？」

「文哥哥煮給我吃了。有照燒魚、豆腐味噌湯和燙菠菜。」

很正統的菜色，而梨花的膝上有文的平板，播放著梨花喜歡的卡通影片。文任何事都能處理得滴水不漏。

「文，抱歉我回來晚了。」

我前往廚房，文邊擦杯子邊抬頭。

「我剛才跟谷小姐在派出所，如果不是你替我說話，我可能已經被逮捕了。」

「她怎麼樣了？」

文擔心地問，我赫然一驚。

「……我覺得她受傷了。對不起，都是我忘記要變裝。」

「這是我和她的事，妳不用放在心上。」

客人上門了，我帶梨花回家。

從補習班放學的小學生，在便利商店前舔著汽水冰棒，我不由得羨慕起來，也買了一樣的冰。

「更紗姊姊和文哥哥果然是一對吧？」

梨花問，手上的冰棒滴著糖水。

「不是啦！上次我不也說過了？」

「妳們怎麼不在一起呢？我覺得文哥哥喜歡妳。」

「我也最喜歡文了。」

「那不就是兩情相悅了嗎？在一起嘛！」

「不是那種喜歡，是更切實的喜歡。」

「什麼叫切實？」

「就類似我為了做我自己，不可或缺的事物。」

「太厲害了！那妳們怎麼不結婚？」

梨花瞪圓了眼睛問。

「是啊——」

我輕輕帶過，舔起冰棒。

即使再切實不過地需要文，我也不想和文接吻，更不想和他上床。和文，我只是想要和他在一起。這樣的感情，我找不到可以形容的詞彙。

人就連只是想要和別人在一起，都有著無形的規範。我和文從相識的時候開始，就被排除在這樣的規範之外，總是無處容身的感覺，讓人疲憊困頓。

我舔著冰棒，仰望天空。

「好想去遙遠的地方啊！」

清澈的夜空，勾著一彎肖似鉛片的月亮。

「遙遠的地方是哪裡？」

「沒有人的地方。沒有常識、規矩的地方。」

「無人島？」

「不錯喔——！無人島最讚了。」

「可是無人島沒有賣冰。」

「島上有小船，可以划船去買東西。沒問題的！」

「還沒划回來就融化了。」

「在船上吃掉就好了。」

「無人島有卡通可以看嗎？」

「有啊，雖然沒有人，可是有網路。」

所以也可以看〈絕命大煞星〉。

多美好的無人島啊！要是真的有那種島就好了。

只有我和文，不屬於這個世界的夢幻之島。

●●◐◐◌◌◑◑●●

過了說好的兩、三天，安西依然沒有回來，我打了好幾通電話，都沒有人接，訊息也不讀不回。

我出門上班前，文過來探望梨花，但梨花不肯從被窩裡出來。

「昨晚好像一直在哭。」

「中午我來做個蛋包飯吧，用番茄醬寫上她的名字。」

「謝謝你，希望她可以稍微打起精神來。」

「妳朋友連絡上了嗎？」

我無言地搖了搖頭。

「這樣啊——」

要是一般人，應該會有許多話要說。像是妳不該隨便幫人顧小孩、難道沒有任何徵兆嗎？接下來要怎麼辦？趕快報警等等，但文不會特地把這些不必說也明白的話說出口，令人感激。

這天下午，總公司的人來了，我被叫去員工室。我以為是要談錄取正職的事，沒想到對方說有事情要問我，遞給我一本週刊。

——現在進行式的女童家內更紗誘拐案。

看到標題的瞬間，我連指頭都僵掉了。

未成年犯罪不能報導出姓名，但這本八卦週刊的作風，是出了名的拿言論自由當幌子，罔顧人權。

「這是昨天總公司的人看到的。」

來自總公司的中年男子一臉困惑，像是不知該如何措詞。週刊是上星期出版的，有四頁黑白篇幅，算是十五年前的誘拐案之追縱報導，還附上了黑白照片。

照片上是我和文隔著現在住的公寓陽台說話的身影，照片粒子粗糙，眼睛也打上馬賽克，但如果是直接認識我們的人，或許就認得出來。

文章內容是過去綁架案的加害者和被害者目前的關係，說被害女童無法擺脫加害少年的洗腦，現在仍與加害少年住在同一棟公寓。

文章把文比喻為看上年幼紫之上*18的光源氏，是醜惡的現代《源氏物語》，結語還說這是非常典型的斯德哥爾摩症候群，被害女童需要有人伸出援手。

「公司不會干涉員工的私事，但第二張照片拍到我們公司的招牌，說是妳上班的地方，這在總公司引發了問題。」

總公司的人指著照片說。雖然打了馬賽克，但任何人一看，都能認出是全國連鎖的家庭餐廳招牌。

「呃，那個，家內，如果上面是亂寫的，我覺得提出抗議比較好。妳經歷過那麼痛苦的過去，八卦週刊居然還在傷口上灑鹽，這是不能原諒的事。」

店長手足無措地探出上身說道。

＊注18：紫之上（むらさきのうえ），是日本平安時代作家紫式部所著的古典小說《源氏物語》中的人物，是源氏眾多女人中最得寵的一個。

我完全答不出話來。事實與真實之間，有著如同月亮與地球般的距離。我不認為這段距離是話語能夠填補的，我只能默默行禮。

「給公司添麻煩了。」

我道歉著，腦中卻亂成了一團。**我到底是因為什麼樣的罪，又為了什麼，還要對著誰道歉呢？**

「那，上面寫的都是真的了？」

「我住在隔壁是真的，可是我完全不是什麼斯德哥爾摩症候群，而且對方也不是世人所想的那種犯罪者。」

「嗯，唔，他也已經坐牢贖罪了嘛！」

「不是那樣的——」

另一個我喝斥：**別說了！就算說明，也不會有人瞭解的，只會自討苦吃。**

「這件事從一開始就不是什麼犯罪事件，他是個守規矩的好人。」

總公司的職員聽聞愣了一下，毛骨悚然地皺眉，店長也一臉震驚。

啊，搞砸了，我做了蠢事。我應該別多嘴，一個勁地低頭賠罪就好了，可是我實在是再也不想隱忍了。

我和文都沒有做任何壞事，我們只是在一起而已。只是這樣而已，為何必須被這樣趕盡殺絕？而且都已經過了十五年了。

拜託，誰來想像一下這樣的痛，求求你們瞭解。

「我知道了。」

總公司的職員輕嘆一口氣地說。

「公司只是為了預防萬一，想確認一下是不是事實而已，並不是想要怎麼樣。照片很粗糙，而且眼睛也打了馬賽克，八卦週刊的小報導，很快就會被社會遺忘了，不要打草驚蛇應該是最好的。」

職員努力解釋著，卻一次也不願意正視我的眼睛。

在回程的電車裡，我查看了一下那個罪案網站。果然更新了，週刊的照片被轉貼上去，但在網路上似乎並未引起什麼話題。

我去超市買東西，順便提錢，餘額減少的速度超乎預期，讓我一陣冷汗。

我不後悔自己的發言，但這次的事，應該會讓錄取正職的機會告吹了，我考慮晚上可能要去打另一份工。

回家一看，文已經來了。

「文哥哥，也給更紗姊姊看那個！」

梨花對文吵著說道。

遞出來的文的手機螢幕上，是用番茄醬寫著「RIKA」（梨花）的蛋包飯，還有畫了熊的拉花卡布奇諾，梨花說是文做的。

「好厲害喔！原來你還會拉花，我還以為你是專做正統咖啡。」

「以前住在老家時，因為太閒了，什麼事都做過。」

在受到監視的庭院獨立小屋裡，好幾年都只有自己一個人。

「連絡上朋友了嗎？」

文以梨花聽不見的小聲問。

「沒有，回程我打了電話，但還是沒接。」

「這樣啊——，有什麼需要幫忙的就跟我說。」

「謝謝，你已經幫得夠多了。」

我打開冰箱，把買回來的食材放進去。

我沒有提起週刊的事，既然橫豎都會被世人遺忘掉，就沒必要特地提出來再讓文煩心。

梨花從一早就有點發燒，雖然不像上次的高燒，但母親一直沒有來接她，加上往後的不安，應該對她造成了相當大的壓力。

「我回來的時候，買點妳喜歡吃的東西吧！想吃什麼？」

「不用了，沒關係。謝謝妳，更紗姊姊。」

看著強顏歡笑的梨花，心情暗澹。我沒辦法一直把她留在這裡，如果安西就這樣不回來，就只能報警了。我自己是在育幼院長大的，知道被送進去之前的流程，就是因為知道，所以更不願意讓梨花經歷相同的事。

「等一下文會過來，中午我會打個電話回來。」

梨花點點頭，我梳了梳她的頭髮，出門上班去了。

一走進店內的更衣室，嘈雜聲便如退潮般倏地停歇了。我換著衣服，平光等人一語不發地頻頻偷瞄我，然而沒有半個人對我出聲。

前往外場前，店長叫住了我。我心想：這次又怎麼了。懷著有點豁出去的心情進入員工室，從這陣子的狀況來看，我清楚知道不可能是什麼好消息。

在員工室裡，店長拿出今天出刊的週刊，我整個人愕然了。

週刊延續上一期，刊登了標榜第二波追蹤報導的文章，頁數更多了。上面登出梨花和文的照片，是兩人一起走在住宅區，以及走進〔calico〕的背影，還有我和梨花吃冰的照片。從穿的衣物，我看出是和谷發生誤會那天被拍到的照片。

雖然照片臉部打了馬賽克，但這次登出了文的姓名。這一期報導的主軸，是成年以後的被害女童，也就是我，其前男友「N先生」的訪問。N——中瀨亮（Nakase Ryo）。

——從剛認識的時候開始，我就覺得她不太穩定。她到現在都還是無法接受發生在自己身上的事，所以才會做出美化佐伯的發言。是她主動接近佐伯的，就我觀察到的印象，她很崇拜佐伯。

——照片上的女孩，是她的孩子嗎？

記者問N先生。

——不是，是她朋友的小孩。其實我最擔心的就是這件事，也就是她帶著那孩子去找佐伯。萬一她是拿那孩子當做已經長大的自己的替代品……如果真的是這樣，就必須快點設法才行。

——你的意思是，有可能會發生〈女童家內更紗誘拐案〉的翻版嗎？

訪談結尾說：N先生陷入了沉默。

我再也說不出話來。十五年前，我經歷過不能再多的失望，被硬是掰開嘴巴，塞進大量乾巴巴的沙子，沙子發出刺耳的沙沙聲，將我身上所有滋潤的事物吸收殆盡，而那樣的感受又要再次重現。

「今天一大早總公司就連絡我。」

店長低著眼皮說道。

昨天傍晚，總公司收到附上報導樣本的信件，說下星期出刊的週刊預定推出第三波報導，想要訪問我。總公司回覆說：**這是她個人的事，請直接連絡她**。也就是切割，這件事與公司無關。

「公司說，妳可能會變忙，心理負擔也會增加，叫我盡量多通融。所以呃……如果妳想要休息一陣子……」

「我知道了。」

對於店長那實質上的開除宣言，我回應道。

「謝謝店長替我設想這麼多。」

我小心地避免聽起來像挖苦，雖然演變成這種狀況，但我對店長十分感謝。

正要離開員工室時——

「等一下！」店長叫住我。「現在還不晚，妳可以跟總公司說明嗎？」

「說明什麼？」

「說週刊是亂寫一通，說妳跟歹徒沒有任何關係。」

「我不能那樣說，那樣才是撒謊。」

店長以再窩囊不過的表情注視著我。

「我絕對不可能明白妳到底被傷得有多深，可是一定會有人好好珍惜妳的。拜託，請妳也聽聽關心妳的人的聲音，看看外面的世界。這樣一來，妳的想法也會改變的。」

我只能默默地看著想拚命勸說的店長，和我之間冒出難以填補的鴻溝。店長是個好人，正因為如此，連和這樣好的人也不可能彼此理解的事實，讓我絕望。

我就像乘著退潮，靜靜地、不斷地遠離。

我將更衣室裡的物品全部塞進包包裡，走出戶外，太陽灼燒著眼睛。

上午的街道擠滿了擁有明確目的的人們，無業的我慢慢地朝著車站踱步。

八月尾聲，走上一小段路便滿身大汗。多麼蔚藍的天空啊！要是現在立刻發生天災地變，將世界毀滅就好了，或是好想逃到無人島去。

我一邊走，一邊打電話給亮。現在是平日上午，亮卻立刻接起電話，好像早就預料到我會打給他。

「抱歉在你上班的時候打去。我是更紗。」

『啊，好久不見。我還以為妳不想跟我扯上關係了。』

亮的聲音很平靜。

「我想跟你談談週刊的事。」

「你沒上班？」

『不好意思，我一早就頭痛，沒辦法講電話，要談的話到家裡來吧！』

『頭痛，今天請假。不勉強，反正晚上我約了記者碰面。』

「記者？」

『訪問啊！週刊說那篇報導可能會做成連載。』

周圍的景色扭曲了。

「我現在過去行嗎？」

『請便。』

我拿著掛斷後的手機，在原地佇立了半晌。**我害怕和亮獨處！**

我搖搖晃晃地走進站前的百圓商店，拿起一把小水果刀，這才總算回過神來。

我想要做什麼？

查看那個罪案網站，已經更新了。**是誰貼文的？是亮嗎？還是讀到週刊報導，想起那個案子的誰？**我繼續查看餐廳評論網站，發現有〔calico〕的最新評論，簡短的文章讓雞皮疙瘩爬了滿身。

——**這裡的店長是不是那起案子的誘拐犯？**

按下門鈴時緊張極了，亮出來應門，請我入內。

「打擾了。」

我招呼道。亮露出難以形容的表情。

我們在餐桌兩邊坐下來，室內完全沒變，但感覺所有的一切都失去了呼吸。

「後來妳的頭有沒有怎麼樣？」

問話的亮也像人偶一樣，毫無生氣。

「沒事，只是撞出腫包而已。」

「頭部的傷有時候事後才會出現後遺症，要小心……這輪不到我來說呢！」

亮略為尷尬軟弱地笑著說。我無法答話，總覺得有些奇怪，也不是暴風雨前的寧靜，而是我第一次看到亮這麼有氣無力。

「要喝點什麼嗎？」

「不用了。」

「這樣啊——」

我們還沒有開始談，亮卻倦怠無比地嘆氣。

「週刊的訪問，可以請你別再繼續了嗎？」

我開門見山地說。

「那是我的自由吧？」

「我被開除了。」

「那太糟糕了。找工作加油。」

不管是說的話還是表情，都毫無誠意。

「就算我找到新的工作，你還是會繼續騷擾嗎？」

亮的眉毛一挑。

「對自己不方便的事，妳全都抹黑成騷擾是嗎？」

「也不是這樣。」

「我說出我的感受，這有什麼不對嗎？我做任何事情，都要考慮到對妳方不方便嗎？妳會被公司開除，是妳跟公司之間的問題吧？我又沒叫你們公司開除妳。」

亮邏輯分明地說，但他的眼睛並沒有看著我，而是注視著蒙上一層灰的餐桌。與其說是對話，聽起來更像自言自語。

「妳不是也活得自由自在嗎？反悔和我的婚事，連一句商量也沒有就搬出去，跑去跟佐伯文住。我必須容忍這些事，因為每個人都有自由生活的權利，所以我也可以自由做我想做的事吧？妳也應該容忍才對啊！為了每個人都能活得自由、尊重他人的自由，每個人都必須忍耐才行。雖然矛盾，不過就是這樣的吧？自己我行我素，但會傷害到自己的事就是騷擾，叫別人不要這樣做。如果這種道理行得通，妳的行為就只是自私自利罷了。」

我無可反駁，我無法判斷亮的行為是騷擾，或是屬於自由的範疇。如果依感情來判斷，亮已經扭曲了。可是扭曲了，又怎樣？就算我有權利責備他，也沒有權利限制他。

「……說的沒錯。」

或許是在這瞬間，我才真正認為我和亮已經結束了，我們之間甚至連暴力和語言都失去了。什麼都沒有了，空無一物。

「我知道了。抱歉突然跑來，我回去了。」

亮沒有出來送我，打開玄關門，自外廊照入的陽光直射眼睛，刺眼極了。

我走下樓梯，後方傳來奔跑而來的腳步聲。

「更紗，等一下！」
「亮？」
「是我不好，我道歉，拜託妳回來吧！」
手腕被抓住，我差點失去平衡，急忙抓住樓梯扶手。
「剛才說的都不算數。如果妳不願意，我不會接受採訪，所以——」
「等一下，亮，你冷靜一點。」
「不回來也沒關係，那，至少我們可以當朋友。」
我疑惑地眨著眼睛。
「我們可以傳傳簡訊，偶爾碰個面，喝個茶。」
「不可能的。」
「妳就這麼討厭我嗎？連看到我都不願意嗎？」
「不是的，就算那樣做也沒有意義。」
「意義？」

「就算碰面，也不會有任何結果。我對你不喜歡也不討厭，我們已經沒有任何交集了。」

話一說出口，我便後悔了。亮的臉一眨眼便失去血色，我第一次看到人的臉色這樣煞白，相反地，抓住我的手腕力道卻愈來愈重。

「亮，很痛。」

我甩手想要他放手，亮卻一下子失去了平衡。

「啊！」

亮發出一個音從我身旁滑落下去，背後傳來一道悶響，我回頭一看，亮倒在樓梯的平台上。

「……亮？」

我跑過去，提心吊膽地觸碰亮的肩膀，他閉著眼睛一動也不動，鮮紅色的液體慢慢地在頭底下擴散開來。我全身發抖，打手機叫救護車。

鳴笛聲引得住戶出來查看，急救人員說著：「不要碰他！」、「不要搖晃！」

用推床把亮抬走，我也一起坐上救護車。

前往醫院的途中，亮甦醒了過來。急救人員問他名字，亮小聲報出姓名。**意識清楚，太好了！**

「亮，你還好嗎？」

我探頭問，亮的表情僵住了。

「就快到醫院了，不要動！」

他不顧急救人員制止，試圖移動手臂，指頭對準了我——

「是她，就是她把我推下去的。」

●◐◐◐○◑◑●●

我生平第一次踏進所謂的偵訊室。

亮接受治療期間，我在醫院等待著。後來警察到場了，好像是醫院報警的。

警察問是我推的嗎？我只能點頭。警察又問了許多問題，態度比在電視劇上看到的更有禮貌，但我不安得都快無法呼吸了。

我想像文以前也碰到這樣的對待嗎？但文比現在的我更年輕，觸犯的罪更重，遭到的審問也更高壓吧？

我順著警方的問話，說明經過後，想起了梨花，趕緊詢問現在幾點了，發現時間已經過中午。

「不好意思，我可以打個電話回家嗎？小孩子發燒了。」

「妳有孩子？」

「不是我的孩子，可是……」

說到一半，另一名警察走進來，將一份文件遞給坐在我對面的中年警察。他瀏覽文件後，皺起眉頭。

「家內小姐，妳不久前也因為和中瀨先生的事，被住戶報警呢！」

「啊，對，是的。」

啊，我應該說出這件事的。我想了起來。

「上面說，那個時候中瀨先生對妳行使暴力。」

「是的，我下班回家，他在公寓前面埋伏我。」

「唔……如果是這樣的話，那這次也是正當防衛嗎？」

看來傷害嫌疑洗清了，我鬆了一口氣。

「不過，沒多久好像又有另一位小姐向警方說，妳對認識的男性朋友進行跟蹤行為。那跟這次的事有關嗎？」

「沒有，那次那位先生幫我澄清了。」

「嗯，上面也這樣寫。」

既然上面都寫了，何必明知故問？我隱約感到不愉快。

「可以告訴我那位先生叫什麼名字嗎？」

「呃，可是他跟這次的事無關……」

「是為了慎重起見。不好意思，這也是警方的職責。」

語氣平和，卻讓人感到強迫。也許是因為原本順從的我閉口不語，詢問的眼神似乎變得銳利了一些。

「……他叫南文。」

「喔，南、文。」

警察以奇妙的感覺一字一頓地複誦，目光落在手上的文件。

「和佐伯文同名呢。」

心臟猛地一震。

「妳是十五年前〈女童家內更紗誘拐案〉的當事人吧？」

從正面筆直盯上來的目光，讓我知道他一拿到文件就發現了。雖然表面彬彬有禮，但我再次體認到這裡是警局。

我告訴自己：**我沒有做任何壞事，只要堂堂正正地面對就行了。**

「請先讓我連絡小孩，小孩在發燒。」

「好的，請連絡吧！」

我拿出手機，打電話給文，他立刻接聽了。

「喂？梨花的狀況怎麼樣？」

『有點燒，不過還算有精神，剛才吃了桃子和費南雪。』

「太好了，謝謝你幫忙！」

我只說了這些就掛了電話。講電話的期間，警察的眼神扎得人好痛。

「梨花？是女生嗎？」

「是的。」

「幾歲了？」

「八歲。」

「有人幫忙照顧是嗎？」

「對，我朋友。」

「那位朋友叫什麼名字？」

我在桌底下捏住拳頭。

「為什麼連這都要交代？亮的事，我是正當防衛吧？那為什麼我要被當成犯罪者一樣審問？」

「就是說啊，過去的誘拐案，妳也是被害者嘛！可是因為這樣，有些事才會特別讓人擔心。回到剛才的問題，南文就是佐伯文，對吧？」

警察誇張地皺起眉頭，我感覺心臟被一把抓住了。

「妳知道從上星期開始，週刊就在報導妳的事嗎？」

我發現這個人對一切瞭若指掌，並擔憂可能會發生的犯罪。

沒事的，我和文什麼都沒做，沒事的。可是呼吸困難！

「妳和中瀨亮的事，還有佐伯的現任女友找警方諮詢，除了這兩份報告書，還有週刊報導說妳和佐伯住在同一棟公寓。而且是妳是主動搬過去的，然後佐伯也同意，是嗎？」

「……對。」

「妳剛才講電話的對象是佐伯嗎？」

這是事實，一切都是事實。對方堅壁清野，我漸漸無路可逃，明明應該沒必要逃，卻被用相同的顏料，逐漸畫出與真實截然不同的另一幅畫。

「剛才妳說那不是妳的小孩，那媽媽在哪裡呢？」

「去沖繩了，旅行期間拜託我幫她顧小孩。」

「告訴我對方的連絡方式。」

我說出安西的手機號碼。

「可是或許連絡不上。」

「什麼意思？」

「她本來預定一星期就回來，但幾天前就一直連絡不上。」

「下落不明嗎？」

我說不知道，警察叫來其他職員，遞出文件。

「緊急連絡安西佳菜子，還有佐伯文，以涉案人身分要求他過來。」

我驚訝地抬頭。

「請等一下，為什麼連文都——」

「佐伯那裡，派女職員同行，有個八歲小女孩，一起帶回來。」

「等一下，梨花發燒了，不要隨便動她——」

「還有，把佐伯文的資料調來。」

「聽我說！我和文什麼都沒做！」

我拚命地傾訴，卻沒有任何人看我，就彷彿我根本不存在。事情自顧自地推進著。腳下冒出一個黑點，黑點愈來愈大，我落進那個黑洞裡，就算踮起腳尖，也抓不到任何東西。

無止盡地往下墜，十五年前也是如此。

「是妳幫忙照顧小孩嗎？還是佐伯？還是妳們一起？」

「是我。」

「妳把應該要親自照顧的小孩託給別人？而且誰不好託，偏偏託給佐伯文？一個十五年前誘拐女童的人。妳應該最清楚那傢伙是個怎樣的人吧？」

「沒錯，我很清楚。」

「既然如此，為什麼——」

「我知道文不是那種人。」

警察注視著我，接著煩躁地皺起眉頭。

我用力捏緊裙子，如果他能將負面情緒全數對我發洩出來，反而痛快多了。憤怒、輕蔑，高高在上的憐憫——如果是這種情緒，我就可以毫不猶豫地甩開。

然而，有時這裡頭摻雜了憐恤。我想要理解妳、我能不能幫妳什麼——這樣的善意抓住我的腳，用力拉扯我，叫我不可以跨到另一邊。

我從九歲的時候開始，就連一步都跨不出去。

「……請放我自由吧！」

我垂下頭去，一滴淚水落在灰色的桌面上。

「我明白，妳沒有過錯，妳是佐伯的被害者。」

不對，不是那樣的！我想要從你們的束縛得到自由，我想要從用半吊子的理解和溫柔把我五花大綁的你們得到自由。

警察雖然彬彬有禮，卻一再推說：「再一下！」、「再一下子就好！」遲遲不肯放我回去。

比起我自己，我更加擔心文。因為警察突然找上門，莫名其妙就把他帶到警局來。我問警察文的情況，卻沒有人肯告訴我，相反地，警方反覆追問我十五年前的事件，搞得我頭開始痛了起來。

「要我說多少遍才夠！那件事是我自己跟文一起走的。文對我很好，沒有對我做任何不該做的事。」

「我們知道沒有進行到最後一步。妳被保護時，診療妳的醫師在病歷上這樣寫，佐伯的身體檢查也證明了這件事。關於這一點，我也很同情佐伯。」

警察語帶嘆息地翻著厚厚的一疊資料。

同情？我不懂這是在說什麼，我疑惑地歪起頭。

「哦，妳不知道嘛？」

我還沒來得及問，另一名警察進來了。

「連絡上安西佳菜子了。」
「總算啊！怎麼樣？」
「那孩子確定是安西佳菜子的小孩沒錯。她說旅行期間，請家內小姐幫忙照顧，也符合說詞。」
「那關於佐伯呢？」
「安西佳菜子說她不知道。她好像明天中午會回來。我問那之前小孩怎麼辦？她說暫時給我們照顧。」
「這是什麼荒唐母親！居然丟下小孩，把警局當托兒所。」
警察粗聲粗氣地罵道。
「那，家內小姐，辛苦妳了。」
「我可以回去了嗎？」
「可以了。」
我大大地嘆了一口氣，慢吞吞地站起來。

「請問……文呢？」

「應該也可以走了。」

警察回應。心中大石落地，我踉蹌了一下，後面的警察扶住我。

「要休息一下再走嗎？」

「不用了，我要回去了。」

我抓起皮包，行禮走出偵訊室。窗戶外面是黑的，走下樓梯一看，梨花和女警手牽著手坐在一樓長椅上。

「更紗姊姊！」

梨花發現我，跑了過來，我蹲身緊緊抱住她。

「梨花，妳一定嚇壞了吧？對不起、對不起。」

「我一點都沒怎樣啊！更紗姊姊呢？妳還好嗎？」

梨花看著我的眼中泛著一層淚，我更用力地抱住了她。

「文哥哥呢？欸，更紗姊姊，文哥哥呢？文哥哥沒事嗎？警察先生們要把文哥哥帶走，文哥哥不願意，大吼大叫。他整個人抓狂，說絕對不要去警局。」

「抓狂？文嗎？」

「警察好像花了一番工夫才讓他平靜下來。」

直到剛才一直面對面的警察，站在我身後說道。

「我們同仁有告知只是請他過來聊一聊，如果不願意，可以拒絕。嗳，我瞭解他抗拒的心情啦！萬一被拘留，也要檢查身體什麼的嘛！」

「那，梨花，跟姊姊一起來吧！」

女警溫柔地要把梨花和我分開。

「不要！我要去更紗姊姊那裡！」

梨花緊緊地抱住我，我和一臉困擾的警察對望。

「我不是犯罪者，也不是嫌疑犯，對吧？既然這樣，我來照顧也沒問題吧？只有一個晚上而已。安西那邊，我會好好向她說明。」

「可是如果回去妳那裡，佐伯有可能會去吧？」

「文已經贖罪了，他不是犯罪者。」

「說是這樣說啦——」

不管是以前還是現在，文什麼都沒有做。然而臆測和偏見從來沒有停止的一天，一有任何風吹草動，往事就被挖掘出來，一次又一次被烙上新的烙印。

「那，我們走吧！」

女警抓起梨花的手，我反射性地抓住另一隻手。不管抓得再用力，這隻手終究會離開，明明知道，卻不由自主要抓住。

當年文緊緊地握住了年幼的我的手，在這個世界的某個角落，有人願意牢牢地抓住我不放。這件事在這十五年間，不斷地支撐著我。

「更紗姊姊，謝謝妳。」

梨花淚眼汪汪地說。

「走吧！」

女警催促著，我和梨花的手被分開了，梨花不停地啜泣，一再回頭看我。

「家內小姐，這給妳參考。」

梨花走掉以後，警察遞給我一份手冊《全國被害者支援網站》，我呆呆地看著封面這幾個字。

「有許多人就像妳一樣，即使事過境遷，仍然陷在痛苦裡走不出來。有時候和其他人分享心情，心理上可以輕鬆一些，也有專家提供支援。」

「……謝謝你的關心。」

就和面對店長那時候一樣，我感到一道沉靜、黑暗的鴻溝逐漸將我們隔開。在如此充滿體恤的世界裡，受到如此多的關心，我卻只是痛感到我們近乎絕望地不可能彼此瞭解。

「我想告訴你一件事。」

我從手冊抬起頭來說道。

「什麼事？」

警察偏頭回應。

「對我做出猥褻行為的不是文……而是收養我的阿姨家的兒子，我的表哥。」

「什麼？」

「文是唯一把我從那個家拯救出來的人。」

警察的表情慢慢地龜裂了。

這時，文在警察的陪同下，從二樓下來了。

「文！」

我跨出一步，剛收下的手冊從手中滑落。

「文，你還好嗎？」

我跑過去仔細察看他的臉，就好像被放了血一樣，色如白紙，眼神空洞，完全沒有半點神采。

「文，我們回去吧！一起回家吧！」

我抓住因疲勞而浮出血管的纖細手臂，周圍的警察以異樣的眼神看著扶著文走向出口的我，那眼神就像在看怪物。給我手冊的警察，茫然地俯視著掉在地上無人撿拾的手冊。

對不起！我在心中道歉。

我要丟掉別人可貴的善意。

因為這些善意絲毫不曾拯救過我。

●◐◐◐●◑◑●●

我在大馬路攔了計程車上車。

文一語不發，有太多事都瀕臨極限，感覺只要再施加一點衝擊，他就會四分五裂，令人害怕。

我坐在憔悴的文旁邊，同樣沒辦法甩掉無法形容的不安。梨花說被警察帶走時，文差點整個人抓狂，還有警察說的：「**妳不知道嗎？**」

什麼叫同情？我不知道文的什麼？

下計程車的時候，公寓門口有個人影。

「南，你回來了。外宿採訪結束了，我去店裡找你，結果沒開，手機也打不通，我擔心出了什麼事，所以來這裡等你。」

谷瞄了我一眼，她的手上提著像伴手禮的紙袋。

文整個人恍恍惚惚的，沒有反應，谷的表情一點一滴地崩裂了。

「呃，谷小姐，文他——」

「妳不要說話。」

沒有絲毫憤怒，而是平靜的要求。

「南，其實你姓佐伯，對吧？」

文的肩膀微微一晃。

「我在回程的電車看到週刊了，雖然是黑白照，但我一眼就認出那是你，而且也有店裡的照片。我沒發現上星期就有這則報導了。自己就是記者，真是粗心得好笑呢！十五年前的誘拐案，那時候我還是國中生，但隱約有印象。」

谷完全不顧一旁的我，只看著文。

「你什麼都不肯向我透露。……也是啦，這怎麼說得出口！」

谷苦笑著俯視自己的腳。

「看到報導時，我全身爬滿了雞皮疙瘩。男朋友是個戀童癖，我真是噁心得快吐了，居然喜歡上這種人，也教我自己毛骨悚然。可是——」

谷低著頭喃喃地說。

「我也想了一下，如果你親口告訴我你的過去，我會怎麼反應？一樣會覺得噁心嗎？可是，或許我會說我們一起努力？不，還是不可能。我想了很多，我想起自己以前採訪過的案子，那些加害者和被害者，想到許多人的說法。但我覺得還是沒辦法接受你，因為……對象是小女孩吔？」

谷抬頭看著文。

「回想我自己九歲的時候，那簡直太恐怖了，我當場衝進廁所去了。我因為工作，知道更悲慘的案子，可是一旦變成當事人，原來竟然這麼難以承受。我嘔吐著，同時發現了……我發現你就是明白我不可能接受，所以才不肯告訴我的，對吧？你從一開始就不信任我，對吧？」

谷的聲音微妙地逐漸拔高。

文開口想要說什麼，卻發不出聲音。

「回答我一個問題就好。」谷突然低聲地請求。「你因為是戀童癖，所以沒辦法跟我上床嗎？」

這個問題聽起來不像責備，和她所說的內容相反，聽起來甚至像在懇求。

「並不是因為我少了一邊乳房，對吧？只是因為你怎麼都沒辦法跟成年女性上床，對吧？」

谷雙眼一瞬不瞬，直盯著文看。

如果是這樣的話，至少身為成年女性的自己，可以獲得救贖的自保，對戀童癖的嫌惡；即使如此仍無法完全歸零的是，對文的感情。正面與負面的感情在她的心中彼此激盪，朝著文這唯一的出口迸發。

「說啊！就是這樣的，對吧？」

是希望、還是不希望文承認呢？超出容許範圍的感情激盪到最後，她浮現似笑非笑的表情，看上去已經瀕臨崩潰了。

「對，沒錯。」

文回答的聲音沒有半點動搖。然而就在他身後的我，看見他的手緊捏到失去血色，微微地顫抖著。

「我喜歡小女孩，所以對於妳成熟的肉體不感興趣。我本來抱著一絲希望，懷著實驗的心理和妳交往，很抱歉利用了妳。」

再冷酷無情不過的言詞。明明文不是那種人，但這是文唯一能為她做的事了。

這個人本來就沒有資格當人，和我肉體上的缺陷毫無關係，他是個根本沒資格受我同情的傢伙。只要能這樣想，她的心有一部分就能得救，儘管這麼做，結果可能會失去別的什麼。

「那是為了不傷害我而說的謊言嗎？」

「不，是我的肺腑之言。」

我幾乎不能呼吸了。再退後一步，就要墜崖了，一旦墜崖，就會粉身碎骨。兩人站在如此岌岌可危的境界說著話，然而雙方都沒有任何過錯。

「……………」

谷吸了一口氣，下一秒將手中的紙袋砸向文的臉。一道驚人的聲響，紙袋裡的東西飛出來掉在她的腳下，印有地名的蛋糕盒。

文任憑挨打，一動不動，只有谷粗重的呼吸聲散落了一地，但就連這些聲音也逐漸平息了。

谷大大地嘆了一口氣，就彷彿宣告結束，接著仰望夜空。她維持感覺脖子會痛的角度，視線緩慢地移動，像在尋找什麼。最顯眼的是夏季大三角，但谷的視線也從那裡移開，我循著她的眼神望去——應該是在看北極星，但北極星並不特別光輝，擴展在眼前的，只是一片黑夜。

「……結果直到最後，我依然不瞭解你。」

谷仰望著夜空相當久之後，帶著嘆息說道，然後轉頭看著我。

「妳這樣就好了嗎？」

這個問題很模糊，但我和谷之間的共通點就只有文。如果是問關於文，我這樣就好了嗎？答案從以前就只有一個。

「我從來都不覺得不好。」

「……這樣啊！」

谷微微瞪大了眼睛，遲疑了一下，伸手撿起蛋糕盒。

「可能有點撞爛了，但味道應該沒影響。抱歉，我失態了！」

她把盒子塞給文說道。崩潰的跡象已然消失，我知道她重新振作起來了。

「再見。」

谷說完背過身去，提著塞滿物品、感覺沉甸甸的旅行袋，一手插在口袋裡，邁出大步，依舊仰望著夜空離去。

我不知道她的眼睛看著什麼？也不明白她在想什麼？還有她是否把文說的話當成了依靠？但隨著步伐搖晃的俐落鮑伯頭，看起來已經不像刀子了；不穩定地搖晃，柔軟而自由，只是單純的毛髮。

「文，我們回去吧！」

我想盡快讓文休息，手輕扶他的背部，但光是這樣，文就往前踉蹌，明明沒使半點勁，我急忙扶住他的腰。

「你還好嗎？」

文的喉嚨深處傳出扭曲的悶響，嘔吐了，吐出了一點胃液。胃應該是空的，張開的嘴裡淌下唾液，只是反覆乾嘔。他面色蒼白，抖個不停，我覺得這狀況很不尋常，掏出手機說要去醫院。

「不用。」

文指了指嘴巴，踩著虛浮的步伐，朝大馬路走去。我問他要去哪裡，他也不答。文的視線沒有停留在任何一處，消散在夜晚的虛空裡。

「我也一起去。」

我擋到文的身前，文總算看了我。

「我想要永遠跟你在一起，所以你要去哪裡，我也一起去。」

「妳怎麼能說這種話？妳根本就不瞭解我。」

啊，又來了。

「我不瞭解你什麼？」

我走近一步，文退後一步。我再前進一步，文又退後一步。沒多久，文碰到了公寓大門的牆壁，臉色蒼白。

「告訴我，我承受得住的。」

文笨拙地搖著頭。

「我承受得住的，拜託告訴我。」

我握住文的雙手，現在是夏天，他的手卻冷冰冰的。

「……梣木……不會長大……」

呢喃聲就像硬擠出來的。

「……一直小小的……不會長大……」

我想起以前文的房間的梣木，非常小，他說買來的時候就那麼小。
文背貼在牆上，慢慢地滑坐下去。
「沒多久，媽媽就說這棵挑錯了，把它拔掉，媽媽又立刻買來新的梣木。第二棵不停地成長，媽媽說挑對了，很開心。」
文的口吻有些稚氣，感覺得出他陷入了混亂。
第二棵新的梣木不斷地成長，文看著那棵梣木，度過高中時期，有時他會強烈地想要砍掉那棵樹。文低著頭，囁囁嚅嚅地說著這樣的內容。
「不管經過多久，都只有我沒辦法長大。」
我把這句話解讀為，是在說他的戀童癖傾向。
然而，文所說的內容漸漸地偏離我的猜想——
只有自己和朋友愈來愈不同，只有自己既單薄又細瘦。夏天一年比一年更讓人恐懼，假裝身體不適，游泳課全部請假。
這是在說什麼？隱隱約約逐漸成形的文的祕密，讓我的腦袋彷彿被漂白一般，陷入一片白茫。

與文共度的時光、與文說過的話，理所當然地一直看著的拼圖破碎，所有的碎片四散紛飛，又逐漸組合成截然不同的圖案。

「就算不是蘿莉控，活著也一樣艱辛啊！」、「因為不能曝光，所以才叫做祕密。」、「我沒辦法和她在一起。」

那些話、文的那些表情，意義全都不同了。

「我是挑錯的那一棵。被拔掉的梣木是我。」

文深深垂頭，話語宛如潰堤般奔流而出。

第四章　他的故事 I

我是怎麼開始覺得自己的身體不太對勁的？

開公司的父親、關心教育和社福的母親、會讀書也會玩的哥哥，夏季和冬季會全家出門旅行，儘管有些拘束，但我一直以為自己家是隨處可見的一般家庭。

直到只有我一個人從平凡延伸的軌道一點一滴、無聲無息地偏離。

上國中以後，朋友的樣貌和體格便開始出現落差。嗓音愈來愈低沉，開始冒出鬍子，肩膀變寬，胸膛變厚。我沒有這類徵兆，但也有不少朋友依然就像少年般細瘦，因此我以為是個人差異。

那時候祖母過世，家裡原本住的古色古香的日式房屋拆除，蓋了棟新房子。蔭涼美麗的屋後走廊也拆掉了，依據母親的喜好，改為鋪上米黃色的陶磚，每個角落都變得明亮、通風。

我比較喜歡以前的日式老屋，但從來沒有說出這個想法。因為祖母過世以後，母親彷彿總算卸下肩頭重擔，顯得自由暢快。我認為祖母不是個嚴厲的婆婆，但母親內心有她自己打造出來的理想形象，她依照那形象扮演理想的媳婦、妻子和母親，似乎為此精疲力盡。我瞭解母親的心情，我們天生就會過度去回應周圍無形的期待，父親常對哥哥說我很像母親。

生養兩個兒子，傳宗接代，照護祖父和祖母，不斷地回應期待。在祖父和祖母的葬禮上，一身喪服的母親儘管悲傷地低著頭，然而看起來也像是舉起了一面沒有任何污漬的美麗旗幟。

完成自己的職責，總算得到明亮庭院的母親，種下了一棵梣木。她開心地說：「要把梣木養成大樹，成為這個家的象徵。」然而背負著母親期待的梣木卻一直小小的，連一點微弱的風，都能讓它的細枝不安定地搖晃。

「這棵樹挑錯了。」

母親找來業者，一下子就把梣木挖掉了。對母親來說，不符合期待、連成長這種理所當然的事都做不到的梣木，沒有絲毫價值。

我看著細瘦的梣木被連根刨起，像垃圾一樣丟上卡車載走，新的梣木很快又被種了下去。

第二棵梣木順利成長，母親開心地說：「**這棵就對了。**」現在還不高，但沒多久就會成長茁壯。從我房間的窗戶也能看到了，我將會日夜看著它的枝葉生活吧。瞬間不知為何，我一陣冷顫。

上了高中，冒出淡淡的體毛時，我鬆了一口氣，聲音好像也變低了一些，但就此沒了下文。升上高三的時候，我再也無法欺騙自己。由於當時社會風氣崇尚中性容貌，我在學校並未遭到異樣的眼光看待，但只要赤身裸體，就一清二楚地曝露出自己有多奇怪。

我開始在意起被挖掉的梣木的下落。那棵樹去了哪裡？不安愈來愈大。**那棵梣木就是我，失敗的是我；如果知道我是失敗的，母親也會把我刨掉吧！**

我的身體到底出了什麼事？我翻遍了圖書館的書，也查遍了網路資料，找到了症狀最接近的疾病——沒有第二性徵，沒有變聲，體毛也很少，清瘦、高䠷、手腳修長，性器官如孩童般未成熟。沒有確實的證據，這種疾病的病症有個範圍，而我沒有最顯著的症狀，所以或許不是。

期待，不安，期待，不安。兩者交互降臨，每當更衣或洗澡時不慎看到自己的身體，心就會被難以忍受的屈辱和羞恥捏碎，宛如時刻受到撼動而下沉的地盤般，緩慢地朝深淵落下。

家庭旅行、體育課更衣，在人前赤身裸體時，我總是極度緊張。我無法和任何人商量，一次又一次想要一個人去醫院，卻臨陣脫逃。我真的是那種病嗎？還是別的病？只要檢查就知道了。但必須脫光才能檢查，那已經不只羞恥，而是恐怖了。

沒有任何確證，在不安中發酵的心底深處，母親的話如氣泡般浮上來：「**這棵樹挑錯了。**」輕易就被刨掉丟棄的栲木。這句話每次浮上污濁的水面，啵一聲破裂，便會散發出腐臭，我必須強忍嘔吐感。

為祖母送終以後，母親比以前更熱中於家務，將熱情全奉獻在兩個兒子的教育上。家裡總是整潔美觀，衣物散發宜人的香味，餐桌上的餐點全是親手做的，熱量和營養也都經過精心計算。

另一方面，母親有著不知通融的部分，她有著徹底執行計畫的韌性，對意外狀況卻毫無招架之力。只要遇到狀況，就會陷入輕微的恐慌，經常看到她事後對慌亂的自己沮喪的模樣。如果對這樣的母親說出我的煩惱，會發生什麼事？父親呢？哥哥呢？我會被家人用什麼樣的眼光看待？

我的房間窗戶可以看到長成大樹的梣樹，它代替完全不會成長的異常梣樹來到我們家，從窗外窺看著我。樹葉磨擦聲聽起來像在嘲笑我，於是我去藥妝店買來耳塞，夜裡戴著耳塞入睡。

在高中，我也悄悄地失去了容身之處。交了女友的朋友們，一個接著一個有了經驗，我佯裝普通地聆聽他們分享，卻焦燥得幾乎快要尖叫。只有自己一個人被拋下、從男性性別被排擠出去，讓我恐懼；不知往後將會如何，讓我害怕。

我根本無法專心唸書，沒考上志願學校，落榜了。父親赤裸裸地洩氣、失望；母親的表情就像世界末日，哭著說再也沒臉見其他家長了。

「是不是交了女朋友，在關鍵時刻分心啦？」

哥哥玩笑地問。*要是這樣，真不知道該有多好。*我沉默不語。

「是這樣嗎？是同一所學校的女生嗎？叫什麼名字？」

母親逼問。我每一次否認說不是，都感到萬箭鑽心。

即將成熟的同班女生，對我完全就是威脅。她們隆起的胸部、以唇膏抹上淡紅的嘴唇、歪頭的姿勢，這些元素全都吸引著朋友們，卻只有我垂下目光避免去看。看到日漸成熟蛻變的她們，就好像更突顯了我對不成熟肉體的自卑感。

進入塾底的大學後，我搬離故鄉，開始一個人生活。逃離不允許失敗的家，稍微輕鬆了一些，但我依然是個失敗品。

成為大學生以後，女朋友成了標準配備，家鄉甚至有朋友已經結婚生子了。戀愛、結婚、生小孩——我不斷地偏離許多人步上的軌道，不認為自己還有辦法回歸正軌，往後也將愈離愈遠吧！

不知不覺間，迷失方向的目光傾注在年幼的女童身上。女童絲毫沒有性的氣息，看著她們的馬尾隨著跳動搖晃，我覺得很可愛。

其實我一點都不覺得可愛，但唯有強迫自己覺得不會成為性愛對象的女童可愛時，我才能逃離恐懼。所以我每天前往公寓附近的公園，放學後的小孩都在那裡玩耍。我坐在遠處的長椅，專心地看著柔順黑髮形成天使光圈的女童們。

我並非無法去愛成熟女性。我只是喜歡小女孩。我不是從軌道上被推出去，而是自願離開的。我的思考逐漸奇妙地扭曲了，為了設法輕鬆一些，我全力欺騙自己。

諷刺的是，因為這樣我陷入了更進一步的混亂極限。我一臉平常地上大學，每一天卻彷彿處在驚濤駭浪之中。

由於每天都看得過度認真，女童們回家以後，我總是精疲力竭。當我正覺得自己就像條用爛的破抹布時，一名女童折回來了。色素淡薄的頭髮、白皙的肌膚，遠遠看去就像個外國小洋娃娃。

那孩子和朋友們一起開心地在公園裡跑跳，嘻嘻哈哈地一起回家，接下來卻一個人踩著疲憊不堪的步伐折返，坐到對面長椅上，拿出書本讀起來。

昨天和前天也是如此，她連翻頁的手指都填滿了倦怠。公園的這一側與對側長椅上，我們就像兩條破爛的抹布，只是疲憊地度過憔悴的時光。

那天也一如往常，我和她坐在公園的兩側，結果下起雨來，但我帶了傘出門。我望向她，發現她任由雨淋，執拗地繼續看書。我知道她沒有地方可以回去，於是站了起來，走向對面長椅。

第一次在近處看到的她，臉頰不像少女般紅潤渾圓，而是無比地蒼白堅硬，看上去與天真無邪的可愛完全沾不上邊。神情意志堅定，眼睛卻像人偶般黯淡無光。

看到彷彿隨時都會啪一聲折斷的她，我聯想到淒慘地被刨掉的梣木。

失敗的梣木是我，也是她。

「要來我家嗎？」

我沒辦法把宛如我分身的她丟在雨中。

那個時候，我應該就在無意識之中立下了覺悟。

對這具不成熟的肉體，不管是嫌惡、害怕、不安，或是往後也永無止境的恐懼，我都已經疲倦了。然而我也沒有主動坦承的勇氣，所以想要讓一切強制結束。

如果拐走年幼的她，一定會被警察抓走，我會被許多大人團團包圍，我的祕密將會被揭露在光天化日之下，屆時，我將總算能從這樣的痛苦得到解脫。

不久後，即將到來的救贖之日開始倒數計時了，但這段時光並沒有我所想像的那麼可怕。看起來像條破抹布的她，其實是以「更紗」這種美麗的異國布料為名的小公主。更紗知道許多我所不知道的事，每一樣都是小事，但這些小事帶給我的救贖，卻是難以置信的。

更紗自由到幾乎目中無人，那是我所不知道的、光輝燦爛的世界。

我在更紗身上找到了意料之外的希望，我想要把這個自由任性到難以置信的少女當成女人去愛。我覺得只要變成真正的戀童癖，而不是為了掩飾肉體缺陷的手段，就能在實質上得到救贖。

我一心一意地注視著睡得天真無邪的更紗、假裝擦拭番茄醬觸摸她的嘴唇——我靜靜地等待欲望自體內油然而生，可是這一切都是白費工夫。

不管被更紗的我行我素療癒再深、無論我再如何嚮往她的自由，對於年幼的少女，我都不會萌生性的欲望。不只是更紗，對於女性，我從來沒有戀愛感情或性衝動。在走到那一步之前，總是被對自身肉體的嫌惡、羞恥和恐懼所阻擋。

即使看到有人說不同於健全的特異是上帝的恩賜、是美好的個性，我卻無論如何都無法同意。我才不要這種恩賜，我只想要平凡。

然後我發現，「這」是無法克服的，微渺的希望，逐漸被漆黑的絕望覆蓋。

更紗依然比任何人都重要，是我自由的象徵。

晚飯吃到一半改吃冰淇淋、假日賴床、躺在鋪著不收的墊被上啃外送披薩，這些母親看了絕對會起雞皮疙瘩的種種，對我來說卻是光輝的自由。雖然它們實在是太微不足道，看在他人眼中應該十足可笑。

更紗的提議，我全都無法抗拒。她的提議粗魯到家，直接把壓在我的肩上的理想重擔一個個拋掉，不像母親那樣，以高舉理想大旗把自己束縛得動彈不得。更紗解放了我提滿重擔的雙手，而我無法抵抗第一次雙手自由地行走的爽快。

那天也是如此。我順從更紗的要求，帶她去動物園看熊貓，儘管我一清二楚地知道這會招來什麼樣的後果。

在動物園歡欣吵鬧的更紗，很快就發現有大人疑惑地盯著她看。大人們竊竊私語，拿起手機打電話，有人報警了。

那個時候我應該丟下更紗逃走嗎？但只有更紗的小手是我的救贖；儘管因為更紗，我的人生即將破滅。那個時候的我，完全就是一團矛盾。

警察趕來了。我在幾乎昏厥的恐懼中，拼命用力握住更紗的手，更紗也以相同的力道反握回來。那一瞬間，我們一起支撐了彼此的一切。

遭到逮捕後，經過身體檢查，發現異常。聽到如同猜測的病名時，安心與絕望交織，我流下大量的淚水。考慮到我的身體狀況，我被送進醫療少年院接受治療。

但我的疾病，重要的是必須在第二性徵出現的時期早期治療，因此已經快滿二十歲的我的身體，對治療幾乎沒有任何反應。

即便肉體上的問題、心理上的自卑都無從消解，但我也從不知道答案的不安、無法向任何人傾吐的痛苦中解放出來了。

我定期接受荷爾蒙注射，從青春期便如影隨形的倦怠感消失了，光是這樣我就滿足了。以往後的人生為代價，我總算得到了心靈的穩定。

我已經沒有任何需要隱瞞的祕密了，我再也無所畏懼，在偵訊中對所有的問題都坦承不諱。沒錯，沒錯，就是這樣，我總有些置身事外地看著自己逐漸變成拐帶女童的性犯罪者。

就好像身在颱風眼中心的我，內心靜如止水，那是一種異樣闊達的心境。然而暴風圈緩慢地移動著。

病名當然也告知家屬了，父親和哥哥來看我，但母親沒有來。聽說兒子犯下的罪行與疾病嚴重地打擊了她，讓她病倒住院了。

「你可以告訴我們的。」

父親說。哥哥一直低著頭，不停地揉眼睛。

已經沒有人認為我會沿著正軌走下去，也沒有人期待了。心情放鬆下來，便宛如從惡夢中醒來般，徐徐地看清了現實。

明明應該還有更穩當的做法，我是真的完全失常了。因為我，連家人都被牽連——在當地開公司的父親、要繼承公司的哥哥、心靈軟弱的母親。

「對不起、對不起——」

我只是不斷地對來探視的兩人道歉。

離開醫療少年院後，原本我預定要進入更生機構工作，但家人叫我回家，我聽從了他們的話。

時隔數年回到老家，庭院蓋了棟像骰子般的小屋，那裡原本是第二棵梣木種植的地點。好不容易成長茁壯的梣木被刨掉，感覺就像自己取而代之被種在那裡，第三棵梣木又是失敗的。

父親說考慮到街坊的目光，他也想過安排我去遠地，但畢竟是一家人，所以還是回家吧。我低頭說謝謝，不與任何人連絡，極力避免外出。庭院屋子的窗戶面對主屋，因此無法看到外頭，也沒有人能窺看內部。

我沒有去想這些安排是否算是一種好意？我怎麼能說這不是好意。母親完全不與我對望，感覺得出來她不是嫌惡，而是不知道該如何面對兒子，感到畏怯。即使如此，她還是和以前一樣，為我準備營養又好吃的三餐。

我心存感謝，心靈平靜地過著每一天，卻感覺從手腳末稍一點一滴逐漸壞死。毫無生產性，孤獨地日漸腐朽，就宛如自己這具肉體，無法和任何人結合，也無法留下子孫。

引發那樣的騷動，傷害自己，傷害身邊的人，結果繞了一大圈，又回到原點了。發現這個事實，哭與笑同時湧上心頭。

我經常想起更紗，上網搜尋相關文章多如牛毛。

更紗是被害者，照片卻廣為流傳，因為電視曾經公布她的照片尋人。看到逮捕當時，哭喊著我的名字的更紗的影片，我頭暈目眩。

『文——！文——！』

我從粗糙的影像，第一次得知當時的狀況。

更紗直到最後都相信我。我被左右架住帶走的途中，雖然回頭，卻被人群遮擋，看不到更紗。警察按住我的後腦，叫我不要掙扎，我只能看到自己的腳下。

只要遇到沮喪的事，當天就一定會夢到更紗——假日午後，一起躺在被子上吃披薩，更紗喝了可樂，輕打了個嗝。我第一次經驗到那樣自由的日子，百無禁忌，好想永遠待在夢裡，然而每天都一定會醒來。

好想見更紗。但唯獨這件事，是絕對不可以的。

她身為遭到變態誘拐的被害女童，長相和姓名都被公布，我也毀了她的人生，她現在一定仍過著痛苦的每一天。如果與她再會，被她用憎恨的眼神注視，我一定會當場停止呼吸，雖然我這條命也沒什麼好可惜的。

在我的記憶和網路裡，只有年幼的更紗形象愈來愈鮮明。她現在怎麼了？希望她過得幸福，連我的份一起幸福。我開始將自私的希望也寄託在她身上。

我在庭院小屋裡住了幾年後，母親病倒，右手失能了。已經結婚的哥哥嫂嫂決定搬回家，但嫂嫂不願意和我同住，他們有個年幼的女兒。

我透過生前贈與的形式，得到一筆財產，搬離故鄉。家人說有事要連絡，意思應該是如果沒事，就不要隨便打電話吧。

第一年在鄰縣租公寓住。我一直關在老家生活，長年未曾在白天外出，十分緊張，但是在陌生的土地，完全沒有人注意我。夏季午後，萬里無雲的天空底下，我在超市買了西瓜，漫步回家的途中，忽然興起疑問：**這就是自由嗎？**

不管我在這裡，或是不在這裡，都沒有意義。

不管我去哪裡，或是一直待在這裡，都沒有人在乎。

我就是「那個佐伯文」，現在卻沒有人注意我。我也無法在這裡大喊：**我在這裡！**喊叫的瞬間，所有的人都會想起，我又會變回「那個佐伯文」。

我那樣煩惱，賭上人生犯下罪行的結果，就是現在這處境。為了逃離當時的痛苦，做出愚蠢的行為，代價就是現在這處境，而這樣的懲罰將會持續一輩子。

那時候的我怎麼會那麼愚蠢？從今而後，我都將永遠孤獨下去嗎？我站在大馬路上哭了起來，往來的行人害怕地看著我。

回到家後，我就像被什麼附身了一樣，上網搜尋自己的名字。拜託，誰來賦予我意義，讓我確認我就在這裡，即便那是抨擊、唾罵、揶揄也沒關係。

但搜尋結果全是過去的文章，我懷著連一根稻草都想抓的心情，點進整理知名罪案的網站。那個網站毫不留情地揭露了我的姓名、老家住址、家庭成員，甚至是高中畢業紀念冊的照片，以前第一次看到時，我驚駭得整個人都呆了，後來再也沒有進去過。**但那裡的話，或許現在還有人記得我**。我這麼想，點開連結。

和以前看到的時候一樣，有數不清的我和更紗的個人資料，後來宛如熱潮退去，貼文減少，從第一次看到以後，只增加了兩則新的貼文。

一則提到我已經離開少年院，還有另一則：

——受害女童在案發後，好像被阿姨送去相隔兩縣以外的K市的育幼院，高中畢業後就在K市工作，現在過著平靜的生活。

我茫然片刻，接著開始瘋狂地調查K市。那是約兩年前的貼文，所以或許更紗現在也還住在K市，但這則貼文也無法保證正確。即使這樣也沒關係，對我來說，更紗是我僅剩的希望，縱使那是扭曲的昔日殘影。

我在K市找到類似大學時期租屋處的公寓，下個月就搬過去。我到處找工作，但佐伯文這個名字就像鍊在腳踝上的鉛球，阻絕了一切的去路。即使在路上擦身而過，也不會注意，然而只要上網一查，就完蛋了。

我看著愈積愈多的不錄取通知，諷刺的闊達在心中擴散開來。做為實態，我早已被世人遺忘，僅有身為過去資訊的佐伯文持續殘留在這個世界。

我自稱南文，用父母贈與的資金開了家咖啡廳。住在老家的期間，為了消磨感覺無限多的時間，我摸索了許多嗜好，沖咖啡也是其中之一。我執拗地嘗試各種煎焙與沖泡方式，將結果寫在筆記裡。有時覺得一切都索然無味，撕下紙頁，又仔細地貼回去，因為不管做什麼，都有著龐大到多餘的時間。

店名取為〔calico〕，日文就是更紗，美麗的異國布料。不知道更紗是否住在此地，我們邂逅的機會應該微乎其微，縱使重逢，她或許會用憎恨的眼神看我。

我無比地渴望再見到她，卻也同樣地害怕再見到她。一想到更紗，心便激烈地震盪，夜不成眠。

我開始去身心科看診，在那裡認識了谷，身體缺少了一部分的她和我很像，我無法拒絕她要求的愛情。我對她不是同情，也不是善意，是我本身饑渴愛情。我想要別人柔聲呼喚我的名字，想要聊今天或明天的天氣這些無關緊要的話題。

我由衷感謝著谷，卻也打從心底鄙棄著這樣的自己。

默默地沖泡咖啡第四年，我殷殷期盼、每一天都在害怕的瞬間到來了。

那天晚上，〔calico〕的門打開來，更紗再次出現在我的面前。

第五章　她的故事 III

由於週刊報導，那個網站不斷地有新的貼文。但我覺得不是亮，每一則都是不脫臆測的模糊內容，這件事讓我放下心來。

隔天我去醫院探望亮。

「覺得怎麼樣？」

亮躺在床上，瞥了我一眼，頭上包了塊大紗布，臉色很糟，眼白混濁。

我把帶來探望的花籃放在邊桌上，挑了色彩柔和的白色和水藍色小花。

「真的……對不起。」

亮喃喃低語的聲音完全是虛脫的。

「我不會再糾纏妳了，也不會接受週刊採訪了……」

亮的嘴巴微張，就像還想說什麼，我等待下文，但只有嘆息溜出口中。

亮疲倦地躺下來，翻身背對我。

「我睏了。」

「亮。」

「抱歉，妳回去吧！」

「可是——」

「拜託。」

我只能點頭。

「……為什麼總是變成這樣……？」

亮喃喃自語，就像個走投無路的孩子。

這時，亮的父親進來了，他看到我，吃了一驚，望向探病的花籃後，深深低頭行禮。

「我兒子給妳添麻煩了。」

看來他知道原委。我默默回禮，離開了病房。

我經過白色單調的走廊，思考著看不到、也不知道部位、自己無能為力的地方所受的傷，到底該如何治療才好。有些日子完全不痛，有些日子卻痛到讓人蜷縮成一團，在疼痛擺布下，原本順利的事都被搞砸了。

唯一的救贖是，這樣的人還滿多的，只是沒有說出口、沒有表現出來而已。任由日曬風吹雨打，卻仍然毫無確證、模糊地鼓勵自己說：**應該還可以再撐一陣子**。我想應該到處都潛伏著這樣的人。

走廊窗戶可以看到天空，一片蔚藍中，玩具般的飛機掠過天際。其實是以驚人的速度飛行，但從這裡看去，卻彷彿定在半空中。我呆呆地看著飛機。

週刊報導影響了現實生活，我們住的公寓被查出來，大門貼上謾罵的傳單。管理公司說有其他住戶抗議，委婉地請我們搬離，我和文決定搬家。

出於類似的理由，〔calico〕也不得不收掉了。

——**應該仿傚外國，性犯罪者出獄以後也要裝GPS追蹤。**

——這種畜牲居然擺出文青咖啡廳老闆的嘴臉，國家真是完蛋了。

——就算犯罪，照樣可以活得大搖大擺，納稅給這種政府有什麼用？

明明是評論餐廳的網站，〔calico〕的頁面，卻充斥著針對過去案子的留言；另一方面，雖然為數不多，但也有支持的留言。質疑對已經贖罪的人持續中傷，能算是正義嗎？有留言對此提出反駁，評論欄位化為戰場。

也有許多人看到週刊而得知過去的事，讓逮捕後十五年的光陰歸零了。對文的謾罵揶揄又重新來過，還有對被害女童的我的同情與好奇

其中只有一則貼文不同於其他。

——他是不是真的做了壞事，只有他們當事人自己知道。

簡短的一句話，不知為何，讓我想起了谷。

因為「北極星」這個用戶名稱，和那天仰望夜空的谷重疊在一起。位於天空極北，為所有的旅人指引方向的北極星，我覺得它並不特別光輝，但或許谷在那片黑暗的夜空中尋找著和我不同的什麼。

我想這則貼文與谷沒有任何關係。其實我只是自私地想要認為，如果和谷沒有關係，文就能得到救贖了。完全是出於我想要被赦免、被拯救，這種軟弱而自私的願望。

我覺得那天讓谷陷入混亂的軟弱，不管是我還是文，或是寫下這些留言的每個人，都一樣擁有。

所有的人一方面指責他人，同時卻也恐懼著什麼、渴望被原諒，在不知道想要被誰原諒、被原諒什麼的情況之下。這麼想的我的心，也漸漸出現了變化。

昨天請業者來整理〔calico〕的店內。不知道還會不會繼續開咖啡廳，在決定下一步以前，店內的東西先保管在出租倉庫裡。

我和文一起打掃空蕩蕩的店內，這時傳來敲門聲。

「南，辛苦了。」

是大樓房東阿方，比以前在古玩店看到的時候更瘦了些，不過服裝還是一樣，穿著質料柔軟的夾克搭配波洛領帶。

「外出走動沒關係嗎？」

文關心地問。

「沒關係，不管是躺著靜養還是出來走動，剩下的時間都差不多。」阿方走進裡面，雙手揹在身後，望著樓層。「變得好空蕩啊！」

「這棟大樓明年可能也要拆掉了吧！」

「這樣嗎？」

「我那幾個兒子好像在計畫等我死了，要立刻拆掉大樓重建，或是連土地一起賣掉。不過這大樓也舊了，無所謂。拿來開古玩店做興趣剛剛好，而且我本來就只租給自己欣賞的人。」

阿方對著文眯起眼睛說。

他知道文的過去嗎？還是不知道？或是知道卻裝作不知情？又或是對他而言根本無所謂？從活了超過我們兩倍歲數的阿方的眼睛裡，我無法窺看出這些。

「你們要搬去哪裡？」

「還沒決定，不過正在和她討論，想搬到溫暖的地方。」

「你們要結婚嗎？」

「沒有，不過打算一起生活。」

文這麼說道。

「真不錯！」阿方說完，轉頭看我。「妳不是那個酒杯的小姐嗎？」

「是的，那個時候謝謝你送我酒杯。」

我行禮感謝，又說了後來自己經常喝威士忌，阿方高興地點點頭。

「你們要努力幸福啊！」

阿方微笑，我和文也回笑。

一開始文拒絕和我一起生活，如果一起生活，我會被更深地拖進糾纏著我的刻薄視線中。

文在社會上現在仍是曾經誘拐女童的戀童癖男子，而我是無法逃離洗腦的可憐的被害者。這些標籤一輩子都甩不掉，但一切都無關緊要了。

那天晚上，我聽完文全部的告白後，顫抖著抬起他單薄的手，就像十五年前那樣，牢牢地握住。我就像總算回到家的孩子一樣，放聲大哭了起來。

我對文並非男女之情，我不會親吻他，也不想要與他發生關係。但比起過去肉體相繫的任何人，我更想和文在一起。

濕暖的淚水泉湧不斷，就像第一次和文交談時降下的雨絲，將我們的一切打濕、融化。

我和文的關係，找不到任何世人能夠理解的適切詞彙來形容。

相反地，我們有數不盡的理由不可以在一起。

我們是不正常的嗎？

這就交給我們以外的人去評斷吧！

反正，我們已經不在那裡了。

終章　他的故事 II

暑假的家庭餐廳座無虛席。

吃完午飯，喝著一點都不濃郁帶著焦味的咖啡，我和更紗等待梨花回來。

『文——！文——！』

鄰桌傳來年幼女童的哭喊聲，周圍的客人不悅地望過去，但沉迷於影片的高中生完全沒發現。

「蘿莉控根本有病，怎麼不全部判死刑算了？」

一名高中生喃喃地說。

我和更紗假裝沒聽見。我們是假裝充耳不聞、視而不見、渾然不覺的專家，如果對每一個刺激都敏感地反應、動搖，每天將會過得舉步維艱。

「我回來了。」

梨花拿著手機走回來，正要坐下時注意到傳來的哭喊聲，望向鄰桌。她知道高中生在看什麼，瞪向他們，但專心在影片上的高中生沒發現她無言的抗議。

「欸，等我上了高中，我要去長崎玩。」梨花大聲地說，就像要蓋過令人不快的聲音。「然後暑假期間，讓我在你們的咖啡廳打工吧！」

「可以是可以，但那麼長的時間，妳媽會肯嗎？」

「不管我去哪裡做什麼，我媽都不會說什麼。幾乎所有的事，她只用一句『**都可以啊！**』打發。妳也知道她粗枝大葉到什麼地步吧？」

梨花聳聳肩膀說道。

「她的確是那種個性。」

更紗想起從前，笑了起來。

「那次也是，把我丟在妳家，自己跟男朋友跑去沖繩玩，給妳們添了那麼多麻煩，居然只有一句：『**不好意思喔！**』真是太扯了！」

「她本性不壞，只是不會想太多啦！」
「妳這樣不會太爛好人了嗎？」
「她那樣大而化之，讓當時的我相處起來覺得很輕鬆。」
「是嗎？」
「那時候我很受不了所有的人凡事都要用嚴肅的眼神看我，而且因為安西是那種個性，才會允許我們像這樣繼續跟妳見面吧？」
「當然啦，又沒有不可以見面的理由。」
梨花生氣地粗魯攪動快融化的刨冰。
「等我高中畢業，一定要搬出家裡，然後開一間像你們一樣的咖啡廳。我搜尋你們的店名，看到有部落客介紹說在當地很受歡迎喔，說有頂級咖啡和早餐。真厲害！你們不開分店嗎？我可以當分店長。」
梨花今年十三歲，外貌很成熟，說是高中生也不會有人懷疑，但內在仍有許多的天真無邪。更紗懷著姊姊或母親的心情，守望著每次見面都長大一些的梨花。

但我有些害怕，我已經接受了自己的疾病，卻還是無法擺脫對如此鮮明變化的女性性別的畏懼，這恐怕是一輩子都無法抹去的感情。

那場騷動之後過了五年。頭兩年由於週刊的影響，動盪不安，有人會揭露我們的身分，讓我們被迫搬家換工作。我不知道多少次對更紗說：「**我們離開吧！**」每一次更紗都乾脆地收拾家當準備遷離。

漸漸地，世人又逐漸遺忘。現在我和更紗在長崎經營咖啡廳，早上七點開店，晚上七點打烊，客群是當地人，是間沒什麼特別之處的咖啡廳。我和更紗一起取得了廚師執照，因此也提供早餐和午餐。

每年一次，我們會離開長崎去找梨花。我沒有見過梨花的母親，聽說當時她從沖繩回來，向更紗道歉說：「**不好意思給妳添麻煩了！**」

她不是壞人啦！更紗這麼說，但我覺得即使她經歷過那些種種，還是太不設防了。

「可是，她在喊的『文』，不是誘拐犯的名字嗎？」

鄰桌還在討論我們的誘拐案。

「被誘拐的小孩怎麼會叫誘拐犯的名字？」

「可是上面說誘拐犯就叫佐伯文啊！」

其中一人搜尋案情回答。

「是說，這案子有很驚人的後續喔！誘拐犯是當時十九歲的佐伯文，被綁架的是九歲的家內更紗。她被囚禁了兩個月，被警察找到的時候，她已經跟歹徒佐伯整個黏在一起了。上面說十多年以後，她居然跟出獄的佐伯住在一起呢！」

「嗄？怎麼會？」

「上面說是小時候被洗腦得太嚴重，擺脫不了。」

「天哪，這太恐怖了吧！」

高中生們誇張地顯露出害怕。

「這女生的人生等於整個毀了嘛！」

「不過也就是說，誘拐犯跟被誘拐的女人，兩邊都有病吧！」

『文——！文——！』

高中生們害怕地聽著不斷重播的女童哭聲，完全沒發現有病的誘拐犯和遭誘拐的女人就坐在他們鄰桌，稀鬆平常地喝著咖啡。

「吵死了，在公共場所是不會戴耳機嗎？」

梨花這次大聲地抗議。

高中生們「咦」了一聲看過來，接著東張西望，總算發現自己在製造噪音，連忙關掉影片。

「……走吧！」

他們尷尬地對望，起身說道。

這段期間，梨花一直瞪著他們。

「……明明根本就不知道實情。」

高中生離開後，梨花低聲喃喃地說。

去年寒假，我們三個人一起吃飯時，梨花突然哭了出來，問她怎麼了，她也不回答，要回去的時候，才總算說出她在網路上看到了。她得知了我和更紗的過去，我有了被她宣告不想再見到我們的心理準備。

「文哥哥根本不是那種人。」、「文哥哥和更紗姊姊對我那麼好。」

梨花撲簌簌地掉眼淚哭著說，更紗默默地抱緊她。

看著兩人，我的胸口被無法訴諸言語的情緒占領了。為了釋放近乎痛苦的那股情緒，我朝著空無一物的天空輕輕嘆息。

在網路如此發達的現今，我和更紗不可能被徹底遺忘吧。只要活著，我們就無法擺脫過去的亡魂，這一點我已經認清。認命讓人痛苦，但我很擅長。

然而，看到不甘心地哭泣的梨花，以及抱緊梨花的更紗，我覺得這些苦也和吐出的嘆息一同被釋出空中了。

事實與真實截然不同。除了我這個當事人以外，還有兩個人明白這件事；先是更紗，再來是梨花。我懷著無法言說的感受，注視著與我相處了一段時期的兩名年幼的少女，現在已各自成熟的側臉。

你已經夠滿足了吧？還有什麼好奢求的？我能夠打從心底這麼想。

「不會有分店。」我開口說：「而且又不知道能在長崎待上多久。」

「又會被發現嗎？」

梨花看向我，瞳孔不安地收縮。

「也不是。不過就算被發現，我也無所謂。」

「為什麼？這太沒道理了！」

憤怒在梨花的臉上擴散開來。

「我們剛才在討論如果長崎待不下去了，下次要去哪裡？」

更紗愉快地前傾著上身說道。

「下次更往南走嗎？像是沖繩的離島之類的，還是北邊？北海道食物很棒，對吧？或許大膽地進軍海外也不錯喔！像台灣或印尼都很棒。對吧，文？」

更紗說得彷彿要去旅行一樣輕鬆，向我徵求同意。

她現在依然是我自由的象徵。

「去妳想去的地方吧！妳去哪裡，我就去哪裡。」

我點點頭說。

「你們兩個會不會太悠哉啦？倒不如說，未免太恩愛了吧？」

梨花目瞪口呆，皺起眉頭，鬧彆扭似的噘起嘴。

這意想不到的形容，讓我和更紗都呆了。應該一輩子都與我無緣的，讓我害臊到不行，如坐針氈。但並不覺得不舒服，覺得整個人傻了，不知道該如何反應。

「文哥哥，你在害羞嗎？」

「我們不是那種關係。」

「更紗姊姊呢？」

「我也不是。」

「可是你們很恩愛吧？」

「才沒有。」

我和更紗異口同聲，梨花噗嗤一聲笑出來。

「太奇怪了，你們明明一直在一起。」

我和更紗也笑了，接著三人不約而同地望向窗外。

馬路充斥著刺眼的夏季艷陽，行人川流不息，也看到剛才的高中生正在離開。

我們坐在宛如巨大水槽的假日家庭餐廳裡，看著善意與惡意交融的河流流向。

我們和梨花一向都是在傍晚道別。

「保重，有什麼事隨時連絡喔！」

更紗每次說的話都一樣，依依不捨地只交代最重要的事。

在回程的車站，更紗買了許多吃的，便當、小菜、啤酒、甜點。我們習慣把這些吃食在新幹線座位的小餐桌擺開來，一起戴上耳機，邊吃零食邊用平板看電影。

「梨花長好大了。」

更紗喃喃地說。

「妳說什麼？」

我沒聽清楚，摘下耳機問道。

更紗又再說了一次，我點點頭說：「是啊！」

「可能沒多久就會說要約會，今年不能見面了。」

「那樣也沒關係吧？」

「嗯，世上沒有恆久不變的事嘛！」

更紗拆開填滿鮮奶油的蛋糕卷袋子，都已經飽了，卻為了排遣寂寞，一直吃個不停。

「來。」

更紗扳下一塊，往我的嘴裡塞。

「我不用了。」

「那嘴巴別張開就好啦！」

更紗說的沒錯，但我無法拒絕更紗。

「我說，文。」

「嗯？」

「如果現在那裡真的待不下去了，下回你想去哪裡？」

目前在長崎，風平浪靜，但或許有一天又會發生相同的情形。萬一那樣，要怎麼辦？每次提到這個話題，更紗不知為何總是語氣歡欣。

更紗的詢問，聲音沒有一絲悲愴，宛如柔和而動聽的樂音。東南西北，她一個接著一個提出都市與國名，語氣輕鬆，就像要去旅行。

世上真的有我們的安居之地嗎？

即使沒有，不管哪裡，我都要陪著更紗一起去。

窗外已經入夜，看不見景色，車速極快，連月亮的位置都瞬息萬變。

更紗靠在我的肩上，已經打起盹來了。我僅以嘴唇微笑，也閉上了眼睛。

欸，文，下次要去哪裡？

哪裡都好。

因為無論漂泊至何方，我都再也不是孤單一人。

（全書完）

流浪的月【本屋大賞T　　】長銷珍藏版

作　　者　凪良汐 Yuu Nagira
譯　　者　王華懋

責任編輯　許世璇 Kylie Hsu
責任行銷　朱韻淑 Vina Ju
封面裝幀　許晉維 Jin We Hsu
版面構成　譚思敏 Emma Tan
校　　對　葉怡慧 Carol Yeh

發 行 人　林隆奮 Frank Lin
社　　長　蘇國林 Green Su

總 編 輯　葉怡慧 Carol Yeh
日文主編　許世璇 Kylie Hsu
行銷經理　朱韻淑 Vina Ju
業務處長　吳宗庭 Tim Wu
業務專員　鍾依娟 Irina Chung
業務秘書　陳曉琪 Angel Chen
　　　　　莊皓雯 Gia Chuang

發行公司　悅知文化　精誠資訊股份有限公司
地　　址　105台北市松山區復興北路99號12樓
專　　線　(02) 2719-8811
傳　　真　(02) 2719-7980
網　　址　http : //www.delightpress.com.tw
客服信箱　cs@delightpress.com.tw
I S B N　978-626-7537-16-9
建議售價　新台幣３６０元
三版一刷　２０２４年09月

國家圖書館出版品預行編目資料

流浪的月／凪良汐著；王華懋譯. -- 三版. -- 臺北市：悅知文化 精誠資訊股份有限公司,2024.08
面；公分
ISBN 978-626-7537-16-9 (平裝)

861.57　　113012602

建議分類｜文學小說、翻譯文學

Printed in Taiwan

※原書裝幀設計：鈴木久美
※原書圖片來源：Arx0nt／Getty Images